U0928975

短歌行

尚攀 著

天津出版传媒集团
天津人民出版社

图书在版编目（CIP）数据

短歌行 / 尚攀著. -- 天津：天津人民出版社，
2018.8 （2025.4重印）
ISBN 978-7-201-13972-2

Ⅰ. ①短… Ⅱ. ①尚… Ⅲ. ①长篇小说—中国—当代
Ⅳ. ①I247.5

中国版本图书馆CIP数据核字（2018）第186004号

短歌行
DUANGEXING
尚 攀 著

出　　版　天津人民出版社
出 版 人　黄　沛
地　　址　天津市和平区西康路35号康岳大厦
邮政编码　300051
网　　址　http://www.tjrmcbs.com
电子邮箱　tjrmcbs@126.com

责任编辑　张　凯
封面设计　马晓琴

制版印刷　三河市兴国印务有限公司
经　　销　新华书店
开　　本　660×960毫米　1/16
印　　张　19
字　　数　243千字
版次印次　2018年8月第1版　2025年4月第3次印刷
定　　价　59.80元

目　录

第一章

一

时间如掌中的细沙，在粗茶淡饭和不经意的闲话中从指缝间悄悄溜走。细细数来，竟不知不觉地到了六月。也正是在这个不知不觉的过程中，翠绿的麦浪变成了金黄，若站在足够高的地方，一定会看到整个平原地区是一片金黄色的世界。

早已入夜，陈庄村和她的村民也早已熟睡，杨树和桐树叶子的拍打声，以及东南方低空那轮明月洒下的银白色光雾，使熟睡中的陈庄村看上去显得更加安详。时间刚到四五点钟，勤劳的女人便在为一大家子人准备早饭的忙碌中迎来了六月的第一天。

时令已快到芒种，但早上八九点之前和太阳落山以后还是很凉爽的，丝毫感觉不到夏日的毒辣，特别是早上刚起床那会儿，空气中甚至还透出丝丝寒气，让人不得不在短袖外面套上一层薄薄的外套才敢出门。若在以前，天刚蒙蒙亮的时候，不管是男人还是女人，老人还是小孩儿，但凡是有劳动能力的人，起床就会拿着镰刀下地去，因为那时候，把地里的庄稼变成金钱是一个艰辛而漫长的过程。但现在，随着农村的发展,不光农民的生活质量逐步提升，劳作方式也发生了翻天覆地的变化，镰刀时代早已被遗忘在历史之中，甚至在每月初一十五镇上的大集会上，也很少能看见卖镰刀的了，取而代之的是大型收割机。那个气势恢宏的大家伙，每年的夏秋之际都会在广阔的平原耕地上展示它钢铁的力量。所以，人们并不为还伫立在地里随风摇曳的金黄色小麦着急，等再过些天，等那些凝聚了人们辛勤劳作的金黄麦子再晒上几天，到时大型收割机一到，每亩地只需支付五十块钱，人们就可以坐在地头大树下的阴凉里，在与街坊邻里的谈笑中坐享其成了。

虽然镰刀早已过时，它们已经在农具堆里锈迹斑斑。但它们并没有完全被淘汰，每到这个季节，它们总是会被人们重新翻出来磨得锃亮，因为几乎每家每户总有那么一小片儿收割机够不到的地方，地头儿的坑坑洼洼里便是它们的用武之地。

勤劳的农民们正盘算着，最好在收割机到来之前把玉米种子点上，所以此时的陈庄村民们都期盼着能下一场不大不小的雨，这样既不会毁了地里庄稼的收割，也可以起到灌溉和松软土地的效果。到时把玉米种子点上，再随便浇些水，肥料一撒，除草剂一喷，就可以放心外出务工了，既省心又省力。但老天似乎并不在意农民的心情，这段日子总是把太阳挂在天上烘烤着大地，而那些每日徘徊的大片云朵，更是洁白得像棉花糖一样，丝毫没有一点儿灰的意思。

这些天，在外务工的农民们也都陆陆续续地回来了，他们手里拎着大包小包，脸上满是喜悦和满足。可以看得出，在外务工的这些辛苦日子里他们的收获不小。当然，也有些人不回来，他们常年在外务工，早已把自家的地以每亩多少钱的价格承包给了别人。对这些人来说，他们已经有点儿看不上地里庄稼卖的那点儿钱了，但又不能把地荒废了，便只好承包给别人，这样不仅有现成的钱拿，也图个省心省力。这些人只有在过年的时候才回来，从他们说话时的硬实口气就可以听得出，这一年，肯定又没少赚。有的人甚至还开回了汽车，惹得村民万分羡慕，颇有点儿衣锦还乡的意思。

陈晓光是昨天回来的，他在省城一所专科学校做辅导员，工作不是很忙，所以趁着农忙时回来帮父亲收麦子。他还有一个足以光耀门楣的身份——省城毕业的大学生。

陈庄村里上过大学的人不多，别说是像陈晓光这个年龄的年轻人，就是比他们再小上几岁的那些后生，也大多数都是初中毕业就开始闯社会了。如果当时陈晓光没有上大学，那他肯定也和村子里其他同龄人一样，盖几间房子，娶个老婆，再生两个孩子，接下来的人生就是为他们拼死拼活了。就像他的发小吴满，由于家里穷，只上到初中毕业便回家务农了。最近听说他为了娶媳妇也外出务工了。每每想到这些，陈晓光都会觉得庆幸，庆幸自己去了省城，上了大学，见识了不同的人和不一样的世界。

虽然他也经常在书里或电视里看见那个繁华的都市，但当他真正地走进去感受它，并生活在其中时，他才真正体会到不一样。他也知道，他和那个世界是疏离的，虽然生活其中，但他并不属于那个世界。他向往那种世界，希望能和它保持同样的气质与生活方式，那是他的梦想。

这天早上，陈晓光不知不觉从睡梦中睁开了双眼。他没有听见闹铃声，这说明还不到七点，伸手拿过枕头旁的手机，一看果然如此，六点二十五分，他想再睡一会儿，但却睡不着了。自从他回来以后，作息时间也开始变得极为规律，不像以前在省城上大学时，每天不管有事没事，总是不过十二点不睡觉，早上不过九点不起床，有时候上午没课或是周末，还能一觉睡到下午。但一回家，他那晚睡晚起的生物钟一下子就重新设置了，每天晚上十点半准时睡觉，早上七点准时起床。

现在陈晓光的家里只有他一个人，他的父亲陈家和外出务工还没有回来。他和父亲通过电话，父亲说这两天就回来收麦子了。他的母亲周小红在县医院照顾病重的姥爷，他知道姥爷得的是食道癌，已经到了中晚期，虽然已经做了切除手术，在定期化疗，但也只是在熬日子而已。

人们常说“吃麦不吃豆,吃豆不吃麦”，就是指食道癌病人，上半年发现有病，能熬过收麦，熬不过秋收；下半年发现有病，熬过秋收，熬不过麦收。姥爷这种情况，现在正是收麦之际，能不能熬到过年还不知道呢。他当然也知道母亲对这一切心如明镜。他看得出来，母亲为姥爷的病心痛、难过、失眠，也为此苍老了许多，但他却不知道如何安慰自己的母亲。

一回到家，陈晓光连赖床的习惯也没有了，一睁开眼，只缓解了两分钟便坐了起来。若在学校，他肯定又得赖在床上看会儿手机才行，什么朋友圈了、微博、体育新闻，要是实在没什么感兴趣的，就玩会儿手机游戏，总之，非得在床上赖半个小时左右才肯起来。但现在的陈晓光，却没有一点赖在床上玩手机的心情。

陈晓光随便穿了件浅深灰色的运动短裤，搭配一件深灰色的短袖T恤，又随便拖了一双拖鞋，便向厨房走去。他在学校是绝对不会这样做的。在学校时，只有在宿舍，他才会穿短裤和拖鞋，如果出去，即便是去餐厅买份盖浇饭，就算天再热，也绝不会穿短裤和拖鞋。村子里经常可以看见一些光着膀子的大人和孩子，他们在村子里闲谈玩耍，自然就像他们穿了上衣一样，若想让陈晓光也和他们一样，那估计比杀了他还难。用他的话说，这不仅仅是形象的问题，也是一个人的涵养和素质问题。

厨房是院子里一间独立的小房子，坐东朝西，和堂屋紧挨着，但地势和高度都不及堂屋，陈晓光也只是听说，这是为了区别主次，人们一般称为“东屋”。也有的人家会盖成坐西朝东，但地势和高度也不会超过堂屋，也是做厨房用，一般称为“西屋”。陈晓光刚推门进去，就迎面扑来一股无法言说的味道，虽然不太好闻，却是熟悉的。

他去过很多人家的厨房，但每家的味道都不一样，虽说大同小异，但那一点点差异却又异常明显。如果蒙上他的眼睛，他一定能马上闻出哪个是自家的厨房。也许，这就是家的味道吧。

厨房里除了洗菜刷碗的水池、砖砌的灶台、煤气灶，以及日常的面、米、油、盐外，最让人眼前一亮的就属角落里的磨砂玻璃小隔间了。那是一间洗浴室，装着推拉门，不到两平方米，高度也只是比正常人高了些，紧贴在墙上的不锈钢淋浴管道系统连接房顶的太阳能。不知道是谁最早想到了这个设计——洗浴室设在厨房里，但从那以后，后来村里几乎所有盖房子的人家，都沿用了这个设计。

陈晓光径直向浴室走去，他没有洗澡，只是往牙刷上挤了点儿牙膏，便拿起杯子出去了。厨房外面还有一个水池，他习惯在这里刷牙洗脸。刷牙的时候，会伴随着轻微的恶心，他知道自己有咽炎，所以并不大惊小怪。而对于那些吐在水池里白色泡沫中的血迹，他更是习以为常了。

简单的洗漱之后，陈晓光拿起水杯喝了几口昨天晚上就准备好的白开水，这也是他在学校养成的习惯。他又拿起枕头旁边那本路遥的《平凡的世界》，然后便锁门出去了。他准备去奶奶家吃早饭，他知道，这个时候，奶奶早已准备好了一切。

二

陈庄村共有两条大街，东西一条，南北一条，在两条大街交汇处的西北角是一个硕大的广场，广场的边缘安置了一些健身器材，东西两边还设有篮球架。

广场是大队出钱修建的，颇受村民们的好评。一到晚上，这广场便成了全村最热闹的地方。老人们抱着还不会走路或者刚学会走路的孙子、孙女或是外孙、外孙女，坐在广场边的长椅上聊着家长里短；妇女们随着流行音乐的节奏跳起广场舞；稍大点的孩子们在广场相互追逐，在健身器材周围上蹿下跳，玩着不知名的游戏；而那些上了中学的孩子们，广场上几乎看不见他们的身影，他们已经不屑于参与这广场的娱乐活动了，三五个好友拿着香烟在村里闲逛，或是电脑游戏才是他们的最爱。

沿着南北向那条大街往南走上两个胡同口，再往西走两个胡同口，就可以看见往南去的一个胡同口的小斜坡，上了坡，走上十几米，这路西的第一家便是陈晓光的奶奶家。

奶奶家的房子是村中为数不多的超过三十年的老房子，堂屋后面的青砖早已有了脱落的迹象，但房子却始终坚强地站在那里。锈迹斑斑的大门并没有完全打开，只开了两扇小门，只有在开三轮摩托车或是四轮拖拉机的时候，大门才会完全敞开。

“奶奶。”陈晓光刚走进大门，便喊了一声，他每次来奶奶家总是这样。

“晓光，赶快吃饭吧。”李秀兰一下就听出了孙子的声音，便应道。

陈晓光听见声音是从东屋厨房里传出来的，果然，他刚掀开厨房的门帘就看见奶奶正在收拾烂菜叶子和昨天的西瓜皮。只见奶奶把烂菜叶子和西瓜皮在案板上切碎，然后全放进了一个小铝盆儿，他知道，这是一会儿准备喂鸭子的。陈晓光坐下，扫了一眼饭桌上的东西，饭已经盛好了，金黄色的玉米糊糊，一共四碗，菜很简单，醋和蒜调的黄瓜和生菜，还有昨天晚上吃剩下的炒豆角，馍筐里则是自家蒸的馒头，刚刚热过，还冒着热气，馍筐旁边的一个搪瓷碗里还有几个咸鸭蛋。

“我三叔呢？”陈晓光一边拿起筷子夹了一口黄瓜一边问道。

“去东头儿了。”李秀兰没有停下手中的活计，看了孙子一眼说，“吃个咸鸭蛋。”

“好。”陈晓光说着便把筷子支在盘子沿儿上，然后拿了一个裂开的咸鸭蛋在桌子上敲了敲。他知道三叔陈家业在陈庄村东边买了两进院子，正在盖房子，他之前也去看过，基本上已经盖好了，三叔也说过这两天就要完工了，便又问道，“还没收拾好吗？”

“没呢，估计也就这两天。”李秀兰说，“今天晚上还得请工队吃饭。”

“为啥？不是给过工钱了吗？”陈晓光问，这房子盖了不少日子，他没见过请工队吃饭。

“这不是快盖好了，得请人家吃顿饭。等盖好了，还得再请一顿，不请的话，就得每人给二十块钱。”李秀兰说。

“这是规矩？”陈晓光问道。

其实，陈晓光不知道这些也很正常。他虽然生在农村，长在农村，但几乎没怎么干过农活，再加上后来去省城上大学，对村里的规矩并不了解。

“是啊！都是这样，一般请两顿，不请吃饭就得每人给二十块钱。”李秀兰一边说着一边把开水壶放在煤球炉上，然后也坐在桌前开始吃饭了。

“一会儿我去送水吧。”陈晓光说，“奶奶，什么时候收麦子呀？”

“估计还得三四天。”李秀兰说。

“吃个鸭蛋。”陈晓光见奶奶坐下，便把手里已经剥好的鸭蛋递给奶奶。

“我不吃，你吃吧。”李秀兰端起碗直了直身体说。

说话间，陈晓光听见屋外院子里响起了自来水管的声音。他知道，是他二叔家的陈晓东，也就是他的堂弟起来了，正在刷牙洗脸。

陈晓东十一二岁，正上小学四年级。他的父亲陈家兴和母亲张翠芬在天津开了个小饭馆，专供周边的农民工去消费，小饭馆物美价廉，颇受农民工的喜爱。所以，这些年下来，陈家兴着实没少赚钱，他在陈家村盖的二十多万的大房子，还有年前就已经在村子里招摇过市的小汽车就是最好的证明。也正是因为没少赚，陈家兴就属于那些只有到了过年才会回来的有钱人，他早已把自己的地承包给了三弟陈家业，正所谓肥水不流外人田。而陈晓东就被托付给李秀兰照顾，成了名副其实的留守儿童。陈家兴还有一个女儿，叫陈晓青，已经二十岁了。她初中毕业后就直接到省城上了专业技能学校，学的是美容专业，目前正在一家不小的美甲店工作。

不到两分钟，陈晓东便收拾完毕了——眼角的眼屎还清晰可见。他一进厨房便坐下来拿了个咸鸭蛋，他见咸鸭蛋上有条裂缝，随即又放了回去，然后挑了一个完美无瑕的。哎！小孩子哪里知道裂了缝的咸鸭蛋才好吃！他没有把咸鸭蛋在桌子上“砰砰”地敲，而是在鸭蛋的一头掏了个小洞，然后用一根筷子慢慢地、一点一点地把里面的蛋清和蛋黄掏进玉米糊糊里。

“晓光哥，你看。”陈晓东拿着只有一个小洞的空蛋壳让陈晓光看，他脸上的表情像是完成了一项伟大的工程一样，充满了成就感。

“赶快吃，吃完上学去。”陈晓光没好气地说，他现在可没心情玩小孩子的把戏。

“今天六一儿童节，不上学。”陈晓东说。

陈晓光这才意识到，原来今天是儿童节。他想起了自己的童年，那时候的自己是多么的天真，多么的无忧无虑，也是多么的无所畏惧，可现在呢？长大了，成熟了，想要的也就多了，但现实的残酷让他无所适从。他的要求高吗？无非是想在省城找一份热爱的工作，然后奋斗下去，从而改变自己农民的命运。

哎！世事艰难。

就着一个咸鸭蛋、一点儿调的黄瓜和生菜、一点炒豆角，陈晓光吃了半个馒头。这时候，玉米糊糊已经凉得差不多了，没几口，陈晓光便喝干净了。此时的李秀兰，已经开始喝第二碗玉米糊糊了，规律的日常生活和家常便饭让这位将近七十岁的老人还有硬朗的身体。家里的老人健康，那可是一大家人最大的幸福。也只有李秀兰有硬朗的身体，她的三个儿子才能毫无后顾之忧地去外面打工。

陈晓光吃完饭来到院子里，用手接了点自来水管里的水漱了漱口。这是有一次他在学校餐厅看了一个如何预防牙结石的健康节目后养成的习惯。自来水管设计得很简单，就是地上一根铁管子，上面拧了个水龙头，看起来就像是地上长出来的一样。水龙头下面并没有水池，只是放了几块红色的砖块。所以，陈晓光用手接水的时候只能尽量站得远一些，弯着腰伸着脖子靠近水管，不然，那水流冲刷在红色砖块上肯定会溅一身。他看着院子里种的豆角和黄瓜，想起刚回来那天这些绕着竹子架的藤蔓还不过半米高，不到半个月，竟已经长到一人高了。再看看那些藤蔓上的小黄花，已经结出了两三厘米长的小黄瓜了。

“可别浇水。”李秀兰见孙子站在豆角和黄瓜地前，便提醒道。

“为啥？”陈晓光问道，如果不是奶奶提醒，他还真想浇一下呢。

“豆角怕水，不能浇太多。”李秀兰说，然后便端着盛满烂菜叶子、西瓜皮、鸭蛋皮和没吃完的黄瓜和生菜，以及没喝完的玉米糊糊朝鸭圈走去，“八九点的时候把水送过去就行，记着把另一个水壶提回来。”

“行，我八点半以后去吧。”陈晓光说。

“奶，我去玩了。”陈晓东一边说着一边跑出了院子。

“你慢点儿。”李秀兰喊道，她刚一转身，陈晓东已经消失得无影无踪了。

“知道了。”胡同传来了陈晓东的声音。

陈晓光又在院子里站了一会儿，然后就去堂屋看书了。他是个爱书之人，喜欢买书，更喜欢看书，从小就喜欢看。

他还记得他看的第一本书是《一千零一夜》，当时的他，简直对书里的神奇故事爱不释手。从那以后，他便喜欢上了读书，他的零花钱几乎都用来买书了，像什么《鲁滨孙漂流记》《尼尔斯骑鹅历险记》《三个火枪手》《基督山伯爵》等。再后来，随着年龄增长，心智成熟，他开始喜欢上了路遥的《平凡的世界》和余华的一些作品，特别是《平凡的世界》，他自己都不知道已经看过多少遍了。也许是爱看书的原因，所以陈晓光从小就有两个梦想，一个是当作家，另一个是当一个记者。他觉得记者是无冕之王，可以揭露世间的丑恶，具有侠者风范。所以，当时他上大学选择专业时选了新闻专业。只是，这两个梦想他都未能如愿。

现在的日子对陈晓光来说是比较难熬的，所以他又重读《平凡的世界》。每当他对生活绝望、失去信心的时候，总是会重读这本书，因为他希望自己能像书中的人物一样，对生活充满希望。

“晓光。”

“嗯？”陈晓光正躺在床上看书，突然听见奶奶叫自己，便坐起来应了一声。

“你看书吧，我去穿刷儿了。”说话间，李秀兰已经到了堂屋，“一会儿记得把水给你三叔送过去。”

“好，记着呢。”陈晓光说。

陈晓光知道每天早饭和午饭后，奶奶就会去“穿刷儿”。所谓“穿刷儿”，就是把上百米长的一小撮像是做过离子烫的软钢丝剪成十几厘米长的小段，然后再用特殊工具将它们穿在一个定制的有五个孔的圆形铁片上，当然，这只是半成品，还得将它们拉到工厂里再进行加工，成品以后，就是一个圆形的刷子，主要用来刷生锈的金属。

“穿刷儿”是村里一家人从外地揽来的活计，穿一个一毛钱，他们又雇村里的人过来穿，一个六分钱。不过，像这种效率低、报酬低的活计，也只有村里上了年岁，但有一定劳动力的老人才会干，他们一天穿上四五箱，一箱一百个，就可以挣二三十块钱。这比在家闲着没事要好得多，用他们的话来说，能挣一点儿是一点儿。

透过矮小的窗户，陈晓光看着奶奶离去的背影，不觉有些恍惚。李秀兰，他的奶奶，这个自三十八岁便失去丈夫、生养过五个儿女的勤劳女人，独自一人把儿女抚养成人以后，把仅剩的最后一丝力气也放在了孙子身上。这一路走至今日，是何等的艰难困苦呀！

三

陈晓光坐在奶奶的床上环视屋里，这间已经经历过三十多个春秋的房子，从他记事起，就几乎没有什么变化。一进堂屋的门，就可以看到正前方一个紧贴墙壁的长桌，上面铺着早已破败不堪的花色桌布。桌子左上角是一座比陈晓光的年龄还要久远的座钟，虽然走着走着就会快上十五分钟，整点报时也总是会少敲一下钟，但它的钟摆却始终没有停止过。桌子中间靠墙的地方放着一个香炉，里面有焚香留下的灰烬，香炉旁边还零零散散地放着几根断香，而香炉供奉的是一张毛主席的巨幅画像。桌子旁边是一张矮一些的小方桌，冬天或家里来客人的时候才会用它吃饭，平时则放些馒头或剩饭剩菜。房子右边有一个破旧的枣红色衣柜，紧靠着东墙，衣柜右边的墙角则放着一张只剩下光板儿的小床，上面曾睡过李秀兰的小女儿和她的三个孙子，旁边的墙壁上贴着谢霆锋的海报，那还是陈晓光的小姑陈家宜上初中时贴的，至今也是好多年过去了。冰箱紧挨着长桌的左边放着，自从有了冰箱以后，门口的橱柜就再也没有履行过它的职责了，倒是成了陈晓东存放零食和玩具的好地方。挨着冰箱的是一张棕色小床，每当陈家兴过了年去天津打工时，陈晓东便会睡在上面。房子西南角是一张略高大些的木床，这就是陈晓光此刻正坐着的床，也是李秀兰自从结婚以来睡了五十多年的床。床边是一张再高些的小长桌，上面有一台落满灰尘的电视机和一部电话，电视机和电话周围则胡乱放着些陈晓东废弃的作业本、游戏卡牌，以及他吃剩下的零食。棕色小床和高大木床成直角摆放，刚好在房子的西北角挤出一小片空地，那里放着一个大木箱，上面放着被子和衣服。从陈晓光记事起，那个大木箱就一直在那里，但他却从来没有打开过，也从来没有见奶奶打开过它，至于里面是什么东西，他不得而知。

陈晓光先是坐在床上看了一会儿书，觉得脖子和腰有些累，便躺了下去，又看了一会儿，竟然睡着了。也许是他为自己毕业后的前途担忧，也许是他惦记着一会儿要给三叔送水的事，总之，他睡得并不是特别踏实，再加上在学校时由于熬夜造成睡眠不好，所以，八点半时座钟报时的钟声一下就把他惊醒了。

陈晓光瞟了一眼座钟，突然想起昨天已经把它的时间给调整过来了。他有些不放心，又看了看手机，果然是八点半。他把书签放进书里，随手往床上一扔，随即坐了起来，又打了个哈欠，随着两滴眼泪夺眶而出，他便一欠身子踩上拖鞋去院子里洗脸了。

他回到堂屋没有用毛巾擦干脸上的水珠，而是直接取下了挂在墙上的电动车钥匙。他没有锁堂屋的门，只是随手带上就推电动车去了。插上电动车钥匙，打开电源，把电动车推出狭窄的过道，然后骑了上去，当他路过厨房门口时，把洗脸前准备好的开水壶放在电动车的踏板上，随即右手手腕轻轻一抖，电动车便箭一样冲出了院子。陈晓光知道，大门是不必锁的。

时间已过了八点半，虽然早晨的清凉还未散尽，但陈晓光骑着电动车刚到太阳光下，就隐约有一种熏烤的感觉。来到东西大街时，他又抖了抖手腕，电动车便加速冲了起来。路上几乎没有行人，只能看见极个别的老人抱着孩子坐在胡同口的大树下乘凉。由于小麦还没有收割，所以，这个时候的大路还是很干净的，若再过些天，等收了麦子，村子里的两条大路肯定难逃被麦子完全覆盖的厄运。沿着大街一路向东，穿过两条大街相交的十字路口，再走上两个胡同口，往南一拐，不出五十米，这路东新盖的两层小楼便是陈家业的新房了。

陈晓光刚回来那两天就已经看过三叔陈家业的新房了，盖的正是时下最流行的两层半的小楼。房子的风格有点儿中西结合的味道，屋顶是中原地区常见的瓦屋斜坡顶，门窗则有点偏欧式风格，这也是时下村里最流行的。陈晓光在刚才来的路上，还看见村子里四处写着欧式门窗的广告，足见这种风格的流行程度。

房间的格局也基本和村子里同样规格的房子保持一致，一楼是一间客厅和两间卧室，二楼也是一间客厅，但有三间卧室，再往上半层则是储物间。由于农村没有专门的下水道，房子里并没有设计厨房和洗手间的位置。在陈庄村，虽然陈家业的新房子不是最好的，但也绝对数得上是一流的，从村里人看见陈家业时那羡慕的眼神就可以看得出，别的不说，单是这不低于二十万的开销，在村子里也绝对称得上是大手笔了。这两天房子刚刚粉刷了墙壁，外围也贴了瓷砖，看起来就更气派了。

陈晓光来到房子近处，把电动车挨着另外几辆电动车停好，拔了钥匙便提着开水壶向院门口走去。他知道施工队大多数是本村和周边村的人，想必这些电动车是他们骑来的。刚到门口，就见大门已经贴好了瓷砖对联，鲜红色的大字甚是惹眼，内容很吉祥“四海财源聚宝地，九州洪运进福门”，横批是“家和万事兴”。

陈晓光刚把目光移开，还没来得及迈开步子，正前方已经完工的影壁画就映入眼帘——背景是蓝天白云、高山流水，近景则是苹果树和牡丹花，壁画上端题有“富贵平安”。

“啥时候贴的啊？”刚一进院子大门，陈晓光就看见正在抹墙的陈家业，又问道，“三叔，水放哪儿？”

“前两天贴的，看着咋样？还行吧？”陈家业微微一笑，随即朝着一片空地随手一指说，“放这儿就行。”

“嗯，好看得很，很吉利，也很大气。”陈晓光放下开水壶，看着影壁画说。

陈家业听了面露喜色，看得出，能得到在省城上大学的侄子的肯定，这多少证明了他的眼光。

“你奶呢，穿刷儿去了？”陈家业问。

“嗯，八点就去了。”陈晓光又四下看了看，问，“另一个开水壶呢？我拿回去再烧点儿水。”

“那儿。”陈家业站起来，一眼就看见了不远处的另一个开水壶，便指着说。

陈晓光踮着脚拿过另一个开水壶，又和周围一些认识的人打了招呼，随便寒暄了几句，便对陈家业说：“那我先走了三叔。”

“行，你走吧。”陈家业又问，“咋过来的？”

“骑电动车。”陈晓光一边答一边欲转身离开。

“行，那你慢点儿。”陈家业说。

“嗯，知道了，我走了三叔。”陈晓光说。

“嗯，走吧。”陈家业说。

陈晓光刚骑上车出了胡同口，一片云就遮住了太阳，顷刻间，大地笼罩在一片阴凉暗淡之中。也许没有那么热的缘故，陈晓光并没有像来时那样拼命加速，而是慢慢悠悠地晃荡着，这使他的背影看起来也心事重重了。

虽然陈晓光的速度很慢，但还是没出五分钟就到家了。他把电动车重新停在过道里，拔了钥匙往短裤兜里一塞，然后直接提着开水壶去自来水管处接水了。他把自来水管的水开得很急，若是把手伸过去，就会被水冲得生疼生疼的。强劲的水柱直冲进开水壶里，仿佛要把开水壶冲破一样。由于水流很急，再加上这是经过漂白的水，所以，开水壶里早已白花花的了，好像那自来水管里放出来的不是水，而是羊肉汤。

看着白花花的水流，陈晓光不觉有些恍惚，他又开始为自己的前途担忧了。等他回过神来，水已经溢出开水壶了。他赶紧拧上自来水管，盖上开水壶的盖子，然后便提着向厨房走去。

陈晓光把开水壶放在煤球炉上，又把煤球炉的通风口打开了一条缝隙，这才关上厨房的门去了堂屋。正当他准备躺下继续看书时，突然感到小肚子一沉，便赶紧扯了些卫生纸向厕所奔去。

陈晓光回到家这些天，不仅睡眠变得极为规律，就连新陈代谢也规律得像闹铃。每天上午这个时间，总是会有想去厕所的感觉。但他着实不想去院子角落里那个又小又脏又臭的厕所，所以，每到这个时候，他总是忧心忡忡的。只是这种天要下雨娘要嫁人的事情强求不来，不是说不想去就可以不去的，他还必须得去。

别看院子角落那厕所简单得像小孩子搭的积木，只是衬着两面院墙又那么随便地摞起两截一人高的墙头，但它们却把人类的道德底线托得稳稳当当的，任它狂风暴雨也吹不倒冲不垮。陈晓光又是个道德观念极强的人，所以，他不仅必须去厕所，还必须得去院子角落里那个又小又脏又臭的厕所。

陈晓光刚靠近厕所，一阵浓郁的骚臭味就扑面而来，一群明晃晃的大苍蝇更是把他层层围住，这使他不得不放慢了脚步。说来也奇怪，别看这厕所骚臭味儿浓郁无比，但是这味儿却传得不远，不靠近厕所两三米，还真闻不见，颇有点儿“美味”不外溢的意思。

陈晓光一踏进厕所，那味儿就达到了极致，惹得他一阵恶心。那群横冲直撞的苍蝇也更加嚣张起来，飞蛾扑火般撞击着他的身体。他忍不住撇了撇嘴，皱了皱眉头，嘴里的一口吐沫无论如何也咽不下去了，他又清了清嗓子，然后一口吐在了旁边的小土堆上。

李秀兰总是在茅坑里的排泄物上覆盖一层薄薄的土。这样做，不仅防臭，还多少抑制了蛆虫的滋生。那层薄薄的土上面落了一层“会飞的蚂蚁”。这是陈晓光给它们起的名字，他不知道这些小虫叫什么名字，也不知道它们是不是还没有长大的苍蝇，见它们长得像蚂蚁，只是多了一双翅膀，飞起来也不像苍蝇那么无理取闹，便这样称呼它们。陈晓光刚一站上茅坑，顷刻间，那层“会飞的蚂蚁”就一哄而散了。

相对于苍蝇而言，虽然这些“会飞的蚂蚁”也让人觉得恶心，但陈晓光并没有特别讨厌它们，因为它们一向只是忙自己的事情，从来不去骚扰他。当然，也可能是这些“会飞的蚂蚁”个头太小，飞起来毫无动静，事后也不会像蚊子那样留下犯罪证据，所以，即便是它们招惹了他，他也发现不了，只是以为它们没有骚扰他而已。

苍蝇就不一样了，这些家伙不仅恶心，而且惹人生厌，极度令人讨厌。为了不使那些恶心的苍蝇靠近自己或是趴在自己毫无遮挡的小腿和屁股上，陈晓光只能一边抡着胳膊驱赶一边微微晃动身体。

“找死的家伙！”乱飞乱撞的苍蝇不停扑向陈晓光的小腿和屁股，使他忍不住暗骂了一句。

从厕所出来的时候，陈晓光已是满头大汗，深灰色的短袖也被汗水浸透了，他的腿也有些麻麻的。他拿起厕所门口的一把铁锨，随便铲了些土，然后撒在了茅坑里。他想着能出其不意，活埋几只苍蝇，但那些恶心的家伙反应极快，就在铁锨里的土落向它们的瞬间，它们轻松地逃脱了。

为了远离厕所这个臭味之源，陈晓光赶紧放下铁锨，然后小跑到自来水管处。他先认真地洗了洗手，然后把满头大汗洗掉，又把脚伸过去冲了冲，最后又用香皂洗了一次手。甩了甩手上的水，正要回堂屋，这时，他看见三婶孙淑华走了过来。

四

孙淑华是个非常勤劳的女人，自从她嫁给陈家业后，二十多年的时间，她默默地为这个家奉献自己的力量。她是李秀兰最喜欢的儿媳妇，不仅因为三儿子没有和她分家，更因为孙淑华进了陈家以后，从来没有和她说过一句硬话。在农村，婆媳之间二十年没有发生过一次争执，这可以说是个奇迹。

也正是因为孙淑华的勤劳和默默付出，才使得她和陈家业的生活越过越红火，最近虽然为了新房子的事操碎了心，但总能在她的脸上看到幸福的笑容。这种勤劳付出带来的收获和幸福感，让她心里极度踏实。

孙淑华穿了一件浅粉色条纹的Polo衫，一条黑色紧身裤，下面是一双粉色的拖鞋。由于水洗和年岁已久，Polo衫已经有些泛白和褶皱，颜色稍浅的地方还略微泛出淡淡的黄色。黑色的紧身裤光泽鲜亮，看起来倒像是一件新的。虽然她这身打扮看起来很年轻，但岁月在她脸上留下痕迹还是让她看起来有些未老先衰。她的脸庞和手臂有些黑，几乎没有光泽，皮肤也很粗糙，三十岁的时候她几乎就是这个样子，那时候给人一种与实际年龄不符的老态。如今十多年过去了，她也四十出头了，但看上去，和十几年前几乎没有什么分别。不过，这倒是给人一种与实际年龄相符的沧桑。

“三婶。”陈晓光见孙淑华走了过来，便礼貌地打招呼。

孙淑华微笑着应了一声，然后向堂屋方向走去。她再次出来时，手里多了一把钥匙。陈晓光看得出来，那是电动车的钥匙。

“我去集上买东西，你想吃什么？”孙淑华一边推电动车一边问陈晓光。

“不用不用，也没什么想吃的。”陈晓光赶紧拒绝，他知道孙淑华是真心实意的，但他从小就不是一个随便跟人要东西吃的人。

“晚上请工队吃饭，反正都得花钱买，就买自己想吃的，嗯？”孙淑华说话间已经打开电动车的电源并骑了上去。

“不用了三婶，我真没什么想吃的。”陈晓光说。

“那行，我自己看着买吧。”孙淑华也知道陈晓光从小就懂事，便笑了笑说，“那你在家吧，我去了。”电动车已经开始徐徐前行，说话间就快到院门口了。

“嗯，您路上慢点儿。”

陈晓光回到堂屋，又躺在床上看了会儿书，和大学同学聊了会儿天，一上午就这么过去了。

他从他的同学那里得知，他们过得比他也好不到哪里去，也是在家混日子，整日为自己拿到毕业证以后该做什么而忧心忡忡。陈晓光的大学同学里，有农村的，也有城市的，虽然他们都很为自己的前途担忧，但担忧也有不同。那些城市的，基本在上大学之前，他们的父母就已经替他们找好了出路，他们担忧的是不能做自己喜欢的事，不能实现自己的理想，而只能安分守己地做父母为他们找好的工作。像陈晓光这样的，他们担忧的就不一样，他们根本无暇顾及能不能做自己喜欢的事，或能不能实现理想，他们只是想能留在城市就足够了。

在陈晓光看来，那些城市里的简直就是身在福中不知福。当然，他也是由衷地羡慕他们。只是现实就是这样，有些人生来就有的东西，而另一些人也许奋斗一辈子也得不到。但不能抱怨，只能更坚强地朝自己的目标走下去，因为生活就是这样，从来就没有绝对的公平。

十一点半的时候，李秀兰回来了。她知道陈家业忙了一上午，一定饿得头晕眼花了，此时他最需要的，就是回到家就能吃上现成的饭菜。

李秀兰在这方面几乎没有失误过，随着她年龄越来越大，对这个家的帮助也是越来越有限，所以她只能尽量从这些小事上帮助儿女们减轻负担。她去“穿刷儿”，也是基于这个原因——能多挣一块钱，儿女们就少一块钱的压力。

陈晓光见奶奶回来了，便忙从堂屋出了。李秀兰正弯腰在自来水管处洗手，水流很小，但水柱冲刷着地上的红色砖块，还是溅到了她的裤腿和黑色布鞋。水流从红色砖块流到地上，快速地到了她的脚下，她赶紧挪了挪脚，躲了过去。

陈晓光见奶奶的手上已经搓出了不少的肥皂泡沫，但长期的“穿刷儿”工作，那乌黑的金属色已经侵入了皮肤，再多的肥皂泡沫也已经无济于事了。水流冲刷掉了奶奶手上的肥皂泡沫，但奶奶的手还是有些黑。

“奶奶。”陈晓光叫道。

“晓光，中午吃什么？”李秀兰还是很偏爱这个懂事、在省城上大学的孙子。像这种问题，她永远不会问陈晓东，虽然陈晓东年龄更小一些，但李秀兰只希望他能少淘气一些就谢天谢地了。至于让这个孙子考上省城的大学，她从来没有奢望过。

“吃什么都行。”陈晓光说。

“那还吃面条吧？”李秀兰说。昨天中午吃的就是面条。

李秀兰弯着的腰已经直了起来，然后向堂屋走去，她得先歇歇脚，缓解上午“穿刷儿”带来的劳累，顺便看看冰箱里还有什么可以吃的。

“好。”陈晓光也跟着奶奶进了堂屋。

“这还有你前几天买的烧饼呢。”李秀兰打开冰箱的门，上下扫了一眼，然后从馍筐里随手拿起一块被陈晓东吃得只剩半个巴掌大小的烧饼吃了起来。

早些年开始，李秀兰的牙齿就不太好了，现在满口的牙齿除去掉了的几颗，剩下的没有一颗不活动的，所以，她嚼起东西来，看着就像是在吃烫嘴的烤红薯。

陈晓光往冰箱里瞅了一眼，果然看见他前几天在镇上买的烧饼。那是一种煤火烤的烧饼，中间薄，边缘厚，一面烤得焦黄，洒满了芝麻，另一面虽然也焦黄，但颜色更浅一些，而且没有芝麻，看起来像新疆的特产馕，只是比馕小很多。他在省城也见过这种烧饼，叫高炉烧饼，价钱要比镇上的高一倍。

烧饼的口感和味道很好，而且和肉(特别是卤牛肉)是绝配，几乎人人都爱吃，所以，刚回到家那两天，陈晓光就去镇上买了一些。卖烧饼的老板人也特别好，见陈晓光买得多，一次就买了十块钱的，便多给了一个。

“这还有你三叔前几天买的肉呢，还有炸鱼，不知道坏没坏，没味儿。”李秀兰把黄色搪瓷碗里的猪肉和塑料袋里的炸鱼拿到鼻子下面闻了闻，又放了回去，说，“你饿不饿？去煤火上烤个烧饼吃吧，夹点儿肉。”

要说这烧饼过了夜，那可就不是一般的难吃了，唯一的办法就是再重新烤一下，那效果和刚出炉的几乎没有差别。昨天下午饿的时候，陈晓光就去厨房的煤火上烤了一个吃。

“我不饿，一会儿吃饭吧。”陈晓光说。

李秀兰把最后一口烧饼塞进嘴里，然后又从搪瓷碗里捏了一片猪肉塞进嘴里，之后便出了堂屋，向厨房走去。

陈晓光知道奶奶要开始做饭了，便也出了堂屋，随奶奶进了厨房。

回到家这段时间，他一直在奶奶家吃饭，自知在大事上帮不上奶奶和三叔什么，也只能在厨房里的小事上尽力了。择菜剥蒜之类的琐事，虽算不了什么，但多少能省下些时间。

陈晓光掀开厨房门帘的时候，李秀兰正在挑堆在墙角的蔬菜。所有的蔬菜都在那里，西红柿、豆角、青椒、生菜、黄瓜、香菜，还有三个紫色的茄子。鸡蛋放在旁边一张桌子上的小竹筐里，用一块干净的抹布盖着，每天收上来的鸭蛋则放在桌子下面一个棕红色的陶瓷缸里。

李秀兰先挑了三个西红柿和两根黄瓜放在案板上，然后开始挑豆角。由于院子里的豆角和黄瓜的藤蔓才半米多高，要想吃上新鲜的豆角和黄瓜，至少还得半个月才行，家里大多数的蔬菜也都是从镇上买来的。李秀兰弯着腰捡了一会儿，然后直接把装豆角的塑料袋提到饭桌上，打开一看，原来里面有些豆角已经长了暗暗的斑点。她把没有斑点的豆角两头掐去，放在一个铝制小盆里，把那些有斑点的扔到喂鸭子的小铝盆里。

“喂鸭子吧。”李秀兰一边挑豆角，一边惋惜地说，像是自言自语，又像是对陈晓光说的。

“我把西红柿和黄瓜洗一下吧。”说话间，陈晓光已经把西红柿和黄瓜放到另一个略大的铝制小盆里。

“好。”李秀兰说。

说话间，陈晓光已经到了自来水管处。他把铝制小盆放在红色砖块上，然后把水管开到最大。虽然从来没有人告诉过他，但他的潜意识里始终认为，激烈的水流可以有效地清理掉蔬菜上的脏东西。他洗得很认真，把西红柿和黄瓜洗了两遍之后又用清水冲了一次，当他洗完回厨房时，李秀兰已经择好了豆角。

“我来洗吧。”陈晓光见奶奶正要端着小铝盆出去，便接过来。

“不用了，你剥蒜吧，一会儿调黄瓜。”李秀兰说。

“好。”

陈晓光从墙角的地上捡起一头蒜剥了起来。之后，他又洗了一个个头较小的青椒。他把剥好的蒜瓣和切丝的青椒一起放进蒜臼里，再撒上适量的盐，便开始捣了起来。把青椒和蒜放在一起捣这一招，是他去大学死党赵寻的家里做客时学来的，当时，赵寻的母亲做的家常凉菜的味道给他留下了深刻的印象。

“够吗？”陈晓光拿着蒜臼让奶奶看了看。

“够了。”李秀兰一边切豆角一边看了看说。

李秀兰的话音刚落下，孙淑华就骑着电动车回来了。透过窗纱般的门帘，陈晓光看见电动车踏板上孙淑华买的东西。电动车在门前一闪而过，他就认出了两样东西，透明的塑料袋里，烧饼清晰可见；略大一些的红色塑料袋里，虽然看不见里面的东西，但他知道那是炸鱼，因为镇上只有卖炸鱼才会用这种袋子。

“放哪儿啊？”陈晓光出了厨房来到孙淑华旁边，顺势从电动车踏板上拎起两个最大的袋子，他把左手的袋子交给右手，然后又从踏板上拎起了几个小一些的袋子。

“放厨房吧。”孙淑华停好电动车，然后把剩余的袋子拎在手里。

“放这儿吧。”陈晓光刚到厨房门口，李秀兰就掀开门帘，并示意他把手里的东西放在已经被腾出来的小桌子上。

孙淑华也将手里的东西放在上面。她从桌子下面的夹层里拿出两个盘子，然后从袋子里拿出了一些炸鱼和烤鸭放了进去。

“吃炸鱼吧晓光，还有烤鸭，这家的没吃过，不知道怎么样！”孙淑华把两个盘子端到餐桌上。她捏了一块烤鸭，然后又从塑料袋里掰了小半个烧饼。

“嗯，还不错，挺好吃的。”陈晓光夹了一块烤鸭放进嘴里。

李秀兰从盘子里捏了一条炸鱼，一边吃一边把炒菜的大铁锅放在煤球炉上。

“我炒吧。”孙淑华见李秀兰要炒菜，便赶紧把手里所剩不多的烧饼和烤鸭塞进嘴里。

鸡蛋、豆角、西红柿，所有的材料都已准备好了。菜的做法很简单，就是把鸡蛋、豆角、西红柿放在一起炒一下，然后再加些水炖一会儿就行了。面条的做法更简单，用白水煮熟了即可。不过，在这样炎热的夏天，把煮熟的面条过一遍凉水是个相当不错的主意。

虽然把煮熟的面条在凉水里过一遍吃起来很凉爽，但陈晓光并不会这样做，倒不是他不喜欢，而是他的肠胃不喜欢，吃一次过了凉水的面条，能让他三天都觉得像是吞了个铅块。他在省城上大学的时候，就很少吃凉皮、米皮之类的东西。

煮面条的水开始沸腾的时候，陈晓东满头大汗地回来了，两分钟之后，陈家业也回来了。

陈家业用香皂洗了手和脸，随便甩了甩之后，便朝着厨房隔壁的房间走去。这是他和孙淑华结婚之后住的房子。几年前，他们搬到了北地的新房子里。几年过去了，辛勤的劳动已经使他们收获第二套房子了。他出来的时候，手里拿了一瓶啤酒，酒瓶上还套了两个一次性的塑料杯子。

“起子呢？”陈晓光在周围找了一圈，也没找到。

“不用了。”说话间，陈家业已经用一双筷子和大拇指打开了啤酒，“喝点儿吧？”

“不用不用。”陈晓光连忙拒绝，四年的大学生涯和城市生活，使他对健康有了更深层次地理解，他一向很少喝酒，除非是迫不得已，或是情之所至。

陈家业也知道自己这个侄子不怎么喝酒，就没有再让。他给自己倒了一杯，然后一饮而尽。伴随着幸福的“嘶嘶”声，他拿起筷子夹了一块烤鸭塞进嘴里。他脸上还挂着一颗颗的小珠子，分不清是汗珠还是水珠。

吃完饭以后，陈家业和孙淑华去了北地，他们要回去午睡一会儿，除了躲过最热的两个小时以外，最重要的是要保证下午有充足的精力继续为生活拼搏。孙淑华本来要帮李秀兰刷锅洗碗，但被她拒绝了。孙淑华也没有再说什么，她戴上白色的印有小碎花的遮阳帽，然后就和丈夫出了院门向北走去。李秀兰刷过碗之后也会午睡一会儿，这是她多年来就有的习惯。

“去睡会儿。”李秀兰吩咐陈晓东。

“哦。”陈晓东不情愿地应了一声，相对于午睡来说，他更想看会儿电视，或是去找小伙伴玩一会儿。虽不情愿，但他还是乖乖地躺到李秀兰的床上。他知道，不听话的后果，只会是一顿教训，之后自己还得乖乖睡觉。

“睡会儿吧。”对陈晓光说这话的时候，李秀兰像是变了个人似的，语气十分和蔼。

“嗯。”陈晓光把枕头放在叠好的被子上，然后躺了上去。他看见手机的绿色呼吸灯在闪烁，拿起一看，原来是死党赵寻发的微信消息。

“在家怎么样？什么时候回来？”

陈晓光看了看消息发送的时间，已经是一个多小时之前的事情了。他回复道：“再过几天吧，收了麦子再回去。”

此时，李秀兰正坐在床沿喝茶缸里的白开水。之后，她没有把茶缸放到白色的餐桌上，而是直接放在床头的桌子上。

她侧身躺在床上，身体略微蜷缩着，她的一只手放在枕头上，另一只搁在小肚子上。几分钟之后，响起了她均匀温柔的鼾声。

五

快到两点的时候，孙淑华从北地回来了。那时候，李秀兰已经起床了，并去厨房打开了煤球炉的通风口，她已经决定下午不去“穿刷儿”了，因为晚上要请工队吃饭，她得帮助儿媳妇张罗晚饭的事。

此时，陈晓光已经被堂屋外面轻微的动作声从睡梦中带回了现实世界。他知道，这又是一个忙碌的下午。他快速下了床，一边看了看还在睡觉的陈晓东，一边出了堂屋。他在院子里的自来水管处随便洗了把脸，随即进入厨房。

他看见李秀兰正在择豆角，很显然，那是新买的豆角。砖垒的灶台上的铝制小盆里已经泡上了粉皮，从粉皮的软硬程度可以看得出，最少也有十几分钟了。孙淑华正在熬辣椒油。熬辣椒油的方法很简单，只需在炒菜锅里倒些植物油，等油热了以后，再把准备好的红辣椒放进去，等到辣椒酥脆的时候捞出来，然后放在蒜臼里捣碎，最后把捣碎的红辣椒和植物油倒进碗里即可。

孙淑华刚把一把红辣椒放进油锅里，瞬间响起一阵“噼噼啪啪”的声音，整个厨房也开始弥漫着混有辣椒香味的油烟。陈晓光从小就不怎么吃辣椒，这混有辣椒香味的呛鼻油烟使他咳了起来，眼睛里也被呛出了泪水。

“赶快出去，赶快出去。”李秀兰见状，不禁露出一丝微笑。

陈晓光赶紧出了厨房，瞬间好了许多。他先去厕所，从厕所出来时又看了看养在猪圈里的四只鸭子，鸭子们浑身泥水，看得人甚至都不想吃它们下的鸭蛋了。四只鸭子对他的口哨声视若无睹，只是慵懒地卧在地上。他觉得无趣，只好洗了把脸返回厨房。

这时，孙淑华已经把炸过的辣椒从油锅里捞到了蒜臼里，正准备捣碎它们。

“我来吧。”陈晓光拿过蒜臼开始捣。

油炸辣椒的香味再次朝他涌来，不过，这次他却没有咳嗽，甚至没有一点儿呛鼻的感觉，他感觉到的只有让人欲罢不能的辣椒香味，忍不住猛吸了一口气：“好香啊！”

李秀兰和孙淑华纷纷扭头报以微笑，之后则继续专注于手中的活计。

“三婶，你看行不行？”陈晓光拿着蒜臼，让口朝着孙淑华。

“可以。”孙淑华看了一眼，然后指了指餐桌上的一个小瓷碗，“倒那里吧。”

“晚上来几个人啊？”陈晓光把捣碎的辣椒倒进小瓷碗里，又用筷子把剩下的刮了出来。

“你三叔说是十二个，九个男的，三个女的。”孙淑华已经拿起了炒菜锅，她见陈晓光停止动作，便把锅里的油倒进了小瓷碗里。

“工队不是三十多个人吗？”

“其他的都是外村的，之前已经请过了，现在就请一下本村几个关系好的，估计还得一顿呢。”孙淑华略显无奈地说。

“那两桌就够了。”陈晓光拿起蒜臼起身说，“我去刷一下”

“不用刷。”孙淑华说。

陈晓光仔细一想，确实是没有刷的必要，因为蒜臼里残余的辣椒只会让捣出来的蒜泥更加美味。他“嗯”了一声，随即坐了回去，然后从地上拿起一头蒜剥了起来。他知道，调粉皮和黄瓜的时候，蒜泥是必不可少的调料。

李秀兰出来洗菜，正撞见小孙子对着水龙头喝凉水，便呵斥道：“又喝凉水，肚子里长虫子。”

陈晓东似乎还没有从睡梦中醒过来，对奶奶的呵斥充耳不闻，只说：“我去玩了。”

“就知道玩儿，作业写了没？”李秀兰问。

“写完了。”陈晓东一边说一边朝院门口走去。

“豆角准备怎么吃？”陈晓光看着正在自来水管下面弯腰洗豆角的奶奶问。

“一会儿炸一下吧，干煸豆角。”

“好，我喜欢吃。”陈晓光突然想起了他的大学时光，每次和同宿舍的人聚餐时，总是少不了干煸豆角。这道简单的菜，似乎符合绝大多数人的口味。

李秀兰笑了笑，继续洗豆角。

陈晓光见奶奶关上了水龙头，便赶快提前一步掀开厨房的门帘。这时，孙淑华已经把刚刚炸红辣椒的锅洗干净了，正往里面倒植物油。李秀兰也开始在餐桌的案板上切豆角了，豆角很新鲜，掐头去尾之后，她只需将它们切成十厘米左右长的段就可以了。

等锅底的小气泡开始陆续散开的时候，孙淑华将李秀兰切好的豆角全倒进了锅里，瞬间，油像沸腾了似的不停地翻滚起来，油锅里无数个小气泡冲击着豆角的场面也是颇为壮观。当浅绿色的豆角变成深绿色时，就说明豆角可以出锅了。

孙淑华把炸好的豆角用漏勺捞出来后，把锅里的油倒进一个黄色的搪瓷碗里。李秀兰正在往豆角上撒盐和白芝麻。

“烤鸭、炸鱼、香肠、猪肉、西红柿炒鸡蛋、干煸豆角、粉皮儿，再煮个花生米就差不多了，八九个菜呢。”孙淑华一边掰着手指头算一边说。

“花生米泡好了。”李秀兰说。

孙淑华把炒菜锅放在旁边的小桌子下面，然后拿出一个铝锅。她去院子里把锅刷了刷，又接了半锅水。陈晓光见她端着锅走过来，便很有眼色地掀开门帘。

孙淑华进屋后把锅放在了煤球炉上。

“葱、姜、蒜、辣椒、花椒、茴香、五香粉……”孙淑华一边说一边把这些调料放进锅里，“橘子皮呢？”

“这儿。”李秀兰从旁边小桌子上一个小抽屉的塑料袋里翻出几片风干的橘子皮，她用小铝盆里洗过菜的水把橘子皮洗了洗，然后递给孙淑华。

“橘子皮，还有什么？”孙淑华像是自言自语，又像是在问陈晓光和李秀兰，“对了，盐，差点儿把最重要的忘了，别的没了吧？”

“没了。”李秀兰说。陈晓光没有吱声。他想了想，也没想到还有什么要放的。

“晓光吃黄瓜吗？”孙淑华一边说一边从墙角的塑料袋里拿了两根黄瓜。

“嗯，好，我去洗吧。”陈晓光从孙淑华手里接过了黄瓜，“奶奶呢？”

“我不吃。”李秀兰指了指餐桌上放着的一块面瓜（一种适合牙齿不好的老年人食用的瓜）说，“我吃这个。”

陈晓光这才想到奶奶的牙齿不好，根本就咬不动黄瓜，也难怪三婶没有问。他去院子里洗了洗黄瓜，然后挑了一根小的咬了一口。

“好吃。”陈晓光很喜欢黄瓜的鲜味，他觉得这比当季的苹果好吃多了。把另一根递给正坐在凳子上的孙淑华。

锅里的水沸腾的时候，孙淑华才把泡好的花生米放进去。

“花生要等水开了才放啊？”陈晓光一边吃黄瓜一边问。

“嗯，这样煮出来的花生米吃起来才脆。”孙淑华解释道。

“这样啊，又学了一招。”陈晓光笑道。他一边说着一边出了厨房向猪圈走去。他站在猪圈外，看着里面的四只鸭子。他把手里的黄瓜把儿咬成若干个小块儿，然后扔给它们。四只鸭子一阵哄抢之后，又慵懒地卧在地上，好像什么事情也没有发生过一样。

煮好花生米以后，孙淑华又扳着手指数了数，直到确定每桌能上够八个菜，这才松了口气。

“我去打会儿渣儿。”孙淑华见晚上的饭菜准备得差不多了，便对李秀兰说。

“打渣儿”就是把各种木头疙瘩放进一台专门的机器，打成碎渣。因为今年盖房子，孙淑华和丈夫没有外出打工，虽然前些年积攒了一些资本，就算一整年在家歇着，生活也不会有什么问题，但勤劳的他们却不忍心放过每一个挣钱的机会。

“别去了，躺着歇会儿吧。”李秀兰有些心疼地说。

孙淑华笑道：“不累，反正也没事儿，我去打一会儿不就能挣几十块钱吗，一桌饭菜就出来了。”

李秀兰知道自己这个勤劳的儿媳的性格，她哪里是不累，她是舍不得歇呀。知道劝不住，她也就没有再说什么。孙淑华走了以后，她继续收拾厨房，直到她觉得一切妥当，这才关上了厨房的门，开始在院子里为小孙子洗衣服。

陈晓光站在院子里，看了一会儿李秀兰洗衣服，看了一会儿正在生长的黄瓜和豆角，之后又去猪圈看了看里面的四只鸭子。他去看鸭子的时候，发现它们比之前活跃了不少，正在散步。直到李秀兰把洗好的衣服挂在晾衣绳上，他才无聊地进了堂屋。

六

晚上七点的时候，陈家业带着一帮人回来了。这些人和陈家业一样，浑身泥土，四肢粗壮，有的人还光着膀子，膀子上未干的汗水使结实的皮肤看起来有一种健康的光泽。他们黝黑的脸庞透着暗暗的红色，眼神里流露出无畏，一看就知道那是历经艰辛岁月的面容。

“先洗洗手，这儿有肥皂。”一进院门，陈家业便指着自来水管旁边一块洗衣服的肥皂说。

“你先洗吧。”

“没事没事，你先洗。”

众人在推推让让中挨个儿洗了手。当自来水管关上的时候，那块放回原处的橙色洗衣皂已经变成了黑灰色。这时候，再看那些人的双手，虽然比洗之前干净不少，但那已经侵入掌纹和指甲缝里的黑色依然清晰可见，就像艰苦岁月在他们脸上留下的沧桑痕迹，永远也洗不掉了。

院子里已经摆好了三张餐桌，孙淑华见客人来了，便把厨房的门帘卷了起来。

“上菜吧。”她自己端起两个盘子，向李秀兰和陈晓光示意。

“三哥，咱们坐一张桌子吧，要不喝酒不方便。”一个身穿迷彩短袖的人说。他身材高大，足有一米八五，胳膊上的肌肉呈现出完美的线条，理得极短的头发和他的迷彩短袖搭配起来，使他看上去像个军人。他是陈家业最好的朋友。

“那不行，再说了，一张桌也坐不开。”陈家业环视了一下众人说。

“差不多，咱们男的坐一桌好喝酒，她们女的坐一桌。”一个光着膀子的人开口了，在这三个女客人中，其中一个就是他的老婆。

三个女人只是露出疲惫的笑容，没有说话。男人们则纷纷表示赞同。

陈家业坚决不同意，非要三个桌才行，但无奈其他人要坐在一起，便说：“那行吧，那一会儿得多喝点儿。”

“把这个抬进去吧，这样宽敞点儿？”孙淑华一边说一边走到中间那张桌子旁，口气有点询问陈家业的意思。她已经做好了抬桌子的姿势了。

“好。”陈家业看也没看孙淑华一眼，径直走向堂屋拿冰镇啤酒去了。

陈晓光见状赶紧走了过去，他站在孙淑华对面，微微弯下腰，然后身体一直，桌子便被他们抬了起来。

“抬这屋吧。”孙淑华用下巴指了指她曾经住的东屋。

“好。”陈晓光一边看着脚后跟，一边慢慢退进屋子。

“小心台阶。”

十个男人围着一张最大的桌子坐下了，而那三个女人，则和李秀兰、孙淑华、陈晓光、陈晓东坐在一起。

“晓光，过来坐吧。”迷彩短袖摆了摆手。

“你们坐，你们坐，我坐这儿就行。”陈晓光指了指李秀兰和陈晓东之间的空位推辞道。

“过来吧，喝两杯。”迷彩短袖又摆了摆手，其他人也纷纷劝陈晓光坐过去喝两杯。

“没事没事，你们喝。”陈晓光挥了挥手，然后坐了下去。

“忘了把灯拿过来。”陈家业看了看已有些昏沉的天色说，“晓光，你去东头儿把那个灯拿过来吧。”

“哪个？”陈晓光问。

“就是之前在这儿挂着的那个。”陈家业指了指东屋的窗户，表情像是在问陈晓光想起来了没。

“你说那个，好，我马上去。”很显然，陈晓光想起了三叔说的那盏灯。

“你一进堂屋的门就看见了，就在地上搁着呢。”陈家业提醒道。

“嗯，知道了。”

“骑我的车去吧。”身穿迷彩短袖的人说着递给陈晓光一把电动车钥匙，然后手指着院门口说，“门口那个黄色的车。”

“好。”陈晓光见自家的电动车在里面的小过道里放着，而且两张餐桌和已经落座的客人挡住了出去的路，便欣然接过钥匙。

果然如陈家业所说，陈晓光刚走进新房子的堂屋，就看见放在地上的灯，一盏只连接着一根电线的节能白炽灯。灯没有开关，只要把电线上的插头插在插座上就可以了。

回去以后，陈晓光把灯递给陈家业，又把电动车钥匙还给迷彩短袖。陈家业把灯放在东屋的窗户下面，然后就返回去继续喝酒了。

天色不知不觉就变暗了，当他们在黑暗中吃了一会儿之后，才后知后觉地把灯打开。

陈家业把灯上的插头从窗纱上的破洞里穿了过去，然后把灯挂在了窗户旁边墙上的一根凸出的长钉上。他来到东屋，小心翼翼地把插头插在固定在墙上的，早已破败不堪但还能使用的插座上，一瞬间，插头和插座间碰撞出一道火花，并发出一声电击的声音。

堂屋的座钟敲响九次的时候，大家才注意到时间的存在。钟声几乎使每个人都本能地拿出手机看了看。

这时候，李秀兰和孙淑华坐在桌子旁，正聊着收麦子和种玉米的事情，她们早放下了筷子。盘子就那么摆在桌子上，在客人走之前，她们还不能收拾桌子，不然会让人觉得有送客之意。陈晓光没有坐在桌前，他搬了个凳子坐在离陈家业不远的位置，他在看男人们喝酒，听他们聊天。而陈晓东，此时已经从广场回来上床睡了一个小时了。

“十点了，咱们把打开的酒喝完就结束吧？”一个年龄略大的男人说，整个晚上，他的话最少。

其他人见已经十点了，也都表示同意，便纷纷把手头打开的啤酒拿到桌上。

“把酒分一下，喝完赶紧撤。”

“急什么？这一共也没几瓶了，喝完再走吧！”陈家业把手边几瓶还未打开的啤酒也拿到桌子上。说话间，他拿起起子又打开一瓶，当他继续打开第二瓶时，被众人给拦住了，迷彩短袖一把抢过了他手中的起子。

“行了家业，咱把这打开的喝完就结束吧，时间也不早了，你和淑华也早点儿休息。”年龄略大的男人说。

“那行吧，那咱把桌上的喝完。”陈家业也知道时间确实不早了，明天还得早起干活，也就没再推让。他把没打开的啤酒又放回地上，之后便忙着给空酒杯的人添酒。然后，大家干了一杯。

剩下的酒也不多了，加上陈家业新打开的一瓶，倒一圈下来，刚好可以保证每个人的杯子都是满的。他们又说了几分钟，这才干了杯中的酒准备离开了。

而那三个女人，早在陈家业开灯之前，就已经随便吃了点东西离开了。虽然孙淑华拼命地挽留她们，但她们连孙淑华给她们盛的大米粥都没有喝。她们一边略显不好意思地拒绝，一边站起来快速往外走，孙淑华的挽留对她们一点儿作用都没有。

人已经散了，窗户上的灯还亮着，几个小时前还干干净净的院子，此时已经变成一片狼藉。特别是男人们坐的那张桌子的地方，地上到处都是空啤酒瓶、吃剩下的烤鸭骨头、拧下的炸鱼头、不小心掉落的花生米和调粉皮、干煸豆角里的花椒……孙淑华把桌子上的菜收拾了一下，为了节省盘子和冰箱里的空间，她把所有的炒菜全倒进一个大盘子里，把所有的凉菜全倒进小铝盆里。李秀兰也秉持同一原则，尽量把盘子里的肉集中在一个大搪瓷碗里，但猪肉、鸭肉和香肠还是占据了两个大搪瓷碗和一个盘子，剩下的炸鱼倒是好办，可以直接放在塑料袋里。陈晓光也帮着她们收拾，之后又和陈家业分别把两张桌子抬到堂屋和厨房。

孙淑华正准备拿起扫帚打扫院子里那片狼藉的时候，李秀兰打发她和陈家业回家睡觉去了。她知道，忙碌的一天过去了，即将到来的依然是忙碌的一天。

“晓光也回去睡吧。”李秀兰拿起扫帚扫院子，这已经不是她第一次催陈晓光回去睡觉了。

“好。”陈晓光一边答应一边把散落在地上的空啤酒瓶拿到豆角架旁靠墙的一片小空地，那里已经堆满了空的白酒瓶、啤酒瓶和饮料瓶。之后，他去堂屋拿钥匙、书和手机充电器，然后就和陈家业、孙淑华一道回北地去了。

陈晓光家和他三叔陈家业家离得不远，中间只隔了一条胡同和几户人家，满打满算，也就五十多米的距离，只是陈家业家更靠北一些。

“三叔三婶，我回家了。”到家门口时，陈晓光说。

“嗯，回去吧。”陈家业和孙淑华几乎异口同声地说。

进门以后，陈晓光先回自己的房间放下了手头的东西，然后又回院子里借着昏黄的灯光刷牙洗脸。

他回房间关了灯躺在床上，手机屏幕的微弱光线打在他的脸上。他的心情有点沉重，和同宿舍的同学在微信群里聊了会儿天，然后又看了会儿新闻和微博。之后，手机也无法吸引他了，他把手机扔在一边，开始胡思乱想，随后就睡着了。

七

芒种前一天下午，陈晓光的父亲陈家和回来了。陈家和背着行李到家门口才发现钥匙不见了。他回想了一会儿，也没想起来到底是把钥匙忘在工地，还是弄丢了。也可能就在行李包里放着，只是他没找到而已。他随便翻了翻行李包，见没找着，便又背上行李往李秀兰的院子走去了。他之所以没有好好翻看行李包，是因为东西多而繁杂，大动干戈的话，即便找到钥匙，也肯定不能把掏出来的东西再原样放回去了。

他本想给陈晓光打电话，让他回来开门，但一想到打电话是长途，陈晓光的手机号还是省城的号码，这一打一接就得花一块多钱，便作罢了。更何况，他的行李不重，距离李秀兰的地方也不过是三五分钟的路程，打电话实在不划算。他知道，如果陈晓光不在家，就一定在他奶奶李秀兰那里。

陈家和到李秀兰的院子门口，见大门并没有锁，便直接打开院门。他知道，李秀兰肯定又“穿刷儿”去了。他径直向堂屋走去，掀开堂屋的门帘刚一抬头，却发现门上了锁。他放下门帘，往左移了两步，然后从墙上齐眼高的凸出的长钉上拿下一把系着白色纳鞋底绳的钥匙，正是堂屋门锁的钥匙。

他打开锁，推开门，门发出一阵“吱呀”的声响。他把行李放在一把小椅子上，然后去院子里洗了把脸，从行李包里拿出一条原本白色，如今已变成黑灰色的毛巾擦了擦，这才坐在李秀兰的床上点了一根烟抽了起来。

“应该快回来了。”他拿出手机看了看时间，然后自言自语道。

“家和。”陈家和刚把手机放回裤兜，院子里就响起了李秀兰的声音。

“娘。”陈家和赶紧出了堂屋，“你怎么知道我来了？”

“刚彩娟说的，她说，大老远看着像家和。”李秀兰模仿着彩娟的口气说。

“我刚看着也像她，她染头发了吧？”陈家和抽了一口烟，笑了笑。

“嗯，染的，她头发都白完了。”李秀兰弯腰洗了洗手。

“晓光呢？我没拿钥匙。”陈家和说。

“在东头儿，在那儿帮忙呢。”李秀兰用晾衣绳上的毛巾擦了擦手。

“还没弄好啊？时候不短了吧？”陈家和说。

“不短了，就剩下些犄角旮旯的地方没收拾。”李秀兰说，“进屋吧。”

“我去看看。”陈家和一边说着一边抽着烟出了院子。

刚一出胡同口，陈家和就碰上几个熟人，他掏出烟来，给在场的每个男人让烟。有的人不抽烟，没有接；有的人接下了，他便拿出打火机帮忙点上；还有的人嘴里正抽着烟，便接下他的烟夹在自己的耳朵上。他自己正抽着的那根烟马上就只剩烟屁股了，于是，他又拿出一根叼在嘴里。他左手食指和拇指捏着只剩烟屁股的烟头对准嘴里的烟，然后一边微微转动一边猛吸了两口，终于，他嘴里吐出了新的烟雾。

“啥时候回来的？”

“刚回来，这不还没回家呢，没拿钥匙。”

“今年咋样啊？”

“一般吧，挣不到钱。”

“这是去哪儿呀？”

“去家业那儿看看。”

“家业那儿啊，那新房子盖得可真漂亮，这几年家业赚钱了。”

陈家和和几个熟人闲聊了一会儿，然后沿着大路向东走去。前些天还干干净净的大路，此时已经完全是另外一副模样了，虽然大多数人家的小麦还没有收割，但路上已经铺满了金黄色的麦粒。

日头还没有落西山，有些人家就已经开始把铺在水泥路上的小麦拢在一起了，之后在拢起的麦粒上盖两层塑料纸，就算突然下雨，也不用担心了。

陈家和沿着水泥路上仅剩的两尺宽的地方走着。他随手从地上捏起一小撮儿麦粒放在手心里，他用手指像数钱似的捏了捏麦粒，然后往嘴里填了两粒。

“差不多了呀。”他嚼了嚼麦粒自言自语道，然后吐在了一旁长有荒草的土地上，又把手心里的麦粒随手扔回金黄的世界，麦粒像水滴落在水里一样，顷刻间便无影无踪了。

“啥时候回来的？”一对正在把麦粒拢在一起的中年夫妻见陈家和走了过来，便和他打招呼。

“刚回来，怎么收这么早啊？”陈家和一边说一边给男人让烟。

“我这就是地头儿的一点儿，收割机也够不着，就自己收了。”男人接过烟笑道。

陈家和拿出打火机给男人点烟，男人忙从口袋里掏出了打火机，说：“有火，有火。”但他还是比陈家和慢了一步，便忙用手挡住火，然后把烟放在嘴里对准了挡在手心里的火苗。

“今年好像收得都晚啊。”陈家和收起打火机说。

“是呀，以前到芒种就都收完了，今年不知道咋回事？没有收割机，没办法。”男人说。

“不用急，早晚的事儿。”陈家和刚才在胡同口也听说了，他也不明白今年为什么不见收割机的踪影。

两人寒暄了一会儿，男人说：“去家业那儿吧？”

“嗯，过去看看。”陈家和说。

“行，那你赶紧去吧，晓光也在那儿。”男人说。

“嗯，好，那你们忙。”陈家和向男人和女人扬了扬下巴，继续向东走去。

陈家和刚走进胡同口就看见了陈晓光正在和泥灰，他慢步走到近处，才看见陈家业在门口抹墙的边边角角。

“包工队呢？咋没收拾利索？”陈家和从旁边拿起一把平头铁锨，然后也开始帮着和泥灰。

“他们要赶别的工，结账走人了，反正就剩这一点儿了，我自己也能干。”陈家业说，“别沾手了，马上就好了。”

“今年怎么收这么晚？”陈家和往地上的泥灰里兑了些水，用铁锨和了和，然后用力一铲，他快步来到陈家业旁边，把泥灰倒进灰槽里。

“那不知道，不见收割机。”陈家业说，“估计也就这两天吧。”

陈家业停下手里的活计，然后从兜里掏出一百块钱递给陈晓光说，“晓光，你去春光那儿买个素拼，再买点儿花生米和猪头肉，一会儿我跟你爸喝两杯。”

“我这儿有。”陈家和也忙从兜里拿出了一百块钱。

“不用不用，我有钱。”陈晓光执意不肯要陈家业的钱，他放下铁锨，然后快速向电动车走去。

“你的钱你留着。”陈家业还是把钱硬塞给了陈晓光，“你一会儿直接回家吧，弄得差不多了。”

“好，知道了。”陈晓光骑上电动车，沿着胡同向南开去。

晚上吃饭时，陈家和问陈晓光生活和工作怎么样。

其实，为了让家里人放心，陈晓光从毕业就一直瞒着家里人，说他在电视台工作。他一副轻松的样子说：“挺好的，虽说现在工资低点儿，但还是很有前途的。”

当然，只有陈晓光自己知道，他目前的状况并不像他在父亲面前表现的那样轻松。毕业时，他不仅没有得到在电视台实习的工作，他甚至连电视台的大门都没有进。他的两个同学进了电视台当实习记者，他从他们那里得知，在电视台做实习记者，不仅没有工资，而且还得交两万块钱才能进去。他听了以后，就彻底打消进电视台的念头了。之后，他把方向转向了报社。在他跑了几家报社以后，才发现，报社比电视台更难进，因为人家压根儿就不招实习生，不仅如此，由于受网络媒体的冲击，大多数的报社还在裁员。

陈家和听了以后非常激动，就多喝了两杯。他自己做了一辈子农民，而如今家里要出一位记者了，还是省电视台的记者，那是何等的荣耀啊！

对于自己的儿子，陈家和一向是比较放心的。就拿花钱这一件事来说，除了第一年的学费和生活费之外，陈晓光几乎就没有再跟家里要过钱，他靠着勤工俭学和奖学金就把学费和生活费的问题解决了。但陈家和还是会定期给陈晓光一些钱，他不想自己那从小生长在农村的儿子在学校里低人一等，他也希望儿子能穿体面的衣服，请女孩子去体面的餐厅，就像那些城里的孩子一样。

第二天上午，南地出现了收割机。陈晓光和陈家和、陈家业去了南地。

陈家和还有陈家业一人开了一辆四轮拖拉机，后面都拖着一个大车斗。陈晓光弯着腰站在车斗里，双手扶着车斗的边缘，陈家和就坐在在他前面的驾驶席上，随着引擎震动的节奏一起一伏的，他隐约可以看到陈家和鬓角生出的白发。风迎面吹来，他想起小时候那些奔赴刑场的罪犯，也是像他现在这样站在车斗里，只不过那是卡车的车斗。他忍不住嘀咕了一句，只有犯了死罪的人才是单人单车吧？他回头看了一眼，刚好碰上陈家业的眼光。

他们到南地的时候，收割机正像一把大剃刀一样在地里剃着大地的脑袋，空气里全是飞扬的粉碎的麦秸秆。一阵风吹来，人们不禁眯起了眼睛，然后揉得通红通红的，揉得流出了眼泪。

为了方便起见，不管谁先来，都只能按着顺序收割。陈晓光看着远处正在轰轰作响的收割机，心想估计还得一会儿才能轮到自家的地和三叔家的地。此时，陈家和及陈家业已经下了四轮拖拉机朝地头的柳树走去。柳树下坐着几个街坊邻里，他们正在谈笑风生。陈晓光跟在陈家和、陈家业后面，也走了过去。

很快，陈家和、陈家业就加入聊天，而陈晓光只是在旁边听着。什么今年挣多少钱了、盖新房子了、出去打工了、谁发了、谁出车祸了、相互之间开玩笑了……总之五花八门的，什么都有，气氛格外轻松，丝毫不像是农忙时应该有的状态。

街坊邻里也会问陈晓光这个在省城上学的大学生，上的什么学校、有没有去过什么地方、学的什么专业、找工作了没呀、一个月多少钱、有没有女朋友、什么时候结婚呀……

陈晓光感到不厌其烦，特别是问他工作和工资的问题时，把他弄得脸上一阵红一阵白的，额头上满是汗珠。他真有些后悔来这柳树下了，早知道这样，他宁愿在太阳底下晒得脱层皮。但他还得面带微笑地应付着，好在收割机很快到了他家的地面，总算是拯救他于水火之中。

收割机在地里就那么洋洋洒洒地一去一回，小麦就算收好了。陈家和、陈家业几乎没有浪费时间，直接开着四轮拖拉机去了镇上的粮食收购站，收成还算不错，平均下来，每亩地能卖一千多块钱。

下午，陈晓光和父亲帮着陈家业把北地地头儿一片洼地的小麦割了，李秀兰也去帮了忙。连着一个多小时弯腰割麦子，把陈晓光的腰累得酸疼了半个月都没缓过劲儿来。

第二天上午，陈晓光跟着父亲和三叔收了北地的麦子，等到晚上，陈家业又浇了一整夜的地。陈晓光家的地没有浇，因为还没有种玉米。

明天陈晓光的母亲周小红就回来了，他们得把玉米种上，施了肥，浇了地，庄稼里的事儿才能告一段落。

八

陈晓光回省城那天，陈家和去送了他，虽然他明确表示不用送，但陈家和还是送了他，就像头天晚上陈家和给他钱时，虽然他明确表示不要，但陈家和还是把钱塞给他。相对于丈夫对儿子的沉默寡言，周小红则持完全相反的态度，她一直在嘱咐陈晓光多喝水、多吃蔬菜水果、不要舍不得花钱、添件衣服、找女朋友一类的琐碎小事。

陈晓光是吃过午饭以后走的。

陈家和没有给他一句忠告，只是充满爱意却也严肃地说了句：“走吧，走吧。”说完，他拿起电动车钥匙又说了句，“走吧。”

周小红也没有再多说其他的，只是把一直嘱咐他的事情重复了一遍：“多喝水，多吃蔬菜水果，不要舍不得花钱，添件衣服，给我们也找个媳妇儿。”

“我不是一向做得都很好吗？”这次陈晓光没有打断母亲，他想让她放心，“不用担心这些，我会好好照顾自己的。”

周小红放心地点了点头，没有再说什么。

“我走了。”陈晓光说。

“走吧。”

陈晓光想，父母之所以没有给他任何关于为人处世的忠告，也许是因为他们对他无比放心。他们相信他是个正直而且谦虚的人，更不会惹出什么乱子，就像相信他们自己一样。他对自己远没有他们那么放心，他了解自己，就像对外人保密的病人了解自己的病情一样。作为一个二十四岁的年轻人，他有属于这个年龄的一切缺点：自私、虚荣、自以为是、贪图享乐、好高骛远、没有上进心、说多于做……他也很幼稚，但他从来不把幼稚当成缺点，这是他二十四岁时应该具备的品质，也是他很多激情和幸福的来源，他喜欢自己的幼稚。所以，每当同龄朋友说他很幼稚的时候，他总是一笑了之，从不多言。

到了镇上的十字路口，陈晓光去买了三斤炸鱼。他每次回学校都会买上三斤炸鱼，因为不光他自己爱吃，宿舍里那些舍友也是天天馋得流口水，特别是赵寻和东哥，早就提醒他回学校的时候带些炸鱼了。

大巴车如期而至。陈晓光从电动车上拿起双肩包，说：“我走了，爸，你回去吧。”

“好，赶快上车吧。”陈家和说。

陈晓光走了两步，回头看看，陈家和还站在原地，又说：“你回去吧，爸。”

“好好，你赶快上车。”陈家和一边说一边摆手示意陈晓光上车，他的脚却丝毫未动。

陈晓光往车门方向迈了一步，他见陈家和没有要回去的意思，又催促道：“好了，爸，别站着了，赶快回去吧。”

“我这就回，我这就回，你赶快上车。”陈家和又摆了摆手，这才艰难地往电动车旁挪了挪了脚步。

“那我上车了爸，你赶快回去吧。”陈晓光扶着车门的把手上了车，他回头又看见了陈家和的身影，依然站在那里，透过车窗，他和父亲挥了挥手，示意他赶快回去。

陈家和看着车窗里的儿子，脚下像是生了根，寸步不移，直到大巴车拐向下个路口完全消失在他的视线，他这才骑上电动车回家去了。

背井离乡的伤感并没有过多影响陈晓光的情绪，踏上大巴车的那一刻，更多的是对未来生活的憧憬。

在发达的交通背景下，两百千米的距离算不上什么，但这对陈晓光来说，却是城与乡、梦想与现实的天地之别。

大巴车在路上磨磨蹭蹭，又去了周边几个乡镇接了些乘客，一直到将近三点，才算正式踏上了开往省城的路途。陈晓光找了个后面靠窗的位置，一上车便闭上眼，浑浑噩噩之中，他感觉自己睡着了，又觉得没睡着。

恍惚之中，陈晓光感觉手机震了一下，打开一看，原来是他大学时的死党赵寻发的微信，问他麦子有没有收完，什么时候回省城。

“已经在车上了。”

“好，等你，等你回来我们去看看佩西。”

第二章

一

陈晓光给赵寻回信息的时候，赵寻正一动不动地躺在床上，享受重获新生后的时光。

其实，赵寻的日子最近才有点儿起色。

那时，已经大学毕业大半年了。开始时，他一直瞒着爸妈找工作，父亲的意思是让他继续考研，但他真的不想再上学了，一提到考试就恶心。他想工作，哪怕是干体力活，或者把他喜欢的摄影落实，开一个影楼，这是他毕业时给自己定的职业规划。

其实赵寻也不是不想上学，他只是不愿意考试而已，因为知道自己考不上。他承担不了父母对他寄予的厚望，也不想再让父母失望。他承认，上学确实是件很幸福的事，特别是上大学。

赵寻回复陈晓光之后，放下手机，不禁又想起了范佩西。微微叹了口气，轻轻闭上眼睛，泪水便溢出了眼眶。范佩西，睡在我下铺的兄弟，你这个傻瓜。

他躺在床上，思绪飘向了远方，他不禁想起了五年前第一天去大学时的情境。

那天下了雨，所以打车来比较困难，赵寻和他的父母打着伞拎着行李在雨里站了很长时间才等到一辆出租车。其实，他不愿麻烦他的父母陪他一起去学校的，但由于行李实在太多，所以迫不得已跟他们一起。

只是几件行李就让他觉得如此麻烦了，这在他等待出租车的时候，就深刻体会作为在本地上学的学生的幸福了，比起那些外地的学生，一切都是那么方便。

赵寻坐在出租车里，看着车窗外的雨，想象今后与他一起生活的将会是些什么样的人。

家与学校的距离真近，在交通不便的雨天，不到十五分钟便到了。

学校很小，小得就如同弹丸之地，这便是他对大学的第一印象。

其实不只是赵寻，几乎所有的新生都把父母带过来了，所以幸亏他的父母来了，不然别人还以为他是孤儿呢。像他，还有他眼前的那些新生们，虽然已经成年，但有些事还是需要父母去帮助他们的。比如说整理床铺，或买日常的生活用品，诸如此类的小事总是需要父母全权代理。居然还有一个学生家长嫌宿舍的楼层太高，怕他儿子天天爬起来累得慌，要让学校换宿舍。这虽然不是什么好的习惯，但它确实成为风气，千百年来已经深入人们骨髓的了。

赵寻的父母也像那千千万万的父母一样，帮助他完成了所有的事情，又反复叮嘱他注意身体之后便离开了。

不知为何，此时宿舍里仅剩的一个人也要出去了。他不知道他要去做什么，更不知道其他人在做什么。总之，此时，他倍感孤独，且无事可做。

赵寻独自一人徘徊在这间陌生的宿舍，既无安全感，更是万分孤独的他感觉快绝望了。他突然发现自己的内心居然如此脆弱，为了摆脱这种感觉，他加快了徘徊的步伐，这会让他好受一些。虽然他并不需要洗手，但他还是走到洗手间打开水龙头，任由水冲刷他的双手，仿佛那孤独和绝望就在他的手上一样。透过洗手间的窗户，可以看到学校里唯一的广场，一道铁门和一道铁栏把学校的广场和马路分割在两个世界里。广场里一直有人经过，那些男男女女通过那道铁门来到广场，或是走到马路上。到后来，在晚上铁门关闭的时候，那些人会通过那道铁栏，但基本上都是到马路上去的。

窗外的风景让孤独和绝望减少了不少，甚至消失不见了。赵寻突然想到，七点还要去教室开班会。他看了看手机，还有一些时间，他决定下楼去。他要穿过透过窗户看到的广场，然后再穿过铁门到马路上去。这样，他可以顺便在附近把晚饭解决了。

在班会开始前二十分钟，人居然都奇迹般出现了。他们在宿舍楼下围成一个小圈，善于交谈的人一直不停地说，不善于交谈的人偶尔插两句，特别不善于交谈的人就一言不发。几分钟以后，他们一行六个人就结伴去教室了。

他们宿舍一共有十四个人，其中以他们新闻专业的八个人（后来有一个转为编导专业了）为主体，另外还有表演专业三人、编导专业两人，以及摄影专业一人。那天他们一行六人全是新闻专业的，而且是一个班的，所以他们结伴而行。另外两个新闻专业的也与他们一个班，只是没与他们一道而已。

之前得到的通知是在阶梯教室开班会，但是阶梯教室分为第一阶梯教室和第二阶梯教室，只是他们不知道而已。他们跟着大队的人顺势而行，被带到第二阶梯教室。虽然他们仍有百分之五十的概率进入正确的教室，但事实就是如此，那百分之五十的概率也没有被他们撞到。

他们自然而然地进了并不属于他们的教室，坐在座位上，并没有感觉任何的不妥。等着班会开始，就如同这间教室属于他们一样。

坐在赵寻旁边的范佩西说："咱们班的美女好多啊。"

快到七点的时候，来了一位年轻的老师，听旁边的同学议论说，她是他们的辅导员。老师叫出了各班的班长，并让他们逐个开始点名，可以看得出，在座的一共有四个班。

当那四个班长点完名以后，他们六个人惊奇地发现居然没有自己的名字。顷刻间，他们知道自己走错班级了。

赵寻马上找了旁边的一个漂亮女生问："你们这是什么专业啊？"

她回答说："播音啊。"

在他们发现自己犯了一个严重的错误以后，便灰溜溜地跑出教室，回头还看见有几个学生笑话他们。

他们以最快的速度跑到另外一个阶梯教室，这次没错，因为看到了与同宿舍的另外两个新闻专业的同学。他们在后排找到几个相邻的位子，便慢跑过去坐了下来。

范佩西依然坐在赵寻旁边，他又低声说："哎，新闻班无美女啊。"

赵寻说："发现了。"

二

得知范佩西自杀的消息后，陈晓光第一个想到的人是杨晴。她是范佩西的女朋友，但是已经分手了，但他知道杨晴和范佩西之间的感情有多深。

杨晴，这个总是在自己困难时伸出援手的人，他的班长，此时应该是最伤心的那个人吧！

陈晓光不禁想起一年前，临近毕业时找工作的情景，若不是杨晴，他也不会得到现在的工作了。

那时，陈晓光已经面试了好几份工作，还到附近找过几次房，因为再过几天就要发毕业证了，那时，学校就不能住了。而赵寻，除了约会、上网、打篮球、台球之外，就是躺在床上发呆。说实话，他的心情糟糕到极点，因为他父亲一直逼他考研，而他实在是没有再继续学习的心思。用他的话来说，就是他在学校待的时间太久了，累了！

距离离校的时间越近，陈晓光的内心就越焦虑。他找工作也有一段时间了，但以他现在的学历和实力，要找个像回事的工作，也只有保险和销售类的比较实际，但他宁愿去做服务员也不想做这类工作。

合适的工作不好找，好找的工作不合适，但总归还是要找事情做，因为不找个工作就得饿肚子，就得露宿街头。

陈晓光在网上看了好几圈，最后决定去台球厅做助教。助教是好听的说法，其实就是可以陪客人打球的服务员。当然，陈晓光选择去台球厅做助教也是有原因的，首先是他本人喜欢打台球；其次也是最重要的，是他特别满意台球厅的工作时间，三班倒，早班是上午十点到晚上六点，中班是下午两点到晚上十点，晚班是晚上六点到第二天半夜两点。这样，他每天就可以腾出时间看书了。他一直都有考研和考公务员的想法，只是没有告诉过任何人。

至于工资待遇，陈晓光倒不是很在意，底薪是一千五，再加上助教和会员卡充值的提成，一个月能拿两千多块钱，这在竞争激烈、劳动力低廉的省城，还是可以的。

决定了去台球厅做助教之后，陈晓光拨通了网页上的手机号码。

“喂？”

“喂，您好，请问您是吕主管吗？”陈晓光问。

“是，您是？”手机里的声音倒也客气，陈晓光对此颇有好感。

“我是在网上看到的招聘启事，想应聘助教，您看您什么时候有时间？”陈晓光问。

电话里的声音顿了一下，然后说：“那你明天上午十点过来吧。”

“好，我明天十点过去。”陈晓光确定道。

“知道位置吗？”

“网上写的是南山路新兴广场四楼黄金台球俱乐部。”陈晓光看了一眼网页说。

“对对对……那行，那你明天过来吧。”

“好……”陈晓光本想说声再见，但还没来得及开口，电话里就传来了挂断的“嘟嘟”声，刚刚那点儿好感瞬间烟消云散了。

第二天早上八点，陈晓光便起床了，这时宿舍里的其他人都还在熟睡之中。他刷完牙之后冲了个凉水澡，又换上了洗好的衣服，虽然不是什么决定命运的重要面试，但也不能太不当回事儿了。赵寻本来说跟陈晓光一起去，但陈晓光看他完全没有起床的意思，就知道自己得独自面对了。

“你还去不去了？”陈晓光问。

“嗯？什么？”赵寻仿佛是在呓语。虽说他不怎么清醒，但潜意识里也多少知道陈晓光说的是什么事。

“台球厅，还去不去了？”陈晓光提高嗓门，又问了一遍。

“不去了。”赵寻翻了个身，继续睡觉。

“电动车钥匙呢？”陈晓光在赵寻床头一边翻来翻去一边问。

“我的上衣兜里。”赵寻迷糊道。

果然，陈晓光在赵寻的上衣兜里找到了电动车的钥匙。他又在镜子前整理了一下仪容，这才下楼去了。赵寻的电动车就在楼下放着，陈晓光熟练地骑上车，然后向逍遥镇胡辣汤开了过去。

陈晓光没有喝胡辣汤，虽说胡辣汤好喝，但却上火，他要了便宜且健康的小米粥，还要了两个素包子和一个茶叶蛋，一共五块钱。陈晓光一边吃一边唏嘘现在高昂的物价。

从逍遥镇胡辣汤出来，已经九点过了一刻，上班的高峰期已过，路上的行人和车辆也少了许多，除了遇上几个红灯，陈晓光很顺利就到了南山路的新兴广场。

新兴广场上的停车位已经被占满了，停电动车的地方更是没有，好在收费的阿姨还算敬业，秉持着把顾客当上帝的原则，总算给陈晓光腾出一块地方。陈晓光艰难地把车塞进去之后，上了锁，然后对收费的阿姨说了声谢谢，这才朝着新兴广场的大门走去。

跟着几个人，陈晓光上了电梯，然后轻轻点了一下按键上的“4”。那几个人在三楼就下完了，陈晓光在电梯里往外瞅了一眼，原来是家KTV。

终于到了四楼，陈晓光刚走出楼梯，往左手边一看，“黄金台球俱乐部”的标志便映入眼帘。看起来比照片上要高大上，看来是个不错的地方。陈晓光心里一边嘀咕一边走了进去。

台球厅的光线很暗，给人一种安静的感觉，里面空间也很大，足足放了十三张黑八球桌和两张斯诺克球桌，另外还有一间大包房和两间小包房。

这时的台球厅里还没有客人，只有一个穿着白色短袖衬衣和黑色马甲的小伙子在打球，年龄和陈晓光相仿。他见陈晓光进来，便放下球杆走过来微笑道：“您好，欢迎光临黄金，您是打球还是打麻将？”

“我是来应聘的，昨天和吕主管联系过，他让我今天十点过来。”陈晓光道，他知道这小伙子肯定把他当成顾客了。

“吕主管还没来，你先坐这儿等一会儿吧。”小伙子指着一旁的沙发说，之后又拿起球杆开始打球了。

“好，没事。”陈晓光没有坐在沙发上休息，而是站在球桌旁看小伙子打球。

眼看马上就要到十点了，但吕主管丝毫没有露面的意思，小伙子主动给吕主管打了个电话。

“你咋还不来？人家过来应聘了！”小伙子略微有些不满道。

“行行行。”

“好好。”

“吕主管今天有点儿事儿，估计来不了了，跟我说也行。露露，关了吧。”小伙子挂了电话，对着收银台的方向摆了摆手，之后又问陈晓光道，“你想应聘什么职务？”

“我想应聘助教。”陈晓光保持微笑，想给对方留个好印象。说完他本能地朝柜台的方向瞟了一眼，只见一个梳着马尾辫的女孩儿的头，年龄不大，长相一般，似是在校大学生。

“会打球吗？”小伙子一边往一扇门走一边漫不经心地问，说话时也不回头看陈晓光。

“会一些。”陈晓光答。

“想当助教，球得打得好，会一些可不行。”小伙子这时扭头看了陈晓光一眼。

陈晓光突然觉得小伙子像是变了个人似的，刚刚还热情万分，此时竟有些爱理不理了。他听小伙子这么说，只是尴尬地笑了笑，并没有吱声，他总不能夸自己打得好吧。

“还有，我们这儿的助教都是兼职服务员的。”小伙子从屁股后面摸出一串钥匙，然后打开了那扇门。

“这个我知道。”陈晓光往里一看，原来是间包间，放了一张黑八球桌和一张麻将桌，全都用枣红色的布盖着。

“坐。”小伙子掀开麻将桌上的布，示意陈晓光坐下。

“好，谢谢。”陈晓光正襟危坐。

“你叫什么？”小伙子问。

“我叫陈晓光。”陈晓光答。

“我是余力，你叫我阿力就行。”小伙子在陈晓光对面坐了下来，他弓着背，抬着头，眯着双眼，头发有些蓬乱，十指交叉放在麻将桌上。

陈晓光礼貌地笑了笑，没有吱声。

“你是干长期还是短期？”余力问。

“长期短期有啥区别？”陈晓光不明所以，他没有在招聘网页上看关于长期和短期的内容。

“短期是干三个月以内，底薪一千，长期是干三个月以上，底薪一千五。”小伙子说。

“干长期的。”陈晓光说。

“那我现在先跟你说说咱们黄金的员工守则，还有服务客人时的注意事项。”小伙子站起身，又道，“你先等下，一会儿咱俩打两局，我看看你水平咋样。”

“嗯，好。”陈晓光直了直身体说，然后目送小伙子走出包间。

大概过了一两分钟，小伙子又回来了，只是手里多了两张A4纸，上面密密麻麻写满了字。陈晓光只能看清纸上的标题，四个加粗的大号宋体字——员工守则。

“这是咱们黄金的员工守则，我先大概地跟你说一下，回去你再好好看看。”余力重新坐回位子，然后开始介绍员工守则。

陈晓光脸上始终挂着微笑，认真听余力说那些条条款款，偶尔在和余力眼神交汇的时候点头称是。

“好了，大概就是这样，你回去再好好看看，特别是咱们的会员卡充值业务的内容和服务客人的那些程序，一定得记熟。”余力把两页员工守则递给陈晓光，又道，“走，打两杆，我看看你的水平。”

陈晓光把两页员工守则收好，然后跟着余力出了包间。这时，外面又多了一个穿着白衬衣和黑马甲的小伙子，看年龄和模样，估计和收银员一样，也是在校大学生。他似乎看出陈晓光要和余力打两局，便凑过来看热闹。

“露露，开十一号。”余力对着柜台摆手示意了一下，两秒钟之后，他之前打球的那张球桌的灯便亮了起来，他用的球杆也还在球桌上放着，他重新摆好球，又说，“开球吧。”

陈晓光从球杆架上挑了根顺手的球杆，然后开了球。其实，陈晓光的台球水平还是不错的，当时他在上高中的时候，几乎每天都去学校附近的台球厅打球，去得多了，自然就和台球厅的老板熟了起来，老板见他打得不错，再加上性格也好，所以就没少指点他。上了大学以后，他也常常和赵寻打球，所以，打台球对他来说，是件再熟悉不过的事情。

他曾经在台球厅也和一些陌生人打过球，但几乎没遇到过对手。余力对他来说，简直是小菜一碟。果然，他很轻松就赢了第一局，不过，却在第二局故意败下阵来，这样既可以不让余力轻看自己，也不至于扫了他的面子，以防今后他给自己穿小鞋。

两局之后，余力很严肃地说：“你打得还可以。”

陈晓光礼貌地笑了笑，没有说话。

“你啥时候来上班？”余力一边收起球杆一边问。

“明天开始上班吧，今天下午还有些事。”陈晓光说。

“你明天上早班吧，早班客人少，不是很忙，你先适应一下。”余力说。

“好。”陈晓光准备告辞，但又突然想起了一件重要的事情，问，“我明天直接来上班就可以了？不用签个协议合同什么的？”

“不用。”余力说。

三

在回忆过第一天去学校时的情景后，赵寻不禁又想起在学校最后的日子。

赵寻躺在床上等待七哥的到来，等待最后一次在这个校园里与七哥一起打球。最后一次，没错，这是他们约好的。

赵寻暗笑了一下，心想，这七哥真是的，最后一次打球也不准时点，给他留个好印象。正当他独自暗笑时，他身旁的那些朋友们正商量今天晚上要再来一次“散伙饭”，而且他们已经开始回忆起往事来了。他们总是在聚餐的时候回忆往事。随着时间的流逝，他们能回忆的也就越多。提起往事时，他们的脸上挂着幸福的笑容。

一阵熟悉的爬楼梯的声音把赵寻从记忆中拉了出来，接着，充满活力的七哥和那一句“寻，打球去”，以及宿舍门被强力撞开的声音便同时传入他的耳膜。当他从床上跳下来的时候，七哥已经把放在桌子底下的篮球拿在手里并在地板上拍了两下了。

赵寻说：“来得可真早啊，咱们下去就该上来了。”

七哥说：“失误，失误。”

七哥又拍了两下篮球，然后传给赵寻。赵寻也一样，把球在地板上拍了两下传给七哥，他们就在这一传两拍的节奏里到了篮球场。

篮球场上人很多，一般是男的打球，女的观战，有穿长裤的，也有穿短裤的，还有的男的没有穿上衣。

这个时间来，想要有一个空闲的篮筐已经不可能了，于是，赵寻和七哥找了一个看上去人最少和实力最弱的场地。他们不喜欢人多，而且他们喜欢与弱者同台竞技，因为他们的实力也不强。但他们对篮球充满了无限的热情，就如同句“I love this game”。

在几分钟之内，又断断续续来了几个人，他们之中有独自一个人来的，也有像赵寻和七哥一样结伴而来的。赵寻想，他们也一定是看他们这个场地人少，而且实力不强，才选择这里的，因为就在他们旁边还有一个与他们一样未开始比赛的场地，无论从身体素质，或是个人技术，看起来都像强者。

经过十几分钟的自由投篮，终于有人提出要打比赛了。提议的是一个穿着马裤，但没穿上衣的人，从他的头发和眼睛可以看出，他刚从睡梦中醒来。结果是，所有的人不谋而合——其实大家早就这么想了，只是都不愿意第一个提出来而已。

按照黑白配（手心为白，手背为黑）的原则，赵寻很幸运地和七哥分在同一组，这是他很喜欢的，有一个熟悉的人做队友，可以让他更放松一些。

对方一边有一个看起来既没有身高又没有身体的人。他确实没有身高，这个用肉眼可以看出来，但他看起来瘦弱的身体在比赛里却是那么强壮和敏捷，弹跳的高度和速度是那么高和那么快，就像一根弹簧一样，赵寻把他称为“弹簧腿”，与他对位的七哥也很同意他这个说法。

与他们一起打球的还有一个住他们隔壁宿舍的七哥的朋友，赵寻不知道他叫什么名字，七哥一直都叫他大熊。他们每一次打球七哥都会叫上大熊，而大熊差不多也都会去，但他从来不和他们一起下楼，总是比他们晚上那么一小会儿。时间久了，赵寻和大熊便认识了，他也叫他大熊。

虽然每次打球七哥都会叫上大熊一起，但这并不能说明七哥喜欢大熊，叫上他只是为了凑人数而已。七哥不喜欢大熊，赵寻也不喜欢，因为他每次打球都不带钱。刚开始的时候，打完球以后，他会很客气且不好意思地说：“忘带钱包了，帮我买瓶水吧。”

一个理由用了多次就会让人怀疑它的真实性，就像一个学生经常迟到一样，理由总是堵车，次数多了，老师肯定就产生抗体了。上小学的时候他就懂得了这个道理，所以，每次迟到他都会说不一样的理由，最少相邻的两次是绝对不会重复的。到后来，大熊就不再客气了，那句满怀歉意的“忘带钱包了，帮我买瓶水吧”也变成了理所当然的“矿泉水”。赵寻听着很不舒服，七哥更不舒服。

后来，七哥就习惯了，大熊也就更习惯了。但这一次，也就是赵寻和七哥约好的最后一次，七哥终于向大熊提出了一个长久以来埋藏在心中的疑问，七哥说：“你到底有没有钱包啊？”

大熊说：“当然有了，就在我柜子里锁着呢。”

七哥说：“我不信，你肯定没钱包，要不怎么会每次都忘带呢！”

大熊说：“我真有，一会儿上楼让你看看。”

七哥说：“一直以来，他有两个愿望，你知道是什么吗？”

大熊说：“什么？”

七哥说：“首先是见一见你的钱包，然后就是让你请我喝瓶水。”

大熊说：“我帮你实现一半吧。”

七哥说：“请我喝瓶水？”

大熊说：“让你见见我的钱包。”

大熊果然说话算话，让七哥见了见他的钱包，七哥叹了口气就扭头回宿舍了。

赵寻和七哥的第一次邂逅是在刚刚入学的第二天或是第三天。那时，他们刚开始军训。上午的军训结束后，已经是中午十二点了，赵寻本来打算去找他的一个高中同学，同学说要请他吃饭，可就在他答应了后，高中同学却说临时有事，改天再请他吃饭。

赵寻看着那些结伴去餐厅的人，绝望感由心而生。他该吃什么呢？

也没人陪他，顿时没了胃口。他失落地回到宿舍，正当他以为宿舍一个人也没有，并为自己的午饭烦恼得一塌糊涂的时候，突然有人出现在他的面前，正是七哥。一头烫过的黄色长发，刘海遮住了眼睛，再加上左耳垂上那颗闪亮的银色耳钉，很自然地被他当成误入歧途的少年。当时他就想，大学四年他和这位不良少年应该不会有过多交往。

七哥原名叫于飞飞，他说七七是他的小名，家人都那么叫他。赵寻问为什么，他说没有为什么，只是一个名字而已。

宿舍的人都叫他七哥。

七哥见赵寻进来，就礼貌性地给他一支烟。他忙推辞说："不用不用，我不会抽烟。"于是，七哥又把烟收了回去，放进烟盒里。赵寻看到是五元一盒的红旗渠。他高中时，一些同学整天躲在厕所里抽那种烟。

赵寻看得出来，七哥现在应该比他还要无聊，最少也是和他一样。

七哥问赵寻："吃饭了没？"

赵寻说："没，你吃了没？"

七哥说："我也没，吃饭去吧，现在人应该不多了。"

赵寻说："好。"

他们来到餐厅，人果然没有那么多了，起码像吃饭的地方，而不是赶集的地方。七哥看着贴在餐厅墙上醒目的红色菜单问赵寻："你吃什么？"

赵寻看着墙上的菜名，没有发现一个感兴趣的，于是他就决定先填饱肚子再说，选了一个经常吃的："鱼香肉丝盖浇饭。"

赵寻还以为七哥和他一样对墙上的菜单拿不定主意，想听听他的建议，谁知道七哥听他说完以后直接找餐厅的阿姨去了。他拿出钱包对柜台的阿姨说：“一份鱼香肉丝盖浇饭，一份土豆牛肉盖浇饭。”

赵寻有些受宠若惊，忙掏出钱包把他该付的那份钱给七哥并说：“我自己来，我自己来。”

七哥拒绝了，说：“没事！”

关于七哥这次请他吃饭，赵寻是万万没有想到的。他觉得，毕竟这是他们两个第一次一起吃饭。尽管他们住在同一个宿舍，对于彼此来说也还算熟悉，但他们的关系绝对不会好到请对方吃饭。因为从他们第一次见面到如今，每次都很客气，若不是今天他们两个刚好都这么无聊，应该不会有这次机会的。

也正是因为这次意外的缘分，让他们彼此成为大学期间最要好的朋友之一。在以后的日子里，每次聚餐回忆往事时，他们都会说到这件事，他们称为“一份鱼香肉丝盖浇饭引发的爱情”。他们会各自斟满的酒杯，然后喝一个交杯酒，以纪念此事。

四

陈晓光骑车来到学校门口的时候，遇见了刘青青。刘青青是他的前女友，也是他的初恋。

“好久不见。”陈晓光停下车和刘青青打招呼，但人还在车上坐着。

“好久不见。”刘青青露出了好看的微笑说，“你干什么去了？”

“没事儿啊，游手好闲地逛了一圈。”陈晓光笑了笑说，他实在不好意思说自己去应聘了。自己的同学不是去电视台，就是去报社，而他只能去台球厅做小服务员，便赶紧把话题转移到刘青青身上，“你这是干什么去啊？”

“我刚从家回来，这不快毕业了，回来收拾一下，见见同学。”刘青青说。

“你毕业了回家，还是在省城？”陈晓光问。

“回家！工作都找好了，省城不是咱待的地方。”刘青青笑了笑问，“你呢？有什么打算？”

“我这还没谱呢，走一步算一步吧，总不至于饿死。”陈晓光笑道。

陈晓光一副玩世不恭的样子，又和刘青青寒暄了一会儿，才和她挥手告别。直到刘青青的背影在他的视线中变得模糊，他才收起那副玩世不恭的模样，表情也逐渐落寞起来。

作为他的初恋，刘青青在他心里还是相当重要的，虽说他们已经分手了一年多了，现在也是以朋友相称，但在他的心里，刘青青始终占据那个最重要的位置。

其实，当时他和刘青青刚开始谈恋爱的时候，他就知道，有朝一日，刘青青会和他分手。陈晓光的这种想法不是毫无根据的。在他和刘青青成为恋人的交往中，无论他怎样去讨好她，她总是不冷不热，从不主动打电话或发信息，从不吃醋，也从不要求什么。陈晓光正是从她这一系列的表现中得出他们不得善终的结论。每每想到这些，他总是倍感失落，但也绝不会傻到主动提出分手的地步，毕竟他真心喜欢刘青青。

为了在未来的某一天，不至于由于痛失所爱而伤心欲绝，他早已做好了最坏的打算，剩下的就顺其自然吧。

果然，一年之后，正如陈晓光所说的那样，他被甩了，是刘青青先提出的分手。这让他想到了网上的一句名言——爱情就像两个拉橡皮筋的人，受伤的总是不愿放手的那个，最终被对方放手后弹伤自己。陈晓光想了想，这句话用在自己身上再合适不过了。明知对方不喜欢自己，若是早些放手的话，也不至于今天这么伤心难过了，但陈晓光马上就枪毙了这个想法，因为他又想到一句话，一句《单身情歌》里的歌词——想爱就别怕伤痛。

刘青青向陈晓光提出分手的理由是他们之间不合适。刘青青说，他们两家之间的距离太远了，就算以后谈婚论嫁，她的父母断然不会答应。刘青青还说，大三马上结束了，大四的课程也少，她准备直接回家实习，开始为自己的前途奋斗，再次回学校就只等毕业时领取毕业证了。最后，刘青青终于说到感情上的理由，她说陈晓光喜欢她胜过她喜欢陈晓光，她说这是不公平的，也是不正常的，所以他们之间不合适，要分手。

这些话在陈晓光听来过于牵强，有种欲加之罪何患无辞的感觉。他知道，真正原因是刘青青不喜欢自己而已。

其实刘青青早就想提出分手，只是陈晓光对她十分好，以至于没有好的理由。终于在大三快结束时，她找到了这些理由。她说的都是实话，只是这些理由并不能真的让她和陈晓光分手。她不喜欢陈晓光，和他在一起越来越没有感觉，她想分手，必须分手。

在刘青青提出分手以后，陈晓光曾试图挽回，但刘青青早已下定决心，她说，他们之间已经不可能了。

陈晓光骑着电动车往宿舍楼开去。刚刚和刘青青的偶遇，使他落寞了一会儿，但他很快就从那种情绪中挣脱出来，他知道，现在不是儿女情长的时候，现在最重要的是在这座城市中生存下去。

中午，陈晓光和赵寻一起吃了午饭，之后他们又一起去学校附近的都市村庄看房子。再过两天，学校的房子就不让住了，他必须得租个房子。其实，房子他已经联系好了，这次过去就是砍价。房东是个熟人，对陈晓光也算照顾，因为陈晓光暑期勤工俭学都会租他的房子。

陈晓光和赵寻回到学校时已经是三点多了。令人惊讶的是，宿舍里的人居然都在，而且只开了一台电脑，也没有像往常一样打游戏，而是在播放音乐，放着那些从大一听到大四的音乐，这太不可思议了！按照常理，这个时间，大家应该都在网吧玩游戏才对。

晚上，他们又在宿舍吃了一次散伙饭。

第二天早上八点，陈晓光吃了饭，又回宿舍随便收拾了一下，便踏上了他的助教生涯。他还是骑着赵寻的电动车去的，因为他上的是早班，十点才下班，那时候已经没有公交车了，他当然舍不得打车。

陈晓光到的时候，余力正好睡眼蒙眬地从小包间里出来，而昨天看他们打球的那个小伙子正坐在吧台前的凳子上休息。他们看见陈晓光过来，便礼貌性地对他笑了笑。吧台里面还有两个漂亮的女孩子，她们穿着白色的衬衣和粉色的短裙。陈晓光猜测，这肯定就是全职的助教。这个时候，台球厅还没有客人，所以助教和服务员才有时间在吧台里打发时间。

“新来的？”一个女孩刚吃完早饭，见有陌生人进来，便一边擦嘴一边问。

“嗯。”陈晓光点头微笑。

另一个女孩对陈晓光挤出一丝笑容，算是打了招呼，然后又开始专注于手中的手机。

余力放下筷子，站起来指了指吧台深处说：“去找个马甲穿上，然后让小志教你怎么摆球。”

小志就是昨天看陈晓光和余力打球的那个小伙子，此时也到了吧台里面。

“好。”陈晓光挑了一件合适的马甲穿在身上，他和坐在收银台前的女孩对视了一眼发现是昨天那个女孩。

“走吧。”小志见陈晓光挑好马甲，便问，“你叫什么？”

“陈晓光。”陈晓光答。

“你打球打很好呀。”小志回头看了一眼陈晓光，笑道。

“没有了！”陈晓光也笑了笑说。

小志带着陈晓光到一张台球桌前，他从球桌下面拿出三脚架说：“会摆球吗？”

“不是把黑八放中间，花色尽量分开摆就行了吗？”陈晓光说，他虽然打了多年台球，但还真是不知道正确的摆球方法，因为平时打球不会有人计较那么多。

“也不是。”小志解释道，“黑八放中间不错，还有一号球要放在第一个位置，而且这两边相邻的两个球不能是同一种花色，最后这一排这两个球是同一种花色。”

陈晓光虚心地点了点头，心道，原来摆球还有这么多说法，看来这么多年的球算是白打了。

“摆球速度要快，一般不能超过三秒。”小志继续说，“摆好球，要推到这个位置，还得对顾客说‘您好，请开球’。”

“嗯，知道了。”陈晓光点头微笑。

“来，你试试。”小志一边说一边让出了位。

“好。”陈晓光拿过三脚架，然后开始摆球。他虽然记住了怎么摆，但还不太熟练，总是不能按时完成。

“太慢了，你回头多练练。”小志说。

“嗯。”

小志又给陈晓光说了平时上班期间的具体流程和规矩，之后，他又说：“你尽快熟悉吧，到时候有啥不清楚的再问我。”

“好，谢谢你了。”陈晓光由衷感谢，他觉得小志这人真不错。

整个上午，台球厅的人不是很多，陈晓光和小志两个服务员就能应付。但下午两点后，最繁忙的时刻就要拉开序幕了。这时，又来了三个上中班的年轻小伙子，看年龄，也是二十岁出头。

陈晓光和他们寒暄了几句，才知道，他们只比他早来了一个月而已。过了三点，台球厅几乎已爆满，就连平时无人问津的斯诺克球台也变得无比抢手了。陈晓光不禁想起一个说法：世界上的台球球迷和足球球迷是一样多的。

从上午十点开始，陈晓光几乎一直站着，站得他的两条腿都快断了。而且午饭的时候，他只吃了一个煎饼果子，肚子里的那点儿东西早就被消化完了。他现在只想坐着吃碗泡面。面对着饥累交迫，陈晓光不禁感慨，钱还真不是那么好挣的。不过，好在还有几分钟就可以下班了。他拿出手机看了看时间，五点五十九分，他的心里已经开始倒计时了。

刚一到六点，陈晓光便匆匆和几个同事打招呼下班回学校了。刚来到宿舍楼下，还没下电动车，陈晓光裤兜里的手机突然震了起来。

“喂，晴哥，找小的有何贵干呀？”陈晓光见是班长杨晴的电话，便打趣道。

五

回想起那天晚上的“散伙饭”，赵寻脸上不禁露出一丝怀念的笑容。

赵寻和七哥回到宿舍的时候，大家已经开始着手准备晚上的聚餐了。除了两个在很早以前就搬出宿舍的人，以及另外两个重色轻友的人，其余的十人都将参与这次聚餐。他们按照以往的规矩，每人出二十元钱，在学校附近的小餐馆里吃。

那时，睡在赵寻下铺的范佩西也正从他的故乡往学校赶。一周前，他回家参加朋友的婚礼去了。

范佩西告诉他们说，他从家带来了五只烧鸡和三瓶白酒，让他们做好一醉方休的准备。范佩西曾在大一下学期的时候就往宿舍带过他们家乡的烧鸡，味道好极了。这次他之所以带这么多，很大一部分原因是宿舍众人的一致要求。每个人都想再品尝一下那人间美味，特别是东哥，东哥每天都会给他打三个电话问他什么时候回来，并再三叮嘱他一定要带烧鸡。东哥在挂电话之前，还会很风骚地说一声：“亲爱的，我在床上等你哦。”

他们把这次聚餐称为“最后的晚餐”，也有人说是“散伙饭”。虽然在每次放假之前，他们都会去那家熟悉的小餐馆吃“散伙饭”，但这一次才是真正意义上的“散伙饭”。这顿饭之后，大家就会各奔东西，即便是有些人偶尔还会见上一面，或是一起吃饭，但再也不会聚集这么多人了，感觉也会变得不一样。那个时候，只有两个人或是三个人，彼此告诉对方，他们是多么怀念以前的日子，并说起那些不在身边的人，然后叹息再也回不去了。

商议之后，他们决定把聚餐的地点定在宿舍。首先是因为大家都觉得宿舍气氛好；其次是在宿舍等待范佩西的到来，以便他们能在第一时间吃到梦寐以求的烧鸡，而且酒也在范佩西那里；最后这个是那些坐在电脑前玩游戏的人提出来的，他们实在不想放弃这一点提升自己装备的时间，他们说，在宿舍可以边听歌边喝酒。

他们通过石头剪刀布来决定哪两个人下楼去买酒、菜，因为七哥说三瓶白酒是绝对不够喝的，要再买一箱啤酒。经过激烈的小组赛，赵寻和七哥终于成功会师总决赛。赵寻看过无数的体育赛事，从来没见过哪一个比赛是输的人或是团队进入下一轮的，但石头剪刀布就是这样，只有输的人才能进入下一轮比赛。

赵寻和七哥拿着一百八十元的公费去了他们常去的那家餐馆，途中赵寻给陈晓光发了微信，催他快些，那时陈晓光正站在拥挤的公交车上往回赶——他去找工作了。

陈晓光回复道：“马上，二十分钟。”

餐馆老板一眼就认出了赵寻和七哥，便忙招呼说：“里边坐吧，吃点儿什么？”

七哥也如同见了熟人一样，客气地说：“要几个小菜带走。”

七哥按照他们之前在宿舍商量好的，要了六个热菜，六个凉菜，以及一箱啤酒。老板人很好，也很大方，不仅没跟他们要装啤酒用的塑料篮子的押金，而且每个菜都加了分量。

临走时，赵寻问老板要了一些一次性的筷子和杯子。

七哥说：“谢谢啊老板，明天把篮子拿过来。”

老板忙说：“没事没事。”

拎着十二个菜回去对赵寻和七哥来说并不是什么问题，只是再加上一箱啤酒就有些力不从心了。赵寻给东哥打电话说，必须再下来两个人把啤酒抬回去。

这可不像当时决定要谁下楼买菜的时候，还得靠石头剪刀布来选出两个不幸的人，不知为何大家听到要抬啤酒就激动得不得了，竟然争先恐后地来做这最累人的活。东哥和何小兵抬着一箱装有四十二瓶的啤酒箱走在夏天的晚风中，拖鞋和地面碰撞出有节奏的声响。

赵寻和七哥以为在经过门卫的时候会遇上一些麻烦，毕竟抬那么多的啤酒进学校不好，但他们多虑了。重情重义的门卫大哥很理解这些即将毕业的学子，虽然警惕性地看了一眼，但还是放他们过去了。

他们也很理解门卫大哥，所以最终没有惹出什么严重的事情来，只是在宿舍哭作一团。

赵寻、七哥、东哥、何小兵到宿舍的时候，陈晓光已经到了。

“你怎么这么慢？”赵寻看了一眼陈晓光，然后把菜放到了写字桌上。

“堵车呀，刚刚正是下班高峰期。”陈晓光一边解释一边开始帮忙摆桌子。

他们把从教室里搬来四张课桌一字排开，然后把十二个菜按照一凉一热的顺序摆在上面，就像在自助餐厅吃自助餐一样。现在一切准备就绪，就等范佩西和他的烧鸡、白酒了。

虽然“散伙饭”还没有正式开始，但有些人还是忍不住提前动手了。东哥掰开一双一次性筷子，自顾自地吃了起来，嘴里还带着哭腔念叨起来：“佩西，佩西，怎么还不来啊，我的烧鸡，我的烧鸡……”

东哥的行为引起了众人的效仿，于是大家也纷纷掰开筷子吃了起来，只是吃得不够豪放，有点尝一尝的意思。所有的人里只有七哥没有动筷子，他安静地躺在何小兵的床上抽烟。

正当大家时不时尝一下桌子上的菜的时候，东哥把右手食指放在嘴边“嘘”了一声，顿时，大家都定格在那里，东哥说：“有脚步声，是佩西来了。”

所有人都屏住呼吸，想听那脚步声到底是不是范佩西的。脚步声越来越近，他们已经十有八九确定是他了，一阵钥匙插入钥匙孔并向左转动的声音，门“啪”的一声开了，果然是范佩西。他们看见他就像看见自由女神一样，激动地叫了出来。

七哥从何小兵的床上站起来，把手里的烟头扔在地上踩了两脚，说：“散伙饭正式开始。”

东哥忙跑过来接范佩西的行李，说：“烧鸡呢？”

“别急，在这儿呢，一共是五只，刚好两人一只。”范佩西把行李放在自己的床上，然后拿出烧鸡和白酒坐在桌前。他打开酒给他们每人倒了一杯，然后又自己斟满，说，“兄弟们，实在抱歉，我来晚了，就不自罚了，来来来，大家先一块儿喝一个。”

“来来来，先喝一个。”大家异口同声地说。

东哥一只手拿着酒杯，另一只手拿着一只鸡腿，说：“不晚，不晚，烧鸡来得正是时候。”

正当大家碰过杯要一饮而尽的时候，何小兵突然说：“等一下，等一下，我们一块儿拿着酒杯合张影。”

每个人也都觉得这来之不易的时刻应该永远定格，便纷纷同意。

白酒加啤酒的劲儿可真大，没出半个小时，就有人开始吐真言了，更有甚者已经伤心落泪。在座的人曾经都有女朋友，他们的结局也都是一样的——分手。

有的是把女朋友甩了，有的是被女朋友甩了，但后者居多。在白酒和啤酒的作用下，他们的酒后真言多是伤心落泪，也都与这些有关。也正是他们的酒后真言和伤心泪水让陈晓光认识到，无论是甩别人，还是被人甩，都是一件痛不欲生的事情，而且甩别人比被人甩更加难受。

关于感情的话题，是他们每次聚餐的必谈话题，经过这三年不间断地探讨，他们发现，原来爱情是那么脆弱，那么的现实，金钱、房子、车子、工作、距离，甚至是一个细微的动作，随时都有可能终结爱情。他们从一个从高中毕业忠于爱情的傻小子，变成一个不相信爱情的现实主义。是他们成熟了？是他们无情了？是他们变得可怜了？

也许都是。也许都不是。

这三年来，他们有些人谈了一次恋爱，有些人谈了两次，还有些人更多。但这对于他们来说，无论是当局者还是旁观者，爱情的存在似乎就是为证明友情更长久。所以，此时此刻，彼此喝酒谈心的不是那些曾经的女朋友，而是一直就在身边的好兄弟。当然，爱情和友情本身是没有可比性的，他们都应该珍惜，不能因为一次两次的受伤就不相信爱情，只是爱情的条件比较苛刻而已。

在伤痛和眼泪过后，他们又一起回忆那些铭记在心的往事，又一次提起刚开学时走错教室的事情，又一次提起七哥请赵寻吃鱼香肉丝盖浇饭…想起这些往事，依然可以让他们捧腹大笑。

六

眼看着离开的日子越来越近，为了留下可供回忆的美好时刻，更为在千万人中相识，在女强人班长杨晴的提议下，决定来一次全班聚餐。

这是最后一次，也是唯一一次全班聚餐。陈晓光本来没什么兴趣，他觉得和那些常年不说一句话的人没有什么好说的，关键还得交五十块钱，对于现在的他来说，能省的还是要省。只是杨晴极力相邀，而他和杨晴的关系又十分要好，实在没有理由拒绝。宿舍的人也基本和他一样，持相同的看法，只是出于礼仪，他们还是交了五十块钱的聚餐费。

赵寻一边把钱交给作为宿舍代表的陈晓光一边说：“看啊，我们是多么虚伪啊！”

“收起你诗人的嘴脸。”陈晓光厉声说，“我的五十块钱啊，心口疼得要命。”

虽说陈晓光不想参与这种毫无意义的聚餐，更不想花这五十块的冤枉钱，但他认真想了想，觉得还是要参加的。因为对每个人来说，这都是最后一餐！

聚餐那天，经常以副班长自居的李石山出尽了风头，只可惜没人买他的账，就连他自己宿舍的朋友也不给他面子。

李石山是个狂妄自大的人，在宿舍常以大哥自居，总觉得自己比别人能力强，也断定自己会比别人混得好，他常挂在嘴边的话就是：“有事了给哥说，哥帮你。”

李石山从家里自带了几瓶酒，给在场的每个男生都倒上了，每次倒酒时总会配一句：“有事了给哥打电话，都是同学，帮帮忙是应该的。”他说得越是认真，就显得越虚伪。

赵寻满脸笑容地端起酒杯，一边看李石山给自己倒酒一边说：“好好好……”心里却想，还有这么不知羞耻的人，你以为自己是谁啊。

李石山又让所有的女生为自己倒上啤酒，然后不顾大家的感受，强行让所有人一饮而尽了。李石山的行为让有些女生反感，甚至有些愤怒了，女生还没有来得及反驳，他就进直接开始第二轮、第三轮。这让那些女生彻底愤怒了，便纷纷讨伐李石山，说粒米未进，不宜饮酒。

李石山说：“这是规矩。”

赵寻见此情景，有些幸灾乐祸，他对旁边的陈晓光说：“幸亏来了，不然错过好戏了。”

陈晓光说：“看见没，这是在向我们展示他在酒桌上学会的规矩，大人都这样！”

赵寻说：“我倒是觉得女生说的更有道理，你说这一点儿东西没吃就三杯酒下肚，别说那女的受不了，我都快受不了了。”

陈晓光说：“酒桌上那些规矩不适合这种场合，本来大家全都是真情实感，这被他整得就剩虚伪了，一点意思都没了。”

赵寻说：“没有矛盾的情节是不精彩的，没有矛盾的聚餐也是不好玩的。”

陈晓光说：“你就幸灾乐祸吧。”

其实，李石山拿来的酒喝着还不错，最少比平时从小商店里买来喝的廉价酒好喝些。只是他的行为让在座的各位对他带来的酒也失去了客观的判断，大家几乎异口同声地说：“酒真难喝。”但碍于面子，说酒难喝的人也只是私下里咬咬耳朵。

在陈晓光看来，说李石山的酒难喝的人不单单因为他的为人处事，更多的是那些人本身的心态问题。

这种事他见多了，在他的印象里，很多人不会当着任何人的面夸赞别人的东西好。他知道，就算酒不是李石山带来的，或者李石山是个人缘好的人，那酒也会得到一个“真难喝”的评价，这才是规矩。他明白这种心态源于嫉妒，但他不明白这规矩为何在“孩子”方面截然相反。他经常看见几个家长聚在一起拼命相互夸赞孩子。不过他还是从这两种截然相反情况里发现了相同的东西，那就是：无论是人们在贬低别人东西的时候，或是夸赞别人孩子的时候，都是口是心非的。

杨晴抿了口饮料，然后看了看身旁一直在吃东西的陈晓光，问：“工作找得怎么样了？”

陈晓光咽下嘴里的东西，说：“哎，一言难尽啊。”

杨晴说：“那你准备干吗？不是要考研吧？”

“我倒是想考，不过还是先找个工作干着，这不还没有眉目吗。”陈晓光哭丧着脸说，台球厅的工作他实在说不出口，“要不晴哥您给介绍个？”

“你还真别说，”杨晴像是突然想起了什么似的说，“前两天我一个朋友还让我去一个大学当辅导员，我没答应，她让我帮她留意有没有合适的人，你要是觉得可以，我就跟她说说，不过就是工资有点儿低，一个月两千块钱。”

“当然可以了。”陈晓光激动地说，要是能在大学里当辅导员，那可比在台球厅做服务员好多了，而且这样也可以有更多的时间来看书，“太感谢晴哥了，我敬你一杯。”

“我先跟我那朋友说一下，看她怎么说。”杨晴说。

“好，那我就等你的好消息了。”陈晓光说，激动的情绪久久不能平复。

那天聚餐结束后，杨晴就给她的朋友打了电话。她是真心想帮陈晓光，因为她觉得陈晓光这个人很实在，是个值得交的朋友，而且和她私交甚好。她也知道，陈晓光是从农村过来的，在省城无亲无故，一个人打拼着实不易，能帮的肯定要帮一把。

杨晴的朋友说，直接让陈晓光去学校面试就可以了。陈晓光听了这个消息后，也是激动万分，非要请杨晴吃饭，但杨晴说，等他面试成功了再请不迟。

面试那天天气很热，足足有四十度，热得任谁也不愿出屋门半步。陈晓光拿着制作精美的简历，稍微打扮了一下，俨然一个知识分子。人事处的主任扫了一眼简历，又像看照片似的看了他一眼，然后他就被录用了。直到他回到宿舍躺在床上，还有点儿不相信整个过程竟然如此顺利，也正因为如此，他辞去了台球厅的工作。

这是一所专科学校，陈晓光的职务是新闻专业的辅导员，管理两个班，共八十九人，三十个男生、五十九个女生。虽然工作不算好，工资也不高，但陈晓光却对此很满意，因为这比在台球厅做服务员好太多了。

第三章

一

范佩西自杀的消息像一把利剑一样刺在杨晴的心上。她坐在床上，双手抱膝，仿佛是一尊雕塑，长发从滑落下来，遮住脸庞，她也没有反应，只是眼睛里涌出透明液体，随之而来的是一声歇斯底里的尖叫：“范佩西你个混蛋——”

李海生被杨晴的尖叫吓得目瞪口呆，他惊慌失措地穿好衣服从窗帘一角窥视窗外是否有人注意屋内的动静。

“怎么了乖乖？告诉我。”

“老公，范佩西死了，他这个混蛋，自杀了。”杨晴扑到李海生的怀里不停地耸动肩膀，眼里的液体打湿了他的肩膀。

李海生捋捋杨晴的头发，拍拍她的后背，说：“那是他的错，谁也没办法。穿衣服吧，我马上得去上课了。”

杨晴默默地穿好衣服，眼泪却一刻也没停过。自从毕业时在火车站泪别，她以为自己与范佩西已经结束了，到家后也一直沉浸在失恋的痛苦中。在她的意识里，他也不再是男朋友了，但范佩西自杀的消息对她的冲击力证明，他仍然在她心里挥之不去。

“别太难过了宝贝，这是他的命。”李海生把杨晴揽在怀里，捧着她的脸吻干脸的泪珠说，“好了，你先回家待会儿，我放学了给你打电话，咱一起吃晚饭？”

杨晴点点头，整理了一下头发，拧开水龙头洗脸，说：“老公再见，你好好上课！”说完凄惨地一笑，戴上太阳镜，走出李海生的家。她来到河堤上，下午的阳光像火一样挥洒着热情，一股热浪扑面而来，她有点头晕，站在树荫下望着柳青河发呆。河里的水在这里变成一根细细的绳子，汩汩地流淌着。

站在河堤上良久，杨晴开始迈动脚步，但她不知道要去哪里。她不想回家，就顺着河堤一直走。她拿出手机再次阅读那条炸弹一样的信息：“小晴，告诉你一个令人震惊的消息，范佩西自杀了，用一条Boss牌腰带吊在办公室门框上。你们虽然已经结束，但你肯定会悲伤。你要挺住，挺住！聪。”

杨晴拨通了远在上海的王聪的手机。

“聪，是真的吗？怎么会这样？你说，他这是怎么了？”杨晴啜泣的声音如一只孤雁在寂静的河堤上飘荡。

王聪的声音里夹杂着伤感的呜咽：“他怎么这么脆弱，有多大的委屈能让他放弃生命？啊？真想不通……你节哀吧，小晴，再哭他也回不来了！”

杨晴无法抑制自己的悲伤，坐在河堤斜面的一个台阶，像一只被夺去孩子的母狼发出嚎叫。范佩西，这个让她魂牵梦萦的家伙！让她快乐过，痛苦过，如今又让她悲痛欲绝的家伙！

她的脑海里闪出那条Boss牌腰带。曾经，她听说女士给男士送腰带、领带是“拴”的意思，就是要拴住男朋友的心不移情别恋。她临毕业送Boss牌腰带给范佩西，有两层意思，一是不让他移情别恋，永远爱她，那时候她们还没有确定分手；二就是让他艰苦创业，有朝一日他能成为一个Boss。

杨晴现在才知道，无论如何都不应该送腰带给他。这条腰带，不但拴住他的心，还把他拴在门框上，成为一道阴森的风景。

你为什么选择这样的方式？是要告诉我你还爱着我，还是为了报复我表示对腰带的轻蔑？是告诉我你当初分手的选择是错误的，还是表示对我们过去的留恋与怀念？但无论你要表示什么，都不应该选择结束。你这样做之前，考虑过我的感受吗？你是想用这腰带把我拴在内疚与忏悔的十字架上吗？

什么样的假设都不能让杨晴释怀。她在心里呼唤了一千次范佩西的名字，又在心里骂了一千次，那个高高瘦瘦、清秀温和的男生，却无论如何也不能从她的大脑中抹去。

二

陈晓光刚到省城，就接到陈平的电话。

陈平是陈晓光的发小，两人年纪相同，又都姓陈，所以小时候格外要好。陈晓光还记得，上小学的时候，他和陈平、吴满还组建了三剑客的组合，玩见义勇为的游戏。

只是，小学还没毕业，陈平就随着做生意发达的父亲去了省城，后来还去英国留学了。而吴满，由于家里经济条件不好，他的奶奶又卧病在床，所以，他只上到初中毕业，便回家务农了，也是最近，为了结婚，他才开始了进城打工。

陈晓光一看是陈平的电话，才突然想到，原来又到放暑假的时间了，因为只有暑假，陈平才会从国外回来，才会联系他。他不禁感慨时光飞逝，而自己永远也不可能有暑假了。

也许是在国外待的时间长了，陈平说话时总夹杂着一些英文单词，每次都会让人想起外国人学说中国话的样子。好在那些英文单词全在陈晓光的学识范围之内，所以，并没有对他们的交流造成阻碍。

陈平最喜欢说的就是他的女朋友，以及他通过各种途径认识的女人，他试图把她们全追到手。据陈晓光了解，包括他女朋友在内，他一共和两个女人保持恋爱的关系。他最喜欢做的则是每天拉着陈晓光打台球、上网、唱歌、去夜店——他不怎么回家。

陈晓光暑假做的都是兼职，不是很忙，所以，他有大把的时间可以用来陪伴无所事事的陈平。和别的娱乐活动相比，他最喜欢的就是和陈平打台球，因为打台球是他唯一的业余爱好，他之前去找台球厅的工作，很大一部分原因也是在此。

当然，在那些炎热的日子里，他们也不是光说玩，陈平也跟着陈晓光去做过一次兼职。那是陈晓光上大学后的第一个暑假。他去肯德基面试失败以后，也是在好心的青哥的帮助下找到了工作。工作很简单，就是发广告传单。陈平那时候在家无所事事，他听了以后，非要凑这个热闹。

这并不是一般的发传单，只要在大街上把传单发给行人就可以，这是有组织的集体工作，在一个领队的带领下，到各个居民小区去，把广告页插在每家住户的门把手或是门缝里。领队的实质工作是监督，他们是发广告的商家派来的，目的是监督每个成员的工作，以免一些人投机取巧。在发广告的时候，最累的就是爬楼梯，因为大部分居民小区没有安装电梯，在最热的七八月份，想要做好这样一份工作，没有坚强的毅力和良好的身体素质是万万不行的。在将近四十摄氏度的高温里，即便站着不动，也是一种残忍的折磨。

可是，陈平来了以后就不同了，他的到来让陈晓光的工作轻松了不少。

陈晓光不知道陈平以前有没有做过类似的工作，他怀疑他做过，但陈平说没有。陈晓光怀疑他的原因是他有做这些工作的丰富经验。几个前辈告诉他的偷懒经验陈平都知道，因为他看见陈平那样做过。在陈晓光的印象里，好像他看见陈平的时候，陈平总是坐在一旁休息。那个时候，陈晓光还没有告诉他关于偷懒的经验。

陈晓光抱着从领队那里领过来的两千份广告传单，把它们放在自行车的后座上夹紧了。接下来他们就要去第一个居民小区了。

陈晓光说："一会儿发的时候咱俩一块儿。"

"好。"陈平说。

到了小区，离开了领队的视线以后，陈平并没有马上开始工作，而是慢悠悠地在小区里闲逛。

"你干吗呢？"陈晓光问。

"找垃圾桶。"陈平答。

"找垃圾桶干吗？"陈晓光已经猜到他要把广告传单扔一部分，这是与他们一起工作的那位大哥传授给他的宝贵经验。

“废话，当然是扔垃圾了。”陈平边说边晃着手里拎着的放有广告传单的背包。

“还真是聪明啊你，谁教你的？”陈晓光疑惑道。

“这还用教吗？”陈平不屑地说。

于是，他们一起找了个位置比较隐蔽的垃圾箱，只见陈平把背包里的广告传单扔了将近一半。

“怎么扔那么多啊，小心被发现了。”陈晓光提醒道。

“你背着不嫌重啊？放心吧，没人会发现。他们还不如我们在乎呢。”陈平轻松地说。

“你怎么知道不会被发现啊？”陈晓光问道。

“你以为那些人那么无聊啊，他们就是装装样了，他们恨不得我们赶紧扔完回家呢。”陈平解释道。

听了陈平的话，陈晓光感觉好像有些道理。于是，他心存淡淡的负罪感也把背包里的广告传单扔了一半左右，确实轻松了许多。

陈晓光看了一下四周，没发现什么可疑的人，只有不远处的几个老太太在打麻将，旁边还坐着三个老太太，也是六七十岁的样子，其中有两个手里还抱着小孩，那一定是她们的孙子或是外孙。他突然想了关于小孩子启蒙教育的问题，毕竟抱着小孩子看打麻将可不是件什么好事，打麻将可不能从娃娃抓起。

陈晓光看着两栋挨着的楼房对陈平说：“你发这一栋楼，我发那一栋，一会儿还在这儿见。”

“好。”陈平说。

经过差不多十五分钟的时间，陈晓光终于发完了一栋楼房的七个门洞，虽然他每个门洞只到三楼，但也着实把他给累得不轻。当他出了最后一个门洞的时候，他看见陈平已经在约好的地方等他了。他拖着疲惫的身体走过去，顺便把背包里的水拿出来猛喝了几口。

陈平见陈晓光过来，便埋怨道："怎么这么慢啊你，等你十分钟了。"

陈晓光问："你怎么发的啊？那么快。肯定没上楼。"

"是啊，都有报箱，我直接插报箱了。"陈平说。

"你一层都没上啊？"

"上了，有一个门洞没有报箱，不过，我只上到二楼。"陈平说。

陈晓光终于明白为什么每次工作陈平总是那么轻松了。之后，他就不觉得这是一份折磨人的工作了。但是，另一个更加棘手的问题也随之而来了，那便是经济问题。陈晓光发现，陈平来了之后，自己每日的花销增加了不少，陈平的花销更多。而这其中大部分都是买冰淇淋和冷饮及吃饭花了，这在每日三十元钱的工资里占了将近一半，而他每次都只能这样安慰自己：重在体验生活，重在积累经验，赚钱是小事。

回想起一幕幕往事，陈晓光不觉露出了一丝笑容，他接通电话喂了一声。

"Hey man，what are you doing？"手机里传来陈平那熟悉的声音。

"我还能干吗，正搬家呢。"陈晓光说。

"搬什么家？"陈平问。

"这不毕业了吗，学校不让住了，在外面租的房子。"陈晓光解释道。

"原来如此，这么说你是在省城了，改天找你玩儿去。"陈平开心地说。

“随时欢迎啊。”陈晓光说，“你怎么样？也毕业了吧？”

“对呀，这不回来了吗。”陈平又问，“你在哪儿工作啊？”

“在传播影视学院做辅导员呢。”陈晓光说。

“那还可以。”陈平说，“好了，我也没事，刚回来，给你说一声，改天找你玩儿去。”

“嗯，行，到时候再联系。”陈晓光本想问问陈平有什么打算，但他急着搬东西，也就没多说什么，反正有的是机会。

三

赵寻的思绪仍然沉浸在回忆里。

该吃的“散伙饭”吃了，该喝的酒喝了，该说的话说了，该流的泪流了。待所有人酒足饭饱，眼泪全干，已经是深夜三点半，不知不觉中竟然全睡着了。本来赵寻与范佩西还有一场实况足球比赛，但那些视魔兽世界如命的玩家都选择了与民同乐，他和范佩西又岂能不跟随呢。

赵寻对范佩西说：“等以后吧，就算分别了，咱们也能去网上踢。”

范佩西说：“好，以后实况有的是机会踢，但‘散伙饭’就这一次了。”

在大学四年里，赵寻和范佩西踢实况绝对是他们所有娱乐项目里最为重要的一项。如果赵寻去网吧，那范佩西也会去；如果是范佩西去网吧，赵寻也一定会去，少其中一人也不行。他们都是不爱上网的人，却都对实况足球情有独钟，这源于对足球的热爱。在这四年里，他们曾一起经历过世界杯，这可能是他们今生能够在一起看的唯一一届世界杯了。

醒来的时候已经是中午十二点多了，赵寻一睁眼就觉得宿舍安静得厉害，定眼一看，除了范佩西在床上玩电脑之外，其他人还都没有醒来。他来到另一间卧室，想找陈晓光和七哥吃午饭，却发现陈晓光和七哥的床是空的。他知道，七哥肯定又去他姐姐家了，但不知道陈晓光去了哪里。

赵寻马上给陈晓光打电话，问："你在哪儿？"

陈晓光说："A201，正在帮刘小敏剪片子呢。"

赵寻说："什么时候剪完啊？"

陈晓光说："估计还得一两个小时。"

赵寻说："那行，你吃饭了没？"

陈晓光说："我吃过了。"

赵寻说："好，你先忙，我去吃饭，一会儿找你去。"

此时，陈晓光正坐在A201的电扇下面认真盯着电脑，他旁边坐了一个漂亮的女生。这个漂亮女生赵寻也认识，叫刘小敏，他借着陈晓光的光，有幸和她吃过两次饭，也算认识了。赵寻和陈晓光一样，叫她小敏。

关于刘小敏这个人，陈晓光承认她确实长得很漂亮，身材也好，但他也确实觉得她不招人喜欢。在陈晓光看来，刘晓敏是一个绝对的现实主义者，拜金主义者，最大的特点是虚荣。

陈晓光第一次见刘小敏是在学校的乒乓球台处。那天他们正上体育课，他和赵寻在打乒乓球，刚好刘小敏也在上体育课，也在打乒乓球。她觉得陈晓光打得好，便让他教，就这样，他们认识了。后来，又互相留了电话。

一天下午，陈晓光挂断一个电话之后说：“看，没事绝对不联系，一联系就是有事。”

赵寻问：“怎么了？”

陈晓光说：“刘小敏又让给她剪片。”

赵寻说：“那就去呗，美女让剪片，好事啊。”

陈晓光说：“好个屁。”

赵寻说：“人家无非就是现实点儿，拜金点儿，没什么不好的！”

陈晓光说：“你那是不知道，一张嘴就是花多少钱买了什么，花多少钱又买了什么，一张嘴就是她哥给了她多少钱，她哥给她买了什么，一张嘴就是要嫁个有钱人，就是她同学怎么不好，怎么虚荣。受不了啊！”

赵寻说：“那你就别去。”

“她都打电话叫我了，我还能不去？”陈晓光话锋一转，又说，“不过她也挺可怜的，连个朋友都没有。”

赵寻说：“这叫可恨之人必有可怜之处。”

陈晓光说：“等我一块儿吃饭啊。”说完便提着电脑下楼去了。

三个小时后，陈晓光回来了，他一脸愤怒地喊：“浪女，浪女，真是浪女啊，从来没见过这么浪的。”

赵寻说：“怎么了这是？”

在一旁玩魔兽世界的七哥和东哥也好奇地扭过头来问：“咋回事？咋回事？说说。”

陈晓光说：“一言难尽啊。”

东哥催促道：“赶快说，赶快说，到底咋回事？”

陈晓光说："我今天不是去给刘小敏剪片了吗，然后她就跟我说啊，说这是她哥送她的电脑，一万多呢，还说让我拿走随便玩，我是谁啊，岂能为一台电脑迷失了自我。"

东哥说："就这啊？"

陈晓光说："你别急啊，先听我说，她还给我说，她买的五百多的内衣，还扒着她的衣服让我看呢，我是那种人吗？显然不是。我当时实在受不了了，就说，光看上衣多没意思啊，顺便也看看内裤好了，我还没见过五百多的内裤呢。"

东哥说："像你的为人。"

陈晓光在东哥头上敲了一下继续说："刘小敏说：'真是个色狼，男人还真是都一样，还看看内裤呢，你要不要摸摸是什么布料啊。'我说：'好啊，求之不得。'刘小敏说：'去死吧你，不过真别说，这五百多的内衣穿上感觉就是不一样。'"

东哥说："这女生怎么开放！"

其实，一直以来，陈晓光都不喜欢刘小敏，但是又不忍心拒绝她的求助，所以，他们一直保持着联系。

刘小敏倒是把陈晓光当朋友了，什么事都给他说，无论是开心的还是不开心的。

陈晓光常说："其实刘小敏挺可怜的，连个朋友都没有。"

陈晓光帮刘小敏剪片子的时候，刘小敏就坐在他旁边。她坐得离陈晓光很近，以至于她的胳膊总是会碰到他。陈晓光甚至能感受到她的呼吸，他的心里有些波动，所以总是尽量避免和刘小敏的肢体接触，但又不好意思表现得太过明显。

片子快剪完的时候，门外传来三声敲门声，接着赵寻推门进来了，他一脸坏笑说：“没有打扰你们吧？”

刘小敏脸上露出一抹好看的笑，她早已对赵寻这种玩笑司空见惯了。

陈晓光像是什么都没听见似的，只是扭头看了赵寻一眼，然后说：“马上好了。”

赵寻说：“不急不急。”

“你也在学校啊，怎么没回家？”刘小敏保持着微笑。

赵寻说：“这不是毕业了吗，待一天少一天了。”

赵寻和刘小敏又聊了几句陈晓光正剪的片子，之后便不再说话，他们都认真地看着陈晓光剪片子。刘小敏的认真应该是真的，赵寻的认真是假装的，他只是为了掩饰自己的无话可说，装作有事可做的样子罢了。

突然，刘小敏说：“你们晚上有空吗？”

陈晓光说：“怎么了？”

赵寻没有说话，只是回了她一个疑惑的眼神。

“晚上我请你们吃饭吧，以后估计就没机会了。”刘小敏说。

虽然陈晓光不是很想和刘小敏吃饭，但他没有拒绝。他看得出，刘小敏在说请他们吃饭的时候是真诚的，而且以后也确实没有机会了，临走前一起吃个饭，也不枉相识一场。

晚上，他们一起去吃火锅。赵寻本不想和陈晓光一起去，但硬生生地被陈晓光拉了去。

在陈晓光看来，这次刘小敏表现得还是很不错的，除了在点菜的时候不要这个不要那个，挑剔得像个富家千金一样，别的都挺好的，最后她居然还哭了，而且哭得很伤心。

刘小敏说："最后一次请你们吃饭了，真舍不得你们。"

陈晓光说："天下没有不散的筵席，明年这时候，你也就毕业了。"

刘小敏说："真羡慕你们，我也想毕业。"

陈晓光说："好好上学吧，等你明年这时候就不羡慕了，我现在是想上学都没得上了。"

赵寻就一直在旁边坐着，只是偶尔插一两句话。他只管吃他的，任他们聊得海阔天空，潸然泪下。于情于理，他都应该这么做。虽然刘小敏说是请他和陈晓光吃饭，其实刘小敏只是想请陈晓光，他只是捎带的。

临分别的时候，刘小敏要求和陈晓光拥抱一下，他很大方地接受了。之后，刘小敏又礼貌性地和赵寻轻轻抱了一下。

和刘小敏分开以后，陈晓光和赵寻返回学校，去了那家他们常去的小卖部。在男女生宿舍楼之间一共有七家小卖部，每个学生基本上都有自己特别喜欢去的一家。那些小卖部的老板也很厉害，他们能记住自己所有的回头客，并和他们聊得热火朝天。

陈晓光买了两个小布丁，然后和赵寻坐在小卖部门前的凳子上边吃边聊。他们聊的还是一些关于人生、理想、工作、爱情和家庭方面的话题。当说到现在的房价及价值观的时候，他们表示了强烈的谴责。

小卖部的老板娘似乎对他们的谈话很感兴趣，也加入进来，她说："现在的房价可真贵啊，看都不敢看，要是零食也长到那个价，我就发了，这零食怎么就不涨价呢！"

陈晓光笑了笑说："不用买房子，可以租房子。"

老板娘说："你能租一辈子房子吗？现在的女孩儿多现实啊，没房子谁跟你过啊。”

陈晓光说：“也是。”

陈晓光和赵寻坐在小卖部的门前，和老板娘一直聊到十点才离开。两人起身走了几步，赵寻突然说：“晓光，咱们创业吧！”

四

陈平从英国留学回来后无所事事，总是隔三岔五约陈晓光。

那天，陈平像往常一样在晚饭时间给陈晓光打电话，开口便说：“打台球去。”

那时，陈晓光正躺在铺着凉席的床上吹着电扇读村上春树的小说《海边的卡夫卡》，小说讲述了一个离家出走的十五岁少年的故事。他似乎有先见之明，手机一直放在触手可及的地方。

“那就老地方见吧。”陈晓光把书签放进书里，从床上坐起来，收拾了一下，尽快出门。

他们常去的那家台球厅在一个宽阔的地下室，里面摆放着二十张台球桌，其中有五张是斯诺克球桌。他们平时不打斯诺克，斯诺克对他们当前的技术来说有很大的难度。

老板是个四十多岁的中年男子，留着精神的短发，脸和肚子上的肉让人觉得他平易近人。每当看见他，陈晓光都觉得那是四十岁时的自己。老板很热情，在生意冷清的时候，经常对他们讲解台球方面的技巧。陈晓光和陈平都从中获益良多。

陈晓光沿着楼梯走下去的时候，一阵凉爽的冷气扑面而来，本来热得张开的毛孔立刻像含羞草一样缩了起来。台球厅里人很多，只有四张斯诺克球桌空着。四台大空调像一动不动地站在四个角落里，它们拼命吹着冷气，让坐在收银台的老板和打球的顾客非常满意。音箱里一直传出时下流行的歌曲。

老板见他进来，对他点头一笑，分寸掌握得十分到位，让人觉得很舒服。他也回以微笑。他看见了陈平正在一张台球桌上自娱自乐。

“你是乘坐蜗牛来的吗？”陈平看着陈晓光说。

“如果你是说公交车就是蜗牛的话，那我确实是乘坐蜗牛来的。”陈晓光调侃。

“沿途的风景好吗？”陈平鄙视地看了一眼陈晓光。

“如诗如画，只是游客太多，蜗牛也太多，所以行进速度慢了些，请勿见怪。”陈晓光挑选了一支顺手的球杆。

陈平重新把球摆好，让陈晓光开球。陈平打球时喜欢装出一种专业高手的姿态，每次击球前总是用球杆在桌面上画来画去，俨然一个总揽全局的指挥家。其实他自己非常清楚，他脑子里什么也没有，简直是一尘不染。他只是想让人误以为自己可以像巫师一样控制白球的力量和行进轨迹，从而觉得自己是个专业高手。陈晓光当然也非常清楚，他坐在一边的椅子上，看着陈平投入的表演，等待他出杆。

“回来以后还没怎么在家吃过饭吧？你妈不管你？”陈晓光问。

“不管啊，我很自由的。”陈平说，“我晚上都回家睡觉的。”

“没事回家吃饭吧，多陪陪家人。”陈晓光说。

“大好时光，何必浪费在家里呢。”陈平出杆了，球没打进，一脸的失望，“家是什么时候都可以回的。”

陈晓光用巧粉在杆头上擦了擦，选择了一颗最简单的球击，球毫无风险地落入左边底袋。其实，整个球形的位置是非常好的，即便是随便出手，白球也能走到理想的位置，但他在击第二颗同样简单的球时还是出现了失误。

“最近又认识了一个女的，刚和男朋友分手，正在读大三。”陈平又开始在球桌上画来画去，“我手机里有照片，挺好看的。”说着便拿出手机让陈晓光看。

“怎么认识的？”陈晓光问。

“网上认识的，准备过些天见面。”陈平说。

“为什么要过些天？”

“现在人家刚分手，正值伤心的时候，需要缓解一下。”

陈平连续进了三个球，笑容已在他脸上开了花。那花就像文身一样文在他的脸上，怎么洗也洗不掉了。陈晓光知道他出现了骄兵的心理，果然，在击第四颗球的时候失败了。

“你跟小青怎么样了？”陈晓光重新上场。

“Oh，My god，不要在这种时候提这个名字好吗？我会有罪恶感的！”陈平脸上的花开得更加鲜艳了，以至于嘴巴都合不上了，一脸的成就感。

“可事实就是如此啊，你必须面对，不过说真的，你还真无耻。”陈晓光说。

“放心吧，我会分而治之的。”陈平一副胸有成竹的样子，完全没有把“无耻”当成贬义词，脸上的成就感已经十足了。

趁着陈晓光击球的时间，陈平跑去柜台买了饮料。

“你喝什么？”陈平问。

“可口可乐。”陈晓光说。

八点的时候，又陆陆续续来了一些人。他们观望一番之后，见仅剩下一张斯诺克球桌，便失望地离去了。做什么事都不认真的陈平，打台球时更是如此。稍有空隙，他就拿出手机忙个不停，就像任务繁重的打字员一样。

“你在干吗呢？打不打了？”陈晓光不耐烦地问。

“打呀！稍等，正跟一女生聊天呢。”陈平一脸骄傲的笑容，“你说，我是先搞定这个呢，还是先搞定大三那个呢？两个都挺漂亮的！”

“我不关心你先搞定哪个，我只关心你先打哪个球，金钱正像河水一样流逝呢。”陈晓光不满道。

“还是先搞定大三那个，我比较喜欢年轻的，也更漂亮些。”做完决定之后，陈平才满意地把注意力放在球桌上。

随后，他们又打了三局。在这期间，陈平完全没有把陈晓光的不耐烦放在心上，他依旧像打字员一样在手机上按来按去，当然，他始终不会忘记在击球前表演一番，以至于他们用了将近两倍的时间打完了三局。陈晓光没有吃晚饭，此时饥饿已经席卷全身。

“我看你也没什么心思打球，我们去吃饭吧。”陈晓光说。

“Good idea，附近广场的夜市不错，我们去吃烧烤，顺便喝几杯啤酒。”陈平说。

五

第二天，陈晓光和赵寻坐公交车来到科技市场，刚下车就被一群组装电脑的小青年给围住了。他们对这种情况很有经验，知道不能对那些小青年太客气，更不能有好脸色看，否则他会一直缠着你。两人黑着脸从人群中挤了出来，回头看看没人跟着，才露出原来的面貌。

他们刚走了没几步，就看见一个外国男人在地摊上买盗版光盘。那外国男人操着一口还算过得去的中文说：“便宜点儿吧，十块钱四张。”

那摆地摊儿的中年男子还算老实，不像有些商人一样，逮着老外就往死里坑，他说：“不行不行，没卖过那价儿，最多十块钱三张。”

赵寻见状忙对陈晓光说：“看见没，连老外都买盗版光盘，这说明这一行还是很有市场的。”

陈晓光见那外国男人只是问了问价钱，并没有买，便说：“人家又没买，十块钱三张还嫌贵呢，我看咱们是没得赚了。”

“这是科技市场大哥，”赵寻说，“你就是白给人家都嫌贵，换个环境，就物以稀为贵了。”

那外国男人刚站起身，就在地摊旁吐了口浓痰。陈晓光一向都认为外国人比较有素质，见此不雅行为，便有些疑惑，问赵寻：“你说这外国人怎么也随地吐痰啊？我还以为他们不会这么做呢！”

陈晓光和赵寻到一处稍微僻静的地方时，突然被一猥琐男拦住了去路。猥琐男说：“要不要碟？给你们便宜点儿。”

陈晓光说：“都什么碟啊？”

猥琐男说，“欧美的、日本的都有。”

赵寻弱弱地问了一句：“有国产的吗？”

“有是有，”猥琐男说，“就是不怎么好卖，质量也不好，所以就没跟你们说。”

赵寻并不想让自己的创业道路不正规，又问：“有游戏碟吗？”

猥琐男说：“没有。”

但赵寻还是好奇心他说：“先带我们去看看你的碟吧。”

“那不行，”猥琐男拒绝说，“你们要想看我可以给你们拿过来。”

陈晓光不解，便问：“为什么不行啊？”

猥琐男说：“你们要是警察的人怎么办？”

陈晓光无奈地叹了口气，没有说什么，他自然理解猥琐男的这种做法。

“怎么可能，”赵寻被猥琐男的敏感弄得颇感无奈，忙掏出学生证证明自己的身份，“我们是学生，这是学生证。”

猥琐男说：“警察就爱找你们这种学生。”

赵寻感觉自己的身份受到猥琐男无端怀疑，便不想再与他纠缠下去，更何况猥琐男手里也没有自己想要的东西，便说：“那算了。”说完就拉着陈晓光离开了。猥琐男的疑心本来就重，见二人一走，还以为欲擒故纵，便没有挽留他们，又在附近闲逛起来。

陈晓光和赵寻终于选定了一处，这家摊位比较大，而且老板看着比较面善。陈晓光蹲下身，以便翻看摆放在地上的光盘，也为了使目光和老者保持在同一水平线上。他试探性地问了一句：“怎么卖啊？”

老者说：“十块钱三张。”

陈晓光见跟别处价钱一样，又继续问：“要得多呢？批发啥价？”

精明的老者并没有给出明确的回答，反问：“要多少？”

陈晓光并不想把所有的钱全部投完，他想先批发一些看看卖得怎么样，便说：“两百多块钱的。”

老者说：“两块钱一张。”

赵寻把拿起的光盘放回原处，说："再便宜点儿吧，要这么多！"

"这就是最低价，"老者说，"不能再低了，要得再多也是这个价。"

"行，我们再转转，买的话再过来。"陈晓光一边站起身来一边说。

赵寻也站起身来，走了几步，他问陈晓光说："要不现在就买了吧？差不多都是这个价。"

陈晓光也知道，几乎不可能比这个价再低了，便说："买了也行，要不还得来回跑。"

赵寻说："买多少？"

陈晓光说："先整两百块钱的试试，好卖了以后再说。"

"好。"

陈晓光和赵寻没有马上折回去，而是在附近转了一圈，这才再次到老者的摊位前。他和赵寻又问了几家，果然没有比老者给的价更低的了。

陈晓光又重新蹲了下去，边拿起一张《刺客信条》的游戏光盘看边说："先要两百块钱的吧。"

老者叮嘱旁边一位妇女帮他照看摊位，然后对赵寻和陈晓光说："跟我来。"

陈晓光和赵寻跟着老者到了附近的一个都市村庄，又拐了几个路口，便到一户人家的门前。

"进来吧。"老者说。

进去以后，是一座二层小楼，上下各有四间房子。可以看得出，这里的房子已经租给不同的人了。老者把他们带到二楼的一间小房子里，说："你们挑吧。"

陈晓光对屋子全方位扫了一眼，家具只有一张宽一米左右的小木床和一张乱糟糟的写字桌，写字桌上还放着一台十寸左右的小黑白电视，头上的两根天线已经摇摇欲坠了。写字桌旁边放着一个大但不深的纸箱，里面放满了各种各样的光盘，最少得有好几千张。

陈晓光和赵寻两人蹲在纸箱旁挑选他们认为卖得出去的光盘。老者觉得他们蹲在那里太累，还给他们一人搬了个小凳子。经过将近半个小时的挑选，他们终于选出了一百张光盘，里面大部分是游戏光盘，还有一些常用的办公软件。临走时，老者还特意告诉赵寻："如果你们卖不出去了，可以退货。"

在回去的路上，赵寻时不时地打开手里的袋子看看里面的光盘，就像在看自己的创业之路一样，他对此充满了希望，以至于心中有些激动，笑容一直挂在脸上。

赵寻对陈晓光说："我们明天下午就出摊，开始我们的创业之路。"

为了第二天下午出摊时一百张光盘有一个合适的容器，赵寻连夜用四个鞋盒做了一个大盒子。那四个鞋盒分别为阿迪达斯、耐克、匡威和李宁。赵寻看着被透明胶带粘在一起的四个鞋盒，得意地说："全是名牌啊。"

陈晓光说："全是名牌不假，只可惜要装盗版光盘。"

赵寻流露出一丝伤感，叹息道："哎，华丽之下，总是不堪，悲哉，哀哉！"

陈晓光说："咱们居然还同流合污，更悲哀啊！"

"此言差矣，"赵寻的表情突然雨过天晴，说，"我们这怎么是同流合污呢，这叫顺势而为，识时务者为俊杰。”

“好吧，”陈晓光说，“谢谢你点化了我的罪恶感，阿弥陀佛。”

陈晓光和赵寻经过研究之后，决定把摆摊的地点选在学校附近的公园门口。原因有二：其一，公园门口处于两座学校之间，地理位置优越；其二，公园门口是附近人流量最大的地方，有更为广阔的市场需求。

陈晓光和赵寻拎着光盘开始了他们的第一次摆地摊。他们把旧报纸铺在地上，然后在上面摆了一些最热门的游戏光盘和常用的软件光盘，其余的都放在那个四合一的名牌鞋盒里。

赵寻一边整理摊位一边看着不远处卖粽子的，不免起了吃心，不禁后悔自己怎么没有买吃的东西，饿了也方便填饱肚子。他指了指卖粽子的说：“大家出来做生意，都不容易，相互照顾一下，我用公款请你吃粽子。”说着就要去买粽子。

陈晓光说：“这一笔生意都没成呢，竟想着大吃大喝了，你照顾人家，谁照顾咱啊。想吃自己买去，不要拿公款请客吃饭。”

赵寻并没有被陈晓光的义正词严所感化，他只是微微一笑，便拿着公款买粽子去了。他回来之后把一个粽子递给陈晓光，虽然刚才陈晓光反对买粽子，但他接过粽子的时候却乐开了花。

“看看，看看，”赵寻讽刺道，“什么人，买的时候反对，吃的时候都跟狼似的。”

陈晓光没搭理赵寻，只顾着吃手里的粽子。赵寻在摊位旁铺了一张报纸盘腿坐了上去，边吃粽子边等待自己的第一笔生意。

一个小时过去了，虽然时不时有人蹲下来拿起光盘看一看，但始终没有碰上一个开口说话的，连一个问价的人都没，这让陈晓光和赵寻非常失落。就在这时，走过来四个人。他们蹲下来扫视地上的光盘，眼神没有在任何一处停留。陈晓光看出地上并没有他们想要的东西，便问道：“想要什么？”

其中一个穿迷彩军装的人说：“有碟没？”

陈晓光说：“什么碟？”

迷彩装人说：“黄碟。”

陈晓光尴尬地笑了笑说：“没有。”

陈晓光看着他们失望的表情和离去的背影若有所思地问赵寻道：“你说是不是咱的光盘不对路啊？”

赵寻说：“怎么不对路？”

“没人家要的东西啊，”陈晓光开玩笑说，“你说咱是不是也整点重口味的，绝对有市场。”

“我看可以，”赵寻一脸坏笑地说，“还可以卖贵点儿，前途无量啊。”

陈晓光在这坐了一个多小时才发现，这所有摆地摊儿的人里面，只有他和赵寻是坐着的，便问道：“他们怎么都站着啊？看着都累得慌，是不是咱坐着的原因，没人来买，要不咱也站着试试。”

“人家站着那是生意好，”赵寻说，“随时要招呼客人的，咱又没生意，站了也白站。”

赵寻本想再说些什么，但他突然觉得有些不妙，周围的其他摊位都在匆忙收拾，卖粽子的老大爷来不及收顾客的钱就已经骑着三轮车向北驶去，拿着一个挂满各种小饰品的十字架的中年妇女也急忙卷起地上摆满小饰品的方块布往北跑了……所有小商贩都在往北跑，就好像暴雨即将降临。赵寻的第一感觉就是要地震了，心里慌了起来。他忙站起来问道：“咋回事儿？咋回事儿？都跑什么啊？”

听赵寻这么一说，陈晓光才发现这异常现象，摇头说：“不知道啊！”

赵寻看了看匆忙北上的小商贩，又往南面看了看，突然恍然大悟，忙喊道：“不好，快跑。”

六

陈晓光和陈平刚走出台球厅，迎面袭来一阵暖流，之前一直躲着的毛孔立刻被唤醒，瞬间占领了全身，饥饿也被驱逐出境。

陈晓光紧跟着陈平的脚步，不情愿地从负一楼爬上地面，刚站在地平线上，就被悬于高空空调排出的废水击中脑袋，着实吓了他一跳。眼前是南东路，一排排汽车被红灯拦截在路面上，烦躁地排着尾气，像一群怒气冲天的公牛。陈晓光感到全身的毛孔已经完全张开，身体各处正按部就班地排出汗水。

“真热啊，必须找个有空调的地方才行。”陈晓光拭去了额头的汗水说。

“是啊，已经晚上九点了，还这么热。”陈平说。

“这完全是空调和轿车的功劳，总算还没热死，我很知足了。”陈晓光说。

他们来到小吃广场，马上放弃了有空调的小吃店，而是和大多数人一样坐在了露天的广场，在夜空和喧闹中享受美食和啤酒。热情的女服务员马上拿着菜单走了过来。

“两位，吃什么？”

“你吃什么？”陈平边看菜单边问。

“有羊肉串和冰镇啤酒就行。”陈晓光回答道，“对了，再烤两个饼。”

“烤饼我们是免费送的。”女服务员提醒道。

“送几个？”陈平问。

“两个。”女服务员说。

陈平一直在看菜单，希望找到自己喜欢的菜凑两个拼盘。女服务员拿着笔和记菜单的小本子耐心地在一旁等待，只等陈平一声令下。

“四十串羊肉串，一只烤鱼，一盘西兰花和鹌鹑蛋，一盘水煮花生米和金针菇，四瓶啤酒，一定要凉。”陈平停顿了一下，感觉没有任何遗漏了，又说，“好了，就这么多吧。”

女服务员把陈平点的菜又重复了一遍，确定无误后说了句“两位稍等”，便又忙着招呼别的客人去了。现在正值欧洲杯半决赛，在小吃广场南边的大屏幕上，体育频道的主持人正在讲解先前英格兰对阵意大利的比赛，以及对即将开始的葡萄牙对战西班牙的比赛做出预测。

广场上的人大部分是冲着欧洲杯来的，就像两年前的世界杯一样，叫上一群好友，喝着冰镇啤酒，说着足球，可谓人生一大快事。但真正的球迷并不多见，无论是欧洲杯，还是世界杯，都只是个由头，在大多数人眼里，冰镇啤酒要比比赛重要多了，就像中国人过圣诞节一样，节日本身并不重要，重要的是证明自己赶上了世界的潮流。陈晓光虽不是一个真正的足球迷，但确实也被欧洲杯的氛围感染了。这就是体育，也是足球的魅力所在。

在等待上菜的这段时间，陈平又拿出他的手机开始繁忙了。陈晓光故意投其所好，问了他关于新认识的美女的事情，依然没能让他转移注意力，这有点儿出乎陈晓光的意料。

无聊之余，陈晓光四下望去。硕大的一个小吃广场，虽说客人爆满，热闹非凡，但有近乎的人都将注意力放在自己的手机上。他们无视足球，对身边的人置之不理。这让他想到一个拥有巨额财富的人却不自知。他轻轻叹息一声，感慨万千，觉得人类已经深陷某种漩涡之中，毫无精神依托可言，甚是可怜。

一阵微风吹过，陈晓光觉得身心开始舒适。舒适的同时，微风也像邮递员一样把饥饿重新送回了他的身体。好在刚刚的女服务员拿着四瓶啤酒和一次性杯子过来了，后面跟着一个手举托盘的年轻小伙子。小伙子和陈晓光年纪相仿，只是满脸疲惫，略显沧桑，他把两盘凉菜端到桌子上便转身离开了。女服务员把四瓶啤酒放在桌子上，然后熟练地用起子打开，瓶身的水汽马上顺流而下，一看就足够冰凉。

“这是你们的凉菜和啤酒，再稍等五分钟，羊肉串和烤鱼马上就好。”女服务员说。

陈平见菜上来了，这才慌忙把手机放进裤兜里。陈晓光拿过一瓶啤酒和两个一次性杯子，分别倒满，然后递给陈平一杯。陈晓光迫不及待地一饮而尽，顿时身体像加了冰块的可乐一样，迅速降温至冰点，饥饿感也顷刻间灰飞烟灭了。

“这种闷热的天气最适合喝着冰镇啤酒看足球比赛了，你支持哪支球队？”陈晓光又给陈平和自己倒满了啤酒说。

“当然是西班牙了，我敢打赌，今天晚上托雷斯一定进球。”陈平说。

“我支持葡萄牙，C罗会力挽狂澜。”陈晓光说，“只是直播比赛的时间与我们这里的时间时差太大了，必须熬到三点才能看比赛，太不人道了。”

“哈哈，我还好，现在还没倒过时差来呢，正是我的生物钟。”陈平笑道。

陈平的电话和烤羊肉串、烤鱼同时来了，他一边拿起一串羊肉一边接电话。是古帅打来的，他邀请陈平去他家看比赛。陈平想也没想便答应了。

古帅的邀请使他如鱼得水，因为他终于有事情来打发夜晚无聊的时光了。在此之前，他常叫陈晓光陪他去网吧或是KTV过夜。多数情况陈晓光会拒绝他，因为陈晓光讨厌熬夜，更讨厌上网和唱歌，然后陈平就会像一个被踩扁的易拉罐一样，失望地缩成一团，滚回家去。

由于陈平的关系，陈晓光和古帅的关系也已经很熟了。古帅是个真正的足球迷。他本最喜欢英格兰队，但在今天凌晨的比赛中，英格兰在点球决战时不幸被意大利淘汰出局。现在他和陈晓光一样，支持葡萄牙队。吃完夜市后，陈晓光和陈平在附近的超市买了可乐和果汁，还买了一些零食，以备熬夜所用。

到古帅家时，已经将近十一点，他的父母已经睡下。陈晓光和陈平踮着脚尖走到古帅的房间，像两只偷米的老鼠。屋里开着空调，陈晓光躺在了屋里唯一的大床上，以此恢复爬上七楼而消耗的体力，陈平也是如此。古帅则赶紧去拿了几个一次性纸杯，给他们倒上冰镇的可乐。

陈平从床上起来占领了播放着《世界末日》的电脑，他从网上找到他女朋友们的照片，然后像一个画家展示自己的画作一样向陈晓光和古帅展示。陈晓光和古帅却不以为然，一直说着他们的话题。

“你现在在干吗呢？”古帅问。

“在一所专科学校做辅导员，整日无所事事。”陈晓光说。

“那还不错啊，挺自由的，在大学里做辅导员待遇应该不错吧？”古帅喝了半杯可乐。

“低得可怜，挣个零花钱而已。”陈晓光说，“你呢？现在做什么？”

“我今年刚毕业，准备考研。”古帅说。

“嗯，考研很有前途。”陈晓光说。

“准备一直做辅导员吗？”古帅问。

“当然不会一直做，但两三年之内应该不会有变动。”陈晓光说。

距离比赛还有两个小时的时候，陈晓光和陈平就躺在古帅的大床上睡着了。陈晓光记得他醒过几次，每次都隐约看见古帅坐在电脑前专心地盯着屏幕，他怕电脑的声音吵醒他们，所以一直插着耳机。陈晓光本想喊他一声，但他实在太疲惫了，他翻过身去，继续睡觉。他也看到了躺在他身边的陈平，只见陈平双腿蜷缩，两只胳膊抱在胸前，仿佛一个受到惊吓而自我保护的孩子。这使得陈晓光的翻身小心翼翼，生怕惊醒了他。

陈晓光和陈平是在早上八点醒来时知道比赛结果的。托雷斯没有进球，甚至没有上场，C罗也没有力挽狂澜。这场比赛和上一场英格兰对意大利的半决赛如出一辙，同样是用点球决出胜负，而踢点球的经过也更是复制了英格兰对意大利的点球大战，其相似程度让人们觉得就像一个诅咒。陈平笑道：“足球就是人生，人生亦是足球，为幸运进入决赛的西班牙祝福吧。”

七

当陈晓光也恍然大悟的时候，可是为时已晚了。那辆印有“执法”二字的皮卡车已经缓缓到来。

虽然执法车已经近在眼前，但陈晓光和赵寻还是本能地抱着光盘往北飞跑。他们突然听见背后传来了一声强有力的声音：“站住。”

这是他们生平第一次摆地摊儿，所以对城管扫街这种突发事件没有一点经验。其实，他们大可放开地往前跑，但一听见那声强有力的“站住”，就联想到电影里警察用枪指着逃跑的歹徒的画面，他们生怕后面的城管也是这样的，便扔下光盘举起手站住，忙说：“别开枪，别开枪……”

“过来。”刚才那个强有力的声音说。

于是，陈晓光和赵寻两人慢慢转过头，见眼前的两个城管不仅没有枪，就连警服都没穿，这才放下手走了过去。

城管甲指了指被丢在不远处的光盘对陈晓光说：“去拿过来。”

陈晓光没说话，照着城管甲的话做了。他听出来了，这个人就是刚刚发出强有力声音的那个人。

赵寻站在原地一动未动。在等陈晓光把光盘捡回来的这个空当，城管甲笑着对城管乙说：“真不容易！”

城管乙说，“小贩们跑得比老鼠都快。”

城管甲见陈晓光回来，又看了看他手里的光盘说：“卖光盘的，盗版的吧？有电影没？”

陈晓光像个犯错的小学生一样，说：“没有。”

城管甲对陈晓光说："没收啊，全部没收，还得罚款五百。"

陈晓光一听说不仅要没收，还要罚款五百，忙求情道："您就放了我们吧，我们再也不敢了。"

"肯定放了你们，"城管甲说，"抓了你们又没什么用，但必须没收、罚款。"

赵寻也知道这次光盘是别想要了，只希望别罚款，又求情道："光盘您没收了，能不能不罚款啊！"

"不能啊！"城管甲说，"你们也看见了，这光盘不是我们要没收，而是法律规定的，我们不能知法犯法。"

"求求您了，"陈晓光继续央求道，"您就别罚款了。"

"少废话，"城管甲突然失去了耐性，表现出了执法者的威严。

陈晓光看出了城管的气势，又深知自己有错在先，便妥协了，从兜里拿出了一百元钱，说："就剩这么多了。"

"就这么点儿？"城管甲完全不相信陈晓光的话，便又盯着他问了一遍，"还有没有？"

"没了没了，"陈晓光生气地说。

城管甲说："我们的工作就是贯彻实施国家及有关城市管理方面的法律、法规，维护城市管理秩序，你们随意摆摊就是违法城市管理，所以，罚款是必需的！"

"我身上没钱。"赵寻表现出了无限的反感，为了证明自己身上没钱，还特意把兜给翻了出来。

城管甲把没收的钱收起，然后对陈晓光和赵寻说："走吧。"说完便继续北上了。

看着驾车北去的城管，赵寻忍不住骂道："拿我的钱，让你出车祸！”他边说着边抖了抖袖子，从里面拿出了两百块钱。

“不要这么心狠，”陈晓光说，“出来做事都不容易，再说了，毕竟人家也是为城市的建设做贡献！你怎么还有钱？”

“那还不是我聪明，”赵寻说，“未卜先知，提前藏了两百块钱。”

“还未卜先知呢，”陈晓光说，“那你怎么没算到城管会来啊，这次可是栽大发了。”

“这个绝对是失误，”赵寻说，“就当交学费学经验了，我总算知道那些人为什么都站着卖东西了。”

“为什么？”陈晓光说。

“跑得快呗，”赵寻说，“你想啊，这坐着加速度跟站着加速度有得比吗？咱们在起跑线上就已经输了。”

“不过也不亏，”陈晓光说，“俗话说，君子爱财取之以道，咱们这也算是恶有恶报吧。”

赵寻说：“那其他的小贩怎么没事了，我们卖盗版光碟是作恶，他们也应该是啊！老天爷还偏心？”

“别急，”陈晓光说，“出来混迟早要还的，时候未到而已。”

陈晓光和赵寻的这次创业就这样被两个城管无情地扼杀在了摇篮之中，两人的信心就像从高空坠落的玻璃一样，碎了满地。

晚上，陈晓光和赵寻一起吃了饭，还要了两瓶啤酒。

陈晓光给自己和赵寻倒满啤酒，举起杯子说：“哎！在学校待不了几天，最后再过几天放纵的日子吧，来，干一个。”

“也是，让一切都随风吧。”赵寻举起杯子和陈晓光碰了一下，然后一饮而尽。

“再有几天就离校了，你准备干吗？”陈晓光放下杯子，又给自己和赵寻满上啤酒。

“我爸想让我考研，我不想考。”赵寻说。

“你真是身在福中不知福！我倒是想考！”陈晓光说。

“哎！过几天找个工作先干着吧。”赵寻有些无奈，一扬手，又把杯中的酒干了。

“电视台和报社我是进不去了，还没谱儿呢。”陈晓光也把杯中酒全倒进了嘴里。

第四章

一

陈晓光租的房子坐落于北文路尽头的北文村，他从地图上观察过它，形状像一个横着的葫芦，也像一把躺着的吉他。北文路从北文村的腰间穿过，把它一切为二，于是就有了北文东村和北文西村。

陈晓光住在大一些的北文西村。由于某些原因，房地产开发商只在北文东村修建了一些高档公寓楼，以及适合居住在这里的人的消费场所，这些建筑和人群使北文东村和城市融为了一体，更与北文西村划清了界限。而北文西村依然是原始的都市村庄模样，最高的建筑也不过六七层，租给外地人的房子也只是村民们自己修建的三层或四层小楼。在村里更是随处可见年迈的奶奶抱着年幼的孙子打麻将，以及自由懒散随地大小便的各种狗。

北文西村的人经常跑去北文东村玩，他们看见那些居住在高档公寓里的外人来时，总是掩不住一种反主为客的自卑感。当然，他们自身还意识不到这一点，他们也不会想这里曾经是他们的地盘。

陈平想去见识一下陈晓光房子，那是入夏以来最热的一天，虽然天气预报说最高温度将达到四十二摄氏度，也发出了橙色预警，但实际上的气温绝对不止四十二摄氏度。陈平打电话过来时，是下午两点钟。那时，陈晓光已经冲完第五次凉水澡了，正像一尊雕塑一样赤身裸体地站在电扇面前，毫不羞耻，也只有这快速的蒸发吸热才能让他体会到片刻的舒适。陈平说他刚和一个美女结束约会，要请他去罗曼蒂克酒吧喝酒。陈晓光想也没想就爽快地答应了，并以最快的速度出了门。

陈晓光坐在公交车上，想象着在罗曼蒂克酒吧边欣赏美女边喝着冰镇的青柠味百加得冰锐朗姆预调酒的情景。喝一口冰镇的青柠味冰锐，仿佛身处天上人间。正当陈晓光想象时，陈平又打来电话，说他有些不舒服，头晕，要先去旁边的德克士坐一会儿。

陈晓光问他是不是中暑了，他说不是，只是想先去德克士坐一会儿，等等再去酒吧。陈晓光并无异议，只要有空调的地方，他都乐意去。

陈晓光下了公交车，走进太阳的万丈光芒之中，仿佛走进了流动的岩浆。他感觉身体里的黑色素正在茁壮成长，并试图改变他的肤色，他马上就要成为热锅中的巧克力彻底融化了。路上行人不多，车辆也异常稀疏。

陈晓光毫无顾忌地穿过南东路，快速走向对面的德克士。他老远就看见了陈平。在这样的天气里，陈平依然穿着黑灰色牛仔长裤，脚上蹬着一双耐克的棕色滑板鞋，一件黑色的Polo衫让他看起来非常庄重，就算他不告诉陈晓光，陈晓光也知道他刚和一个美女结束约会。他还背了一个商务型的棕色皮包，让他显得更加成熟稳重了。陈晓光刚走近他，他就向他介绍了他的皮包。

“我在国外买的包，要九百多欧元呢，也就是七千多人民币。”陈平说。

“是吗？这么贵？对了，你不是不舒服吗？是不是中暑了？”陈晓光说。

“当然了，还有一个更贵的呢，不过我更喜欢这个。”陈平没有表现出任何不舒服的症状，“我现在不想去酒吧，先在这里坐一会儿，上会儿网，我带着苹果的平板电脑。”

原来如此。陈晓光终于明白了陈平为什么想先在德克士坐一会儿，不是因为他身体不舒服，只是因为德克士有无线网络，可以让他的平板电脑一显身手，从而向陈晓光及各位路人展示他高雅的生活态度。陈晓光内心的无奈如洪水般泛滥了。

“好吧。”陈晓光说。

他们沿着狭窄的楼梯走上德克士的二楼，楼梯口处的报栏里放着今天的报纸，还有以往的各种杂志。德克士的人很多，大部分人都只是要一杯可乐或是果汁，还有一些人什么也不要，只是坐在那里聊天或玩手机，想必都是像陈晓光和陈平一样来这里乘凉的。

陈晓光四下巡视，看能否发现一个好的位置或是一个美女。好的位置已有人了，但总算还有空着的位子，美女也有一些，陈晓光总是时不时地把目光移向她们，久久不能挪开。陈平刚坐下，就打开了皮包，拿出了他的平板电脑，瞬间惹来了无数双羡慕和嫉妒的眼睛，还有些眼睛里羡慕和嫉妒并存。

陈平在他们的目光中动作清晰缓慢，流露出一种极为自信的优雅。

他享受着他们的目光，却从不看他们一眼。陈晓光像个傻子一样坐在陈平旁边无所事事，陈平专注地在平板电脑上画来画去，不看陈晓光一眼，就像不看那些向他投去羡慕和嫉妒目光的人一样。那些人落在陈平身上的目光铿锵有力，仿佛无数颗珍珠落在玉盘里，发出清脆婉转的声响。

“虚荣且可怜的人类啊，你们无药可救了。”陈晓光不禁小声叹息道。

“嗯？什么？”陈平把目光从平板电脑上移开，转向陈晓光。

“没什么，突然觉得人类好可怜。”

“为什么？”

“没事，随便感慨一下。”

“你要玩吗？我给你找个游戏。”

“不用了，我还是看美女吧，可以延长寿命，不然今天折去的寿命就无处弥补了。”

“去喝酒吧？”陈平又在他编织的虚荣里满足了十几分钟，也觉得没什么可玩了，便把平板电脑放回包里。

“好。”陈晓光终于等到这句话了。

临走时，陈晓光又扫了一眼他一直关注的美女们，精神异常舒畅，感觉已经完全弥补了刚刚折去的寿命。

罗曼蒂克酒吧就在他们平时去的那家台球厅对面。在无聊的晚上，他们常去那里喝酒。刚踏进罗曼蒂克酒吧的门，光线就暗了下来，温度也降了下来，仿佛从地狱踏进了天堂。酒吧人不多，也很安静，音响里放着埃里克·克莱普顿的《wonderful tonight》，感觉好极了。只是这和陈晓光预想的情景有些出入，他并未发现美女，甚至连个女的也没发现，可能是因为天气热的缘故，美女们都躲在家里懒得出来。他和陈平在吧台随便找了个位子，要了两瓶冰锐。

陈平拿着酒瓶向陈晓光说他并不打算和小青结婚，以及小青对他如何依赖的时候，他的眼神里正金光闪闪地瞟向陈晓光的左后方。陈晓光知道那光芒跟小青没有太大的关系，他顺着陈平的眼神望去，一个四十多岁但风韵犹存的女人正坐在那里自斟自饮，她穿着一条黑色的丝质连衣裙，简洁素雅又不失成熟，一条小巧的黑色丝质腰带在她的腰间一紧，刚好束住她依旧完美的身材。若是时光倒退二十年，她一定是个绝色美女，定会吸引无数男人的目光。只是陈晓光没想到，估计那女人也没想到，二十年后，年轻的陈平居然还能对她产生兴趣。

“你不是对她产生兴趣了吧？她可是阿姨级别的人物。”陈晓光怀疑道，“她比小青差远了，我是说年龄上。”

“也只有你们这种带有偏见的世俗人，才会在年龄的问题上斤斤计较。”陈平说。

“这可不是斤斤计较，一和二才是斤斤计较，二十三和四十可不是，这是不同的世界，特别是在年龄上。”陈晓光说。

“虽然我不像你们这种偏见的世俗人，但我目前还没和阿姨谈恋爱的打算。”陈平笑道，“以后就说不准了，哈哈。”

“也对，像你这样的变态心理，就算以后和我家楼下的金毛狗好了，我也不会觉得奇怪。”陈晓光说。

“她一直在看我呢，我觉得她对我有意思。”陈平说。

“如果从老男人喜欢年轻女人的观点推论，那她对你有意思是极有可能的，简直可以盖棺定论了。恭喜你，为你倾心的女性终于突破了从十八至二十四岁这个年龄阶层的枷锁。”陈晓光说。

“她过来了，她过来了。”陈平马上把目光移到陈晓光身上，装作和他聊天的样子。

正当陈晓光半信半疑，扭头准备看个究竟的时候，她已经在他身后了，吓得他马上从圆凳上站了起来，酒瓶也险些从手里脱落。她在他们旁边停了一下，给了陈平一个意味深长的微笑，那微笑和她的衣着一样，内敛优雅，又不失性感。虽然陈晓光从圆凳上站起来的反应有些突然，但她丝毫没有把他放在眼里，看都没看陈晓光一眼。

“我叫丽萨，这是我的名片，有时间打给我。”她从包里掏出一张名片递给陈平，又意味深长地笑了一下，然后转身离开了。

陈晓光一直傻站在那里，觉得她最少会礼节性地看他一眼，但她完全没有，就好像那里只有陈平一个人。顿时，他觉得自己像空气一样被忽略了。陈平也吃了一惊，以至于忘了站起来。他缓缓地接过名片看了一眼，简洁的白色卡片上只有一个名字和一个手机号码，背面则是黑色，充满了神秘感。陈平准备说话的时候才发现她已经离开了，只留下一个模糊的背影。

“丽萨？”陈平梦幻般地看着在前方拐角处消失的背影，自言自语道。

“我怎么觉得我像空气，她看不见我吗？”陈晓光也一直看着她消失在拐角处，他重新坐回凳子上，“你会打给她吗？”

接下来的两个小时里，陈晓光和陈平一边喝冰锐一边讨论这个叫丽萨的女人。他们先讨论了她的三围，这是男人的天性，也是目前他们唯一可以目测到的。说是讨论，其实更多的是陈平在说一些只是在理论上有可能发生的事情而已，比如，他们如何约会，如何向他的女朋友，以及丽萨的老公隐瞒等。他们还说到了丽萨出轨的原因，陈平猜测一定是她太孤单了，所以才迫使她向陌生男人留下联系方式。

陈晓光却不以为然，他觉得她天生就是个水性杨花的女人。

“可是她却把你当成空气了。”陈平说。

“我只是看起来像一个正人君子。”陈晓光有些底气不足，显然是被当成空气之后留下了阴影。

接下来，陈平又说了一些关于他和小青的事情，还说了他正在追求并且马上到手的那个大三女孩。陈晓光懒得搭理他，他只是个很好的听众。

他们在罗曼蒂克酒吧喝最后一瓶冰锐的时候，陈平突然关心地问陈晓光是住在学校，还是自己租房子。

“你可真是个称职的朋友，宁可关心一个陌生女人的三围，也不关心一下自己的好朋友是否露宿街头。”陈晓光失望地把酒瓶塞进嘴里，喝了一口冰锐继续说，“当然是自己租房子了，学校可不管我的死活。”

“一个月多少钱？”陈平问。

“四百，水电另外算。”陈晓光说。

“这么便宜？”

“真想把你踢出去，再贵我就露宿街头了。”

“作为你最好的朋友，你是不是应该邀请我去你家里做客呢？”陈平一口气喝完剩余的小半瓶冰锐，然后用力地把酒瓶放在吧台上，发出清脆的响声。他用期待的眼神望着陈晓光，眼里散发出强烈的光芒，仿佛陈晓光身上有他寻找已久的神秘答案。

“如果你想去的话，随时都欢迎。”陈晓光从陈平明亮的眼睛里看见了自己，像照镜子一样清晰。

“那我们现在就出发。”陈平说着便站起身朝酒吧门口走去。

陈晓光见状马上喝完了剩余的冰锐，将瓶子随便放在吧台上，然后两步跟上前面的陈平。

已是下午六点，太阳还是耐心地挂在西边的天空上不肯落下，依然不遗余力地烘烤着大地，若不是夜晚每天都会降临，地球就烤熟了。幸好酒吧门口停着一辆出租车，就像泊在岸边的渡船，随时载客人到对岸去。

他们飞快地钻进出租车，向陈晓光的房子驶去。

二

赵寻的日子有所起色，是因为一次离家出走。他口头上答应父亲去考研，实际上却根本没有报名。

赵寻看起来很温顺，骨子里却是一个很有主见、不愿意随波逐流的人。比如，很多同龄人都喜欢周杰伦、韩寒、郭敬明，他却喜欢南郭先生、罗贯中、兰陵笑笑生。问他为什么，他说不为什么，就是不想跟他们一样。

其实，赵寻并不喜欢听南郭先生吹奏的任何乐曲，当然也从来没见过音像店卖南郭先生吹奏的任何乐曲光碟。父亲强迫他读世界名著，他却在父亲的书架上经过反复挑选，最后看上了《三国演义》和《金瓶梅》。赵寻独处的时候，也会整天戴着耳机听周杰伦的歌，还会看韩寒的作品和博客，偶尔也会看一眼郭敬明的《最小说》。

对于找工作，赵寻不敢特立独行。他非常清楚，社会不会为他网开一面，主流的评价体系是什么，你就得按照这个标准去迎合。按照老师的话，他花了几百块钱做了很多精美的就业自荐书。老师说舍不得啥也得舍得做简历，要做得精致美观、高档大气，能用彩色的坚决不用黑白的，这是品位问题，关系工作与未来的前程，花点钱不算啥。

接下来，赵寻去参加各种各样拥挤的招聘会。在盛夏的热浪里，他耐心地投自荐书，填写招聘单位的各种表格。

赵寻为找工作偷偷地忙碌了好长时间，费了不少工夫，不知道是自荐书做得不够有吸引力，还是他投的都是大的企事业单位，而这些用人单位，对普通本科的毕业生根本不感兴趣，到头来没有一家单位选中他。

假如，赵寻可以往一些小的企业，或者父亲能帮帮他，找一份稳定的工作根本不是问题。可父亲发火了，他对赵寻在考研上欺骗他很生气，一直不肯原谅赵寻，不光找工作不帮他，还不准他放低姿态进小型企业，尤其是在经济上，对他紧缩银根。

这时候，赵寻倒坦然了。

闹僵就闹僵吧，不给钱就不花，反正在家有饭吃，我不出门就是了。赵寻想。

赵寻在家宅着的日子要多郁闷有多郁闷。他的手机已经停机好久了，好在家里有网络。他好几天不出门，在自已的房间里睡觉，或上网，或看电影。当家里只剩下他一个人的时候，他总是喜欢坐在窗前发呆。偶尔，他会在爸妈不在家的傍晚，抱着那把古典吉他，弹一曲忧伤的曲子，沉浸在自己营造的音乐的世界里。

眼下，赵寻一直与父亲冷战。父亲不理他，也不让妈妈管他。他也不理父亲，偶尔和妈妈说几句话。他有足够的耐心继续宅下去。

他也想随便找份活干，比如超市里当个勤杂工，宾馆里做个保安，饭店里当个传菜员，澡堂里当个服务生，甚至去建筑工地当个小工。

父亲却坚决反对，说：“你少给我丢人吧，大学毕业去干体力活”

赵寻说：“那我就在家里待着。但我声明，是你们不让我出去工作，不是我愿意被你们养着。”

父亲厉声道：“你给我好好学习，要么考研，要么考公务员。”

赵寻想大声说“不”，但他清楚，父亲被激怒后，自己必定会接受他冗长而激烈的责骂，因此忍住没吭声。等父亲被妈妈拉开，他就把所有的考试资料塞到床板下的杂物箱，下决心不再看它们一眼。

赵寻四肢舒展躺在床上，闭上了眼睛，泪珠在他的眼睫毛上凝结，并浸湿了整个眼眶。他忽地坐起来，用手背蹭了一下眼睛，来到桌前打开了电脑。外形美观的白色“苹果”笔记本，这台电脑，曾经在宿舍引起同学们的唏嘘，他的心底却生出一种莫名的耻辱感，在同学的赞叹中把电脑拿回家，再也没有往学校拿过。父亲总是这么自以为是，没有询问他的意见就选择了配置高价格也高的电脑。他当然喜欢，但受不了父亲那种财大气粗的神气和武断的方式。父亲一直都认为，在这个以钱为主的社会，只要为他提供足够的钱，就能完成预期的目标。

赵寻拿起手机，又打开了微信，手指一划，便找到那个可爱熟悉的头像——李乐的头像。想发消息，但是手机停机了，不能打电话，不能上网，但还可以做电话本和钟表用，于是装进裤兜里。

钱包里是空的，连一块钱的纸币都没有。赵寻有些犹豫，近段时间，好几次去见李乐，都没带钱，吃饭都是她买单。不能老让她请自己吃饭了，也不能总像在学校时请女朋友吃凉皮了。赵寻开始在抽屉里翻找，翻了好大阵，闹得满头是汗，数了数桌子上的硬币，才六块钱。

赵寻把六枚硬币小心翼翼地装进口袋，走出了家门。夏日的阳光无情地烘烤着大地，也无情地刺激着他的眼睛，他有点儿后悔没有戴太阳镜。

赵寻来到大门口小卖部，用公用电话给李乐打电话，李乐说她跟老总在外边谈事情，肯定抽不出身，只能等周日见面。他看了看手机，今天才周三。挂了电话，他摸出一个硬币买了根老冰棍。

赵寻一边吃老冰棍一边走。他选择了向北的方向，因为向北可以背对阳光，不那么刺眼。在耀眼的阳光下，他低着头向前走着，不知道自己要去哪里，影子在地上跟随他移动，移动到一排法桐树下消失，赵寻却还在继续前行。他手里的老冰棍已经变成了一根扁扁的木棍了，他的手指不停地拨弄着木棍。大街上，车辆、行人匆忙而过，没有人注意赵寻，更没有人知道他在想什么。

赵寻一直向前走。走过了有法桐的那段路，接下来是一段只有电线杆和建筑物的路，影子又开始跟随他。木棍在他手上已经变得干燥了，冰在上边留下的水分被阳光不知不觉地蒸发了。如果他把那根木棍扔到垃圾箱里，它很快就会被更多的废弃物淹没，不留一点痕迹。

穿过一架庞大的立交桥，赵寻有些无所适从。在桥下一片阳光照不到的阴凉地方，他停下来思考了一会儿，又继续向前走。

过了立交桥，前边就是郊区了，建筑物也变得朴实了许多。倘若一直往前走，还可以走到黄河边。他的额头上爬满了汗珠，后背的衣服也湿了一片。

三

陈晓光没想到这次陈平如此雷厉风行，在极其恶劣的环境下，居然说走就走。若在平时，肯定会拖上一段时间后不了了之，以至于他坐上出租车后，还不敢相信他们是在去他房子的路上。

陈晓光问陈平为何要去他租的房子，陈平说只是出于对一个好朋友的关心而已。当然，陈晓光完全没有相信。

出租车在北文西村的大门口停下了。陈晓光付了车钱，然后不情愿地从车里钻出来，像一根怕融化的冰棍儿。陈平则像到了一座新城市一样，好奇地站在原地四处张望。此时，天空的颜色已变得温柔暗淡，太阳在西方的天空中也变成了温柔的红色，宛如一个害羞少女的脸庞。天上的云朵也被映成了红色，像一团团相互追赶的棉花糖。北文西村安静地躺在温柔的夕阳中，与红色的天空一起组成了一个红色的世界。

“我们的城市居然还有如此美丽的景色，真是少见。”陈平拿出手机，对着北文西村和夕阳拍了一张照片。

“还有这样的都市村庄。”陈平又对着北文西村拍了张照片。

陈晓光和陈平走进北文西村。此时，已经接近晚饭时间，道路两旁的蔬果摊上又重新摆上了新鲜的蔬菜和水果，无籽西瓜比昨天便宜了一毛钱；卖烧饼和馒头的老伯又开始在狭长的小屋里忙碌起来，外面的年轻人只管招呼顾客和收钱。

这个时候，小型的私人超市是一天中顾客最少的时候，只有几个顽皮的孩子去那里买冰激凌，老板娘坐在收银台后面，没有暂停正在观看的电视剧，就轻松打发了几个孩子。经过小型私人超市的时候，陈晓光买了两瓶冰镇可乐，除了白开水，他的公寓里没有任何可以招呼客人的饮料。

过了小型私人超市的第一个路口，左转的第一户人家就是陈晓光租房子的地方。他和陈平进去的时候，房东阿姨正在案板上切新鲜的猪肉，煤气灶上正煮着什么，闻得出来，是大米粥，里面还加了红枣。陈晓光先向她问了好，又向她解释陈平是他的好朋友。她听了陈晓光的解释，知道了陈平和他一样是安全人士，这才放心地露出了笑容。陈晓光又向房东阿姨打了声招呼，然后和陈平上了电梯。

陈晓光的房间在五楼。开门以后，陈平站在房间的门口，一边擦拭脸上的汗水一边环视房间的内容。他的表情变得严肃，也透漏出些许烦躁，一种不愿过多留恋的情绪油然而生。陈晓光看得出来，他对这个房间不满意。

“Oh，My god，这简直不是人住的地方。”陈平说，“连空调都没有。”

“请你照顾一下房间主人的情绪，好吗？”陈晓光无奈道，“我也看得出来没有空调，不过好在还有个会摇头的落地扇。”

“好吧，为了照顾一下房间主人的情绪，我的评价是，”陈平说，“房间小了点、环境脏了点、楼下吵了点、温度高了点、蚊子多了点、网速慢了点、看着难受了点、住着痛苦了点，别的也没什么！”

陈平停顿一下，又擦了擦脸上的汗水，喝了口可乐继续说：“总之，这简直不是人住的地方。”

“好吧，我也承认这不是人住的地方，很多个夜晚我只能吹着楼下网吧里的空调才能睡上一会儿。”陈晓光说。

“那你为何不换个地方住？”陈平走到床前，开始随便翻看床头的书。他拿起那本陈晓光正在看的《海边的卡夫卡》，翻到前言的部分，然后把目光停在了那里。

“我也想换个地方住，如果我愿意出高于现在五倍的价钱，我就可以去路对面租一间房间大一点、环境好一点、楼下安静点、温度低一点、蚊子少一点、网速快一点、看着舒服点、住着更舒服点的房子。”陈晓光说。

“你喜欢看村上春树的书？”陈平的目光从书上移开，转向陈晓光。

“也没有，只是刚开始看，感觉不错，以后应该会喜欢。”陈晓光说。

“我看过《挪威的森林》吗？初中时初恋女友借我看的，好怀念当初啊。”陈平说。

“你居然还看书，而且不是教材？我以为你只对女人感兴趣呢。”陈晓光玩笑道。

“我看我们还是去吃饭吧，这简直不是人待的地方！”陈平把书放回了原处，开始往门口走去，“想吃什么？”

“路对面那家萧记烩面不错，旁边的烧烤也不错，还有个漂亮的女服务员，也非常不错。”陈晓光随手关上了门，紧跟着陈平下了楼。

“那一定非常不错，巧的是，我今天刚好想吃烩面和烧烤。”陈平意味深长地说。

陈晓光和陈平又重新回到街上，被笼罩在夕阳下的北文西村更加红艳了，仿佛穿了一件温柔的火焰披风，人们亦是如此。他们穿过北文路，去了那家烩面馆。

为了报答陈平请喝酒的盛情，陈晓光主动去柜台付账。凉菜和菠萝啤上得很快，一盘西兰花和豆角在陈晓光刚坐下时就端了过来。为他们服务的正是陈晓光向陈平说过的那个美女服务员，趁她打开菠萝啤时陈晓光忍不住多看了她几眼，临走时他还跟她说了谢谢。

“就是这个，漂亮吧？”陈晓光小声说。

“这还漂亮？很一般啊！”陈平把手机放回裤袋里，从旁边的木盒子里抽了双筷子，“跟我追的大三那个差远了，改天给你介绍个美女，我的女性朋友都是美女。”陈平不屑道。

“那是，你多厉害啊。”陈晓光早知道陈平会这样说，所以他并不打算继续跟他探讨这个美女服务员。他也抽了双筷子，边吃菜边等烩面和羊肉串。

菜吃到一半的时候，一个蓬头垢面的男服务员双手端着一碗烩面过来了，陈晓光示意他先端到陈平面前，他照做了。没出一分钟，他又来了。他小心翼翼地把烩面端到陈晓光面前时，陈晓光看见他双手略长的指甲里黑色的东西，两个手掌也像刚给掉链子的自行车装上链子然后又摸过猪油一样，在灯光下油光闪闪的。

陈晓光很清楚劳动人民的辛劳，所以对此给予了宽容和理解。实际上，那恶心的黑色和修车般的手掌并没有影响他的食欲。开始吃时，他还瞄了一眼不远处站着的美女服务员。

一直到走出烩面馆，陈晓光和陈平也没说几句话。陈平没说他的女朋友们，甚至没说在酒吧主动跟他调情的丽萨，他一直沉默或是把注意力放在手机上。陈晓光也不想跟他说太多话，更不想听他说得太多，他一直专注于美食和美女。

“我回家了。”出了烩面馆之后，陈平说。

“也好，早点回去休息吧。”陈晓光说。

“嗯，拜拜。”陈平拦下一辆出租车，边打开车门边跟陈晓光挥挥手。

“拜拜。”陈晓光也跟他挥挥手，“路上小心点。”

看着渐行渐远的出租车，陈晓光顿时陷入一种莫名其妙的孤独之中。肚子有些撑，他决定到北文东村散步消食。

已经接近八点，各类的霓虹灯都亮了起来，白领也都陆陆续续回来了，他们带着一脸疲倦，像一群懒散的阿富汗猎犬。从本质上来说，陈晓光和他们一样，都是为这座城市赴汤蹈火的外来客，只是他不像他们这般繁忙，当然，也没他们挣得多。他看着他们提着简单的晚饭回公寓，或是跑去北文西村的蔬果摊买些更划算的原材料回家做，有的甚至只在路边摊随便吃些没营养的垃圾食品。除了这些像陈晓光一样单独的个体外，还有一些三五成群跑去酒吧或是KTV的人们。

再往前走就是北文桥，它两条巨型腿坚固地站在北文河的两岸，任由车辆碾压自己。桥上有一个卖儿童玩具和一个卖各种稀奇小物件的摊位，有一对情侣走到那个卖稀奇小物件的摊位，还没来得及弯下腰细看就离开了。陈晓光从桥旁边的台阶下去，准备沿着北文河走一会儿。河的两岸全是茂密的柳树，它们成功地阻隔了噪音与光线。有的柳枝已经垂到地上了，得时不时用手拨开挡在前面的柳枝才能前行。他掏出手机，想往家里打个电话，但仔细想想，并没有什么可说的，便作罢了。

越往前走就越安静，越黑暗，仿佛一层层走向地狱的深处。陈晓光愈发孤独起来，心想，若有一个红颜知己相伴，会不会是另一种情形？

这让他想起了往事，答案也变得显而易见。快到水闸时，他看见一对情侣正坐在河岸的水泥护栏上接吻。他们察觉到他的到来，男人没把他放在眼里，一心只想着继续，女人则慌忙地中断了接吻，一头扎进了男人的脖子。陈晓光没看他们，慢慢从他们身边走过，装出一副毫无兴趣的样子，就像一个从不关心足球的女人看见精彩的比赛一样。当他从水闸旁的台阶上去，消失在他们的视线中时，他听见银铃般的笑声。

陈晓光沿着大路往回走，心里想着该如何度过这个夜晚。家是回不去了，宁死不降的气温会让他整晚在痛苦的折磨中失眠。

其实，他也别无选择，除了在既有空调又廉价的网吧里度过一夜，他还能怎么办呢？好的是，他只需多花两块钱就能在“博盛”网吧的长沙发上舒舒服服地睡上一晚。

四

杨晴不得不承认，她还爱着范佩西。

在大学里，杨晴她们宿舍的四个女生中，她谈恋爱是最晚的一个，这并不能说明她是个晚熟的小女生。大一的时候因为她心里装着另外一个人，加上大家不熟悉，没看准目标，没有心情也不敢轻易下水；大二的时候大家熟悉了，她也放下那个令她咬牙切齿的人，可当她开始策划谈恋爱的时候，才发现优秀的男生差不多都被别人挑走了，她只好观望；大三的时候，看着别人成双成对甜甜蜜蜜的，终于在后半学期春暖花开的时候抓住了范佩西，暗暗得意自己运气好而陶醉在爱的氤氲之中；大四的时候，她看着身边的人一个个分手失恋，而她却执着地认为毕业后分手失恋是别人的事情，与自己无关。

毕业前的几个月，杨晴和范佩西在校外租了一间带厨房和卫生间的标准间同居，同吃、同住、同学习，日日出双入对。她很早就知道室友王聪、斐燕与男朋友的幸福生活和痛苦分手，而她一直安然无恙，这当然并不是因为她懂得在情感中保护自己，而是因为范佩西对她的包容与爱。

在有了李海生之后，杨晴才知道范佩西真是个理智的男人。他那么年轻竟然能克制住自己，能不侵犯天天躺在他身边的人。一对正值青春年华的热恋中的情侣相恋一连却未越雷池半步，现在想来真有点不可思议。

他们的爱情单纯得如那洁白的云彩，这也是杨晴意想不到的。刚开始，在宿舍或公园里，他们拥抱接吻，他总是小心翼翼的。很多时候杨晴都渴望他勇敢点，能跨出实质性的一步，可范佩西除了用嘴和手在她身上探索之外，再没有深层次的开发。

杨晴问他："你不想吗？"

范佩西说："想，但不敢。"

"你怕啥？"

"我怕在你最美好的年纪伤害你。"

"这有什么伤不伤害的，怕啥？"

范佩西脸一红，说："作为一名大学生，我们应该遵守校纪校规，虽然现在我们已经成年，但是，如果在学校就让你怀孕了，那我们怎么办？以后怎么办？"

那时候杨晴因为沉浸在热恋中，所以有些不管不顾，所以他们搬到校外的第一天晚上，杨晴做好了把自己变成一个成熟女人的心理准备。吃过晚饭，早早地，她把自己洗得干干净净的，弄得香喷喷的，躺在被窝里等范佩西。范佩西显然是在克制，故意慢慢腾腾地收拾东西。

"快过来。"杨晴感觉自己此时是千娇百媚的。范佩西嗯了一声，却不抬眼看杨晴。

“洗洗睡吧。”杨晴说。

范佩西走到洗手间，在水池前久久地洗手。

“厨房有热水，你冲个澡。”杨晴说。范佩西又嗯了一声。

杨晴关掉大灯，打开了床头的粉红色台灯，整个房间充满了温馨与神秘。冲完澡的范佩西穿戴整齐地站在床边，像做错了事情的孩子一样心神不定。

杨晴说：“脱，睡！”

“还脱吗？”范佩西说。

杨晴有点恼火，说：“你平时都穿着衣服睡？”

范佩西害羞地笑笑，说：“不是你在吗。”

杨晴一把把范佩西拽过来，一边用嘴堵住他的嘴，一边扯他的衣服。他上宽下窄的脸颊、安分的鼻子、浓浓的眉毛、小小的眼睛、黝黑的皮肤、坚实的胸膛、修长的双臂、魁伟的身材，在她的眼里，他简直就是一个标准的男模。

然而，最后他们依然停留在了拥抱、接吻。对于热恋中的杨晴来说，想要的远远不止这么多，而对于理智的范佩西来说，身为一个学生，不能撑起一片天空时，就不能去破坏一个静美的女子的一生。

之后，杨晴和范佩西总是接吻、拥抱。所以，直到毕业走出大学校园，他们依然是最为纯洁的情侣关系。

杨晴看上范佩西，纯粹是偶然。范佩西是个普普通通的男生，说不上帅，也说不上丑，除了个子高，学习努力以外，几乎没有什么太引人瞩目的地方。他又不油腔滑调，更没有赶潮流谈恋爱，加之年龄比一般同学小一两岁，还不善言谈。所以这么久他都没有引起众多女生的关注，与杨晴一样形单影只。后来杨晴以她的慧眼发现了这块被璞玉。

在一次周末的班级舞会上，她与他连续跳过几曲交谊舞，近距离长时间地端详过他的那双小眼睛之后，她突然发现这个平时很少看一眼的男生也有几分可爱与魅力，那一刻，她决定把他据为己有。杨晴也是普通女生，但长相还算有几分姿色，范佩西对她当然没啥挑剔，就顺水推舟乖乖地拜倒在她的石榴裙下。他们的关系突飞猛进，几次约会之后很快就由地下转为公开，并成为艺术系最般配的金童玉女。

他们的交往平淡而充满浪漫与温情。看起来老老实实的范佩西，与杨晴单独在一起的时候也经常会妙语连珠，出口成章。

“小晴小晴我爱你，就像老鼠爱大米，小晴我饿了，让我吃一口。”范佩西经常像一个撒娇的孩子一样在杨晴耳边念歌词。

杨晴满足地嫣然一笑，奖励他一个侧吻，说：“继续。”

范佩西歪头作沉思状，如果不在校园，他会说：“我背你前进三百米，作为对你给我奖励的回报，如何？”

杨晴说：“不稀罕，你又不是马，骑着不舒服，算了，还是本姑娘自力更生吧。”

范佩西双手分开，耸肩做无奈状，说：“不能为你效劳，深表遗憾。”

杨晴忍俊不禁，手一挥说：“去去去，别在那拽了，给你个机会，跑步给本姑娘买个随便去。”

随便是杨晴喜欢吃的一种冰糕，而且不分春夏秋冬，她什么时候想吃就吃，哪怕是在身体不舒服的时候。记得有一次来例假肚子痛得实在受不了，跑到医院看医生。

医生是个色迷迷的老头，他问：“经血是什么颜色？”

“当然是红色。”

“是不是发黑？”

“好像有点发黑。”

“吃凉东西了吧？”

“上午吃了九块雪糕。”

“你要是吃十八块雪糕肚子就不痛了。”

“真的？我一会就到冷饮店坐那一口气吃十块。”

医生哈哈大笑，说：“你是真傻还是假傻？来月经还敢吃雪糕，不是找事吗？”

杨晴说：“不吃雪糕就不痛了？”

“会好点。”

但杨晴总是抵不住随便的诱惑，把痛经忘到九霄云外，照样在例假的红灯下吃雪糕。

领命买雪糕的时候范佩西最可爱，他两腿一并，打个立正，敬个军礼，然后跑步去冷饮店买回随便，再跑步来到杨晴面前，又一个立正，双手捧着随便递到她手里，说：“请首长慢用，小心冰牙。”

杨晴扑哧一笑，说：“帮我撕开。”

范佩西熟练地撕开，让雪糕从包装袋里露出半截，再把撕开的包装袋缠在雪糕把上。这时候杨晴感觉自己真幸福。这个在同学们眼中寡淡无味的小男人竟这般有情趣，也算她的福气。

王聪与斐燕曾经问杨晴：“你那个佩西少言寡语地跟你在一起有啥意思？”

杨晴笑笑说：“别用传统眼光看人，我的范佩西是别具风味，绝不比你们的帅哥差。”

她们问："有什么特别风味？"

杨晴说："不告诉你们，怕你们知道了挖墙脚。"

她们把杨晴压在床上，用手在她身上乱摸，说："你心里这么阴暗，老实交代，是不是想挖我们的墙角？"

杨晴在她们的折磨下手足乱舞，说："谁稀罕挖你们的帅哥，我守住范佩西就满足了。"

眼看着毕业一天天临近，杨晴问范佩西："你准备去哪里？"

"我想去L城发展，要是不行就回老家县城。"

"你想没想过跟我一起留在省城？"

"没想过，我父母就我一个孩子，我不能离他们太远。"

"想过让我跟你一起去L城吗？"

"想过，但你爸不是不同意你去吗？"

"你别说我爸，你愿意让我跟你一块儿去吗？"

"我自己都不知道能不能留在L城，哪敢奢望你能跟我一起！"

"你去L城我回Y市，我们以后怎么办？"

范佩西神情突然黯淡，说："我不敢想这个问题，以后再说吧。"

杨晴失望地看着范佩西沮丧的脸，心里一片茫然。他们真的要面对毕业就失业与失恋的现实？

多少次，杨晴默默地扑在范佩西怀里黯然神伤，她说面包会有的，一切都会有的。她清楚那话不光是安慰范佩西，也是安慰她自己。

五

陈晓光接到陈平电话的时候，已经是上午十点了。那时，他早已经从网吧出来了，在对面的早餐店喝了小米粥，吃了包子，准备回家睡觉。电扇耐心地吹着他，哄他入睡，像一个任劳任怨的母亲，但他还是感觉阵阵热浪扑向他，他就这样在半睡半醒中艰难地度过了两个半小时。

他接电话时，仍闭着眼睛，感觉满身大汗。

“还在睡觉？”陈平在电话里问。

“嗯。”陈晓光懒得张嘴。额头上的汗珠和背后已经浸湿凉席的汗水让他难受至极。

“怎么还在睡啊？”陈平又问。

“昨天去夜市了。”陈晓光的眼睛还闭着。

“别睡了，来我家做客吧，我和小青请你吃饭。”

“你家？”陈晓光睁开了双眼。

“是的，我的新家。”

“新家？”陈晓光精神了很多。

“是的，我和小青租的房子。如果你想换个地方继续睡觉的话，还有一个气温只有十七摄氏度的房间给你留着，而且离你住的地方不是很远。”陈平说。

“租的房子？你和小青？”陈晓光从床上坐了起来，“在哪儿啊？”

“是的，租的房子，我和小青，在北文东村白领花园五号楼二单元五楼十号东户，赶快来吧。”陈平说。

陈晓光正想让陈平把具体地址发到他手机上，可陈平却挂了电话。陈平一向如此，对陈晓光更是如此，每次都是不等他说完再见就挂电话，真是个没礼貌的家伙。

几次之后，陈晓光就学聪明了，对他不用那么客气。可是现在，更重要的是，除了白领花园之外，陈晓光完全有记住陈平说的那个地址。

算了，还是先刷牙洗脸吧，只能到了白领花园再打电话问了。陈平说小青也在，陈晓光还特意刮了两天没有理会的胡子。

白领花园坐落于北文河的东岸，陈晓光必须顶着火辣的太阳走过北文桥，然后再走一百米才行。他曾经在白领花园里看中一间将近四十平方米的标准间，在七楼，房间里有扇大的落地窗，透过它可以欣赏北文桥附近的风景。他不止一次地在脑子里规划了整个房间的家具摆放情况。首先，落地窗那里要放一个宽大舒适的沙发，每逢周末，他就可以躺在上面上网、看书，或是欣赏北文河畔的风景。然后，其实没有然后了，他只想到了这么多，而且还是坐在网吧的电脑前想到的。

当时，他看着电脑屏幕里宽敞明亮的房间，除了无限的神往之外，让他想到最惬意的事，就是周末躺在那扇落地窗前上网看书，或是欣赏风景了。只可惜，高达一千九百九十九元的房租让他望而却步。每次经过白领花园时，他都觉得它像一个不怒自威的狠角色，甚至都不敢往里多瞧一眼。

现在，陈晓光来到白领花园的大门口，它依然不怒自威。他深呼吸一口气，压制住自卑的内心，好让自己看起来底气十足。他装得像一个配得起这里的房子的人，又假装自信地看了一眼站在门口表情严肃的保安，然后大步走了进去。保安没有拦他，只看了一眼他这个陌生人，表情依然严肃。看来，他的表演成功了。他打电话给陈平，又问了他房子的具体地址。

陈晓光一边东张西望白领花园的全新事物，一边寻找五号楼。小区几乎没有人，除了不远处的清洁工阿姨，他一个人也没看见。

太阳高高在上，阴凉处少得可怜，他已经汗流浃背了，这让他暂时对白领花园失去了耐心和兴趣，只想尽快找到五号楼二单元。在绕过一片翠绿的草坪，又走过两栋楼后，终于看见一栋楼的高大墙壁上印着“5”。他拐过去，经过第一个门洞后又看见了第二个门洞上刻着的“二”。电梯正悠闲地停在一楼，他快步走进去，让它直奔五楼。

陈晓光按了下门铃，见没什么动静，又敲了敲门。开门的是陈平，他光着背，只穿一件海蓝色的沙滩短裤。

“感觉怎么样？”陈平递给陈晓光一罐冰镇可口可乐，“我是说这房子。”

“我得好好观赏一番。”陈晓光边喝可乐边在屋里转了起来，“还是两室一厅。”

比起陈晓光那个不到二十平方米的脏乱狗窝，这里简直是金碧辉煌的宫殿。

白色的布艺沙发端坐在客厅中央，像一个优雅的少女，紫色的落地窗帘则是她未穿上的衣裙，显示出高贵的气质。沙发前摆放的磨砂玻璃面茶几是那么晶莹剔透，上面的零食和饮料也显得更加可爱了。陈晓光推开其中一间卧室的门，看见小青正在里面收拾东西。她看见他，对他莞尔一笑。陈晓光跟她打了招呼之后，又看了厨房、卫生间，以及另一间卧室。

“完美。”陈晓光评价道，“房租一定不菲吧？”

“不是很贵，一个月才两千四百九十九。”陈平说。

“确实不是很贵，也就是我半年的房租而已。”陈晓光打趣道，“你哪儿来那么多钱啊？”

“我只是没去上那没用的会计课而已，你也知道，那老师除了误人子弟和讲笑话之外什么也不会。”陈平说。

“那你的会计证书怎么办？看你怎么向你妈交代。”陈晓光不禁替他担心道。

“就说没考上，反正时间还早。”陈平说。

“好吧，你这个无耻的败家子。”陈晓光说。

“要是有个美女陪你一起入住，你肯定也会毫不犹豫地无耻地败家一次。”陈平先是瞟了一眼卧室的门，然后凑过来小声说，露出一种令人讨厌的虚荣感。

“美女？你是说小青？”说实话，陈晓光从未觉得小青是个美女，简直连一般也算不上。他甚至一度以为陈平是饥不择食了才会跟她谈恋爱。陈平在看待别人以为的美女时，眼光高得出奇，在看待自己以为的美女时，眼光又低得出奇。对此，陈晓光极为厌恶，便故意疑问道。

“嘘——小点儿声。”陈平的笑容丝毫不掩盖他的虚荣感。

“终于收拾完了，看我新买的裙子，好看吗？”小青换了件花色连衣裙从卧室里走了出来，她见陈平正在陈晓光旁边耳语，又问，“说什么呢？”

“只是一些男人之间的私人话题，少儿不宜。”陈平露出满脸坏笑，生怕小青听不懂，“这件裙子太适合你了，very beautiful。”

“听说你在一所大学做辅导员？怎么样啊？”小青没理会陈平，边自我欣赏她的裙子边问陈晓光。

“还可以吧，挣个零花钱而已。”陈晓光实话实说，但表现出一种有所保留的谦虚。

“谦虚了吧，反正比陈平好多了，整天没有正经事做。”小青还在扯她身上的裙子，好像上面长有仙人掌刺一样。

“主要是现在没有合适的工作，我才懒得搭理那些下等活呢，要么无聊透顶，要么累得像耕地的牛，工资还低得可怜。”陈平说。

“你根本就没有去找过工作吧，我亲爱的留学生？”小青说。

“也对，整天就忙着跟你谈恋爱了，哪里还有心思找工作。”陈平说。

小青听了陈平的话，便笑着走到他身边。陈平心领神会，伸手揽住小青的腰，然后在她嘴上深情地吻了一下。

“我到底是空气呢，还是多余的人呢？”陈晓光看着眼前的画面，有些羡慕和无奈。

“要不让小青帮你介绍个女朋友吧，她的朋友可不少呢。”陈平骄傲地看着陈晓光，双手还揽在小青的腰上。

“最近我刚好有个朋友失恋了，如果你需要的话，我可以撮合你们。”小青说，“下次我们可以一起打麻将，好吧，就这么说定了。”

“多谢你的好意，不过我目前还没有在生活费里扣除一部分用来谈恋爱的打算。”陈晓光拒绝道，“打麻将是个不错的提议，我喜欢打麻将。”

“是吗？我也喜欢打麻将，而且非常喜欢。”小青有些兴奋，如同在芸芸众生中艰难地寻得一个知音。

在陈平的新房子里，根据墙顶的中央空调显示，室温停留在二十三摄氏度。这个温度舒服得让人想睡一觉。陈晓光像一只玩具熊一样歪在柔软的沙发上，想缓解一下由于昨天晚上睡眠不足带来的疲惫，他很想躺在上面睡一觉，但他首先要做一个懂礼貌的客人。其实，他有些饿了，早上那碗小米粥和两个包子早就在肚子里消耗殆尽了。只是，他不能先于房子的主人提出吃饭的建议。所以，他一直忍着。

他们一直聊到下午一点才聊到吃饭的问题。也许是聊得久了，或是太投入了，小青像在下雨天突然想起院子里的被子一样想起了时间，她拿出手机看了一眼，说："一点了，你们饿不饿？"

"你饿吗？"陈平反问。

"我还好。"小青说。

"你饿吗？"陈平又问陈晓光。

"我也还好。"陈晓光说。

"那就一会儿再吃吧，我现在也不是很饿。"陈平把陈晓光蹬到旁边的椅子上，自己躺在沙发上伸了个懒腰。

"你想吃什么？"他向小青勾了勾手，示意她过去。

"我想吃火锅。"小青从椅子上站起来，像个温顺的小猫一样坐到陈平身边。

"你想吃什么啊？"小青把目光转向陈晓光。

"我随意。"作为一个懂礼貌的客人，陈晓光只能客随主便。

终于在将近两点的时候，他们去了白领花园旁边的那家海底捞吃了火锅。这不是陈晓光第一次跟陈平和小青一起吃饭，但感觉每次都如出一辙——自己是个多余的人。

第五章

一

一个星期以后，虽然没有经过陈晓光的同意，小青还是兑现了她的诺言——给他找了个伴儿。陈晓光是到了陈平的住处以后才知道这件事的。

那天，孟雅穿了一件深蓝色的圆领短袖，下身是一件粉色的超短裤，再加上她脚上那双蓝白色高帮帆布鞋，这更显得她两条白皙的腿分外修长，让她看起来既可爱又性感。看得陈晓光心中已万分激动了。

“这是我的好朋友——孟雅。”小青异常激动，热情得像个媒婆，刚见面就把孟雅介绍给陈晓光。

“你好，我是孟雅。”孟雅含蓄一笑，露出两个酒窝。她又说，“你长得很好看，很清秀。”

陈晓光很高兴给一个陌生女子留下这么好的印象，他站在那里假装不好意思地微笑着看她，没有说话，等小青向她介绍自己。

“这是我的好朋友——陈晓光。”小青露出暧昧的笑容说。

“你好，我是陈晓光。”陈晓光依旧带着礼貌的微笑，学着孟雅的句式说。

“怎么样？两位为这天赐的缘分握个手吧？”小青是真心想撮合他们俩，“对了，你们把电话留一下。”

“陈晓光不像我，他还是个处男呢，不知道牵过女生的手没！”陈平的话中略带一点骄傲，略带一点调侃，还略带一点嘲笑。

“你闭嘴。”小青说。

陈晓光内心虽没有尴尬，也很乐意和一个点燃他内心火苗的陌生女子握手，但他还是装作镇静。

孟雅更是临危不乱，主动伸出了手。陈晓光不知道她是否真的觉得自己长得很好看，看见她的手有伸出的趋势时，他马上把手伸了出去，他还没有被烧得忘了自己是个男的。他们握手之后，又留了对方的电话，然后便开始打麻将了。

洗牌的时候，陈晓光收到小青发来的微信，她说：“给你介绍的伴儿，你是否满意？”

“什么打法啊？”陈晓光无奈地看了她一眼，随即把手机放回了兜里。

“带混儿，不带风，可以碰，可以杠，不能吃，只能自摸赢。”小青解释道。

他们一直打到晚上七点才收场。最终小青是大赢家，她借着赢钱的激动劲儿，提议晚上在家里吃饭。陈平和孟雅都同意了。作为女生，小青和孟雅只负责点菜，而陈晓光和陈平负责下楼买菜，小青说，社会分工就是这样，他们不能背道而驰。

北文东村的夜市已经开始了，很多男人都光着上身喝啤酒，他们在人群里异常显眼，如同平静的水面上泛起的浪花。也正是因为他们，夜市的氛围才渐入佳境。陈晓光和陈平在一家叫“巧味馆”的小饭馆买了小青和孟雅点的菜，之后陈平又点了四个凉菜，还买了烤鱼、炒面和小笼包。

“不买点喝的东西吗？”陈晓光问。

“不用买了，家里有。”陈平说。

回去以后，小青和孟雅把菜倒进盘子里。四个热菜、四个凉菜、再加上烤鱼、炒面和小笼包，往茶几上一摆，着实是丰盛的一大桌。开吃之前，陈平还用手机拍了张照片。

“等下，差点忘了。”刚坐下，陈平像突然想到了什么似的，然后快步向厨房走去。

“啤酒！啤酒！”小青恍然大悟。

“放心吧，是凉的。”陈平用塑料案板端着十罐啤酒和四个杯子过来了。

“你在哪儿弄了这么多啤酒啊？”陈晓光问。

“前两天楼下超市搞特价，我买了一箱，不够冰箱里还有。”陈平把酒放在地上，“晓光，把酒打开。”

陈晓光先打开了四罐，放在了茶几上所剩不多的空余地方，然后又给每人倒了一杯。陈平说先干一杯，于是，他们举杯一饮而尽，然后陈晓光又帮他们倒上。之后，陈平又让陈晓光去厨房的冰箱里拿了两次啤酒。

整个过程中，小青最热衷的就是撮合陈晓光和孟雅。孟雅对此倒是乐在其中，在小青的激将法下，她甚至还要跟陈晓光喝交杯酒。随着喝的酒越来越多，陈晓光也大起胆来，不仅和她喝了交杯酒，还把她揽在胳膊里用手机自拍留念。孟雅没有拒绝，把脑袋靠在陈晓光肩上，对着镜头露出了她那两个可爱的酒窝。

“多般配的两个人啊，加油啊，晓光。”小青绝不会放过这绝好的机会。

“小笼包很好吃，比开封第一楼的不差。”陈晓光假装没听见，对小笼包表现出了前所未有的热情。

“那还不赶快给孟雅夹一个。”小青说。

陈晓光没有照做，只是无奈地看了小青一眼，希望她不要只局限于这一个话题。他又往嘴里塞了个小笼包。

“你要不追的话，直接让我收了算了。”陈平满脸自信地说，就好像他随时都能把孟雅搞到手一样。

陈晓光没有理会，继续吃着茶几上的菜。小青白了一眼陈平，又开始对陈晓光说孟雅的各种好，也对孟雅说陈晓光的好。

最后，酒全喝完了，菜也吃得差不多了，烤鱼像坏掉的茄子一样躺在盘子里，小笼包一个不留。客厅里到处是空的易拉罐，有的被不小心踩扁了，茶几上也是一片狼藉。在酒精的作用下，陈平和小青已经开始斜靠在沙发上接吻。陈晓光坐在椅子上看着他们，竟有些不知所措起来。现在，孟雅是和他一样陷入这种尴尬处境的人。

陈晓光想和她接吻，就像陈平和小青那样，但他不敢，此时他甚至连看都不敢看她一眼，就算是借着酒劲儿他也不敢。他一下就推翻了“酒壮怂人胆”这句俗语，但内心的欲火越烧越旺。

陈晓光发现孟雅正一动不动地盯着他，他不敢直视她，只能用眼角的余光去探索。她突然从椅子上站了起来，一步来到陈晓光身边，没等他做出任何反应，她已经把双手绕在了他的脖子上，然后把双唇贴向他，开始和他接吻。这一切来得都太快，太突然，像一道晴天霹雳。作为一个男人，陈晓光不能推开她，就算不主动出击，也应该默默接受。所以，陈晓光做了他应该做的事——默默接受。

第二天醒来时，已经是上午九点多了。陈晓光一丝不挂地躺在卧室的床上，孟雅翻身把他给弄醒了，此时，他才发现，孟雅同样一丝不挂。她也醒了。他们躺在床上相互看了一眼，顿时，陈晓光觉得自己犯了个天大的错误，他想解释，请求她的原谅，但他一句话也说不出来。孟雅显得很冷静，她从床上起来，快速捡起地上的衣服穿上。

“我先走了，你跟他们说一声吧。”没等陈晓光回应，孟雅转身离开了，接着传来一声门锁上的声音。

房间里很安静，看来陈平和小青还没有醒。陈晓光躺在床上，回忆昨晚发生的一切，就像做梦一样。他知道自己犯了个天大的错误，也想向孟雅认错，请求她的原谅，但他内心却没有一丝罪恶感。正好相反，他为此高兴。不管怎样，他都应该解释一番，然后认错，请求对方原谅他。

陈晓光也准备像孟雅一样，趁着陈平和小青还没醒，来个不辞而别，这样就可以避免回答一些不愿意回答的问题了。他从地上把衣服捡起来穿上，然后悄悄地离开了陈平家。他得静下来好好想想，该如何请求孟雅的原谅。

二

赵寻怎么也没有想到，他一直向往跟父亲一起生活，但并不如他期望的那般快乐。在刚刚搬到省城的那个春天，父亲带他去动物园、人民公园之后，很快就把他送到幼儿园。

父亲说："城里跟你这么大的孩子在幼儿园已经学习两三年了，你在农村干啥呢？啥也没学，就玩了几年尿泥。你必须更努力，争取在起跑线上赶过他们。"

赵寻说："我没玩过尿泥。"

父亲说："那是打个比方，就是说你没上幼儿园，识字，啥也没学。"

赵寻上小学的时候，其实才五岁多一点，可户口本上他是七岁多一点。父亲为了他提前上学，早早地做了准备，在迁户口的时候，托关系把赵寻的出生年份给改了，1990改成了1988。

父亲说："现在的社会，只有不敢想的，没有不能做的，只要努力，一切皆有可能。"

赵寻第一次去上学是一个炎热夏天的上午。父亲送他去学校的时候，他很不情愿。

走出小区门，赵寻说："爸，我不想上学。"

父亲说："不想上也得上。给你改户口费了那么大劲，就是希望你能早点上学。"

赵寻说："我怕。"

父亲说："怕啥？有啥怕的？"

赵寻说："他们都比我大，光打我。"

父亲说："人家都是去上学的，不是打架的。"

赵寻无话可说了，他只有听父亲的。

当父亲把他放在学校要走的时候，赵寻突然哭着从教室跑了出来。这时候教室外边已经有四五个哭着要走的小同学。

赵寻拉着父亲的车子，哭着说："爸，我怕！"

父亲把车子扎好，厉声说："回去，怕啥啊？"

赵寻哭着拽着车子不松手。父亲掰开他的手，拉着他走向教室。赵寻向后坠着，但他瘦小的身体在父亲的牵引下没有一点定力。也许是对教室的恐惧，也许是对众多孩子的恐惧，他的哭声变得声嘶力竭。

父亲丝毫没有心软，扬了扬巴掌，说："不许哭，乖乖地去教室，别让我打你。"

赵寻看着曾经温和的父亲，这时候是那么冷酷，他强忍住哭，一步一回头走进教室。那一刻，他第一次感觉孤独……

上了小学之后，周六和周日赵寻还要"上班"，钢琴班、美术班、书法班、围棋班轮着上。

赵寻说："我一样都不喜欢，为啥要学？"

父亲说："这是素质教育，在城市，琴棋书画啥都得会，多才多艺，增加自信，只有这样才能成就大事。"

赵寻说："上学再上班，我啥时候玩啊？"

父亲声音变得严厉，说："别犟嘴，叫你学啥就学啥，等长大了你啥都不会，黄花菜都凉了。"

赵寻一脸茫然，他不懂父亲讲的道理。后来，又开始上作文班、奥数班、英语班，每天还有读书任务，从此，他再也没有自由玩耍的时间了。

赵寻走了很久，脚和腿都有些累了。路上的行人和车辆稀疏起来。已经接近中午，他出了很多汗，又渴又饿，但他没打算停下来。这时候路边出现了一个凉皮车。凉皮车的玻璃罩上有一行红色的大字“正宗山西凉皮—米皮”，下边还有几个小字“3元一碗”。卖凉皮的是个跟妈妈年龄相仿的阿姨，很温和、慈祥的样子。凉皮摊前，没有一个食客。

“我要一碗凉皮、米皮两掺吧，不放面筋，不放辣椒。”赵寻一边对卖凉皮的阿姨说，一边看她的凉皮车底下。他看到了一个塑料桶里装着清澈的凉水。他又说，“阿姨，让我喝一碗凉水吧，渴得受不了了。”

“凉水可不能喝，你喝这凉开水吧。”阿姨说着在一个带盖的搪瓷缸里舀了一碗水递给他。

赵寻咕咚咕咚一口气喝完，喘了口气说：“谢谢阿姨。”

赵寻坐在一个小木凳上，没等凉皮端过来，就拿起筷子做好了吃的准备。坐下来，腿和脚也有变得轻松了。

结账的时候，有了变故。赵寻拿出三枚硬币，刚才还慈祥的阿姨不耐烦地说：“三块五，你还喝了一碗凉开水呢。”

赵寻瞪大眼睛问：“水也要钱啊？”

“废话，水是有水费的，还有这么远的路，水自己会跑过来？我也不能白提这么远。再说，我烧水还费气呢。一碗开水收你五毛钱，够便宜的了。”

赵寻只好再从裤袋里摸出一枚硬币递给她。叹了口气，伸手接过找的硬币，小心地装在裤袋里。

他站在路边，向北看了看，再向南看看。他的眼神里透出来一些犹豫，他在犹豫该向哪里走。最后，他没有选择往前走，也没有往回走，而是朝着路对面一条林荫小路走去。走过那条林荫，是一个周围长满柳树的坑塘。

坑塘被附近村的人瓜分后砌成方格式的鱼池，不同的鱼池放养了不同的鱼，有鲤鱼、鲫鱼、草鱼、花鲢、白条、青鱼等。经常有人围在鱼池边上钓鱼。钓出来的鱼，坑塘旁边便有饭店加工。赵寻走到坑塘边一棵高大的柳树下，柳树下是一个斜坡，上边有一片茂盛的“疙疤秧”草，像草坪一样均匀，躺上去一定很舒服。最令他满意的，是那里远离鱼池，不会有人打扰。

他双手交叉枕在脑后，看着天空有一些云彩飘过。人们总是说蓝天白云，可赵寻看见天空并不是蓝的，云彩也不是白的，都是灰灰的。远处，不时有钓者钓出一条鱼后夸张地喊叫和说笑。赵寻心里一阵难受，仿佛那吊钩钩住的不是鱼嘴，而是他的嘴。对这些池塘里的鱼来说，生存的路上，埋伏着太多的陷阱，为了一口食物，它们最终成为人们的美食。

赵寻从仰躺变成侧躺，睡意也没有了。他开始怀念老家。他多少年没回过老家了？爷爷奶奶的面容已经有些模糊了。他想回去，可自从进入幼儿园他就没有了回老家的机会。父亲总是说，学习是天，不到大学毕业，你的学习就不能放松。最初，他想趁假期回老家看看，父亲却说不行，你还要“上班”呢。你回去一次耽误几天，别人就把你给甩在后边了，可能永远都赶不上。等大学毕业了再说回家吧。

父亲说这话的时候，他才刚刚上小学。

赵寻突然从裤袋里掏出手机，把它关掉。它不能通话，而现在他又不想知道时间，它开着已经没有意义，必须关掉它。看着手机，赵寻有点气急败坏，他甚至想把它扔到鱼池里，既然父亲不给钱，还不如扔掉，但他没有扔掉。他想回家把它扔给父亲，他实在受不了，决意开始反抗。

天空不知道什么时候暗下来，西边的天际出现了一弯上弦月，有人说那像一条小船，赵寻看着却像一把弯刀，闪着寒光。上边凹下去的部分，犹如锋利的刀刃，只要把脖子往上一放，轻轻一用力，头颅就会被切下。他摸摸脖子，好像那刀刃已经在上边切了一个口，有鲜血汩汩地流出。他的手上黏糊糊的——是他的汗水。

他在怀念家乡中睡了过去。他做了一个梦，梦见自己去卡夫卡《城堡》中的那座城堡里游玩，在离城门还有一段距离的地方，他遇见了K先生，K先生告诉他，他已经进入城堡了。但他现在改变了主意，决定离开城堡。K先生还告诉他，城堡里其实跟外边没有多大区别，甚至还不如外边自由。赵寻却充满了好奇，对他说："我也想进去看看，你能带我进去吗？"

K先生说："好吧，你不进去看看，是不会死心的。"

K先生带着他走到城门前，那城门在K先生的请求下慢慢打开。当赵寻兴致勃勃地走进城堡的时候，突然被惊醒……

惊醒他的，是两个人吵架的声音。他们两个都很大声，发出的声音震耳欲聋。赵寻揉揉眼睛，模糊地看见不远处的一家小饭店门前有两个人正像两只公鸡打架一样，架着膀子伸着脖子，互相对着对方吼叫。奇怪的是周围竟然没有看热闹的人，一向看热闹比看球赛还热情的人们，今天怎么这么理智呢？

三

晚上九点，陈晓光站在北文路与南东路交叉口的环形天桥上。他和孟雅约的是九点在此见面，可时间到了，孟雅还没来。陈晓光下午给她打电话之前，本想先在电话里道歉，然后再面对面道歉，可电话通了之后，还没等他说话，孟雅就先开口了，她说见了面再说。

陈晓光双臂支在圆形的不锈钢护栏上，看着桥下川流不息的车辆，竟然开始想象自己跳下去的情景：他会被一辆飞驰的车撞得血肉模糊，骨头会像鲜艳的白玫瑰一样露在外面，身体和内脏会像被压瘪的篮球，肠子散了一地，眼球也会滚到路边的下水道里，他必然尸骨无存。

随后，陈晓光无奈地笑一下，心想自己怎么会有这么愚蠢的想法。他马上开始思考，以确认自己是否还坚信，无论遇到什么困难，都不会结束自己的生命？答案是肯定的。他又想到了叔本华的一句话，当一个人对外在的困难和不可避免的厄运的恐惧超过了对死亡的恐惧，就自然会走上自杀的路。

“也许，有一天我遇到了那种困难和不可避免的厄运，也会开始理解那些自杀的人，甚至自己也会做出同样的选择。”陈晓光想道。

为了把自己从胡思乱想中拽出来，陈晓光开始眺望远方的霓虹灯，全是红红绿绿的，大多数代表美食、美酒、娱乐，城市夜晚的象征啊。

路两边的路灯，则显示出不一样的光彩，它们高高在上，不与光鲜的霓虹灯同流合污，它们发出太阳色的光芒，一直延伸到看不见的路的尽头。他活动一下被压麻木的胳膊，然后又开始在心里斟酌要跟孟雅说的话，他假装她就在他面前，开始和她对话。

“我有话对你说。”

“什么？”

“对不起，昨天晚上喝醉了……”

陈晓光觉得刚开始就说对不起有些太唐突了，应该先解释原因，然后再郑重道歉，这样孟雅最后听到的三个字就会是“对不起”。

“昨天晚上我喝醉了，酒精让我失去了理智，我知道任何理由也不会减轻我的罪过，但我还是希望你能原谅我，所以，真的对不起。”

“孟雅会原谅我吗？”陈晓光心里的对话已经进行不下去了，他实在不知道她会怎么回答。

“如果她只当作是一场梦，当作什么都没有发生过，原谅我了，这样最好。如果她不原谅我，或是要跟我谈恋爱，这也没什么大不了的。”陈晓光自认为还是比较擅长谈恋爱的。

“最可怕的就是她让我为我的行为负责，和她结婚，那我可怎么办？”但陈晓光马上就放下心来了，因为这是绝对不可能发生的，他非常确定。

正当陈晓光想得入神的时候，孟雅从天桥的另一个台阶口走了过来。和昨天不一样，她穿了一件白色的吊带连衣裙，裙摆刚好到膝盖处，在泛黄的路灯光下，黑色的内衣吊带清晰可见。脚上也脱去了可爱的帆布鞋，换了一双成熟的黑色高跟鞋。她款款而来，他们马上就要面对面了。陈晓光决定先开口。

“我有话对你说。”孟雅已经站在陈晓光的面前，他时而躲避时而迎上她的目光。

“我也有话对你说。”孟雅说。

“什么？”陈晓光本能地问。

“昨天晚上我们上了床，如果你愿意的话，我们以后还可以上床，可以保持这种关系，但我决不会跟你结婚。”孟雅继续说，“当一方提出终止时，另一方必须无条件接受，不需要任何理由，同意吗？”

陈晓光没想到孟雅会这样说，一时愣在那里，不知道说什么好了。

“同意的话，我们现在打车去你家，不同意的话，我们打车各回各家。”孟雅看着傻愣着的陈晓光，突然想起了他也有话要说，便说，“你不是有话对我说吗？什么话？说吧。”

陈晓光这才想起来今天来此的目的，听过孟雅的话之后，他知道道歉已经没必要了。他本来就为昨晚的事而高兴，现在更想不出任何拒绝她的理由了。孟雅看着陈晓光，像看一条可爱的小狗，她还在等待他的回话。时间紧迫，已经容不得陈晓光多想了，一个念头从脑海中闪过，没有什么损失吧？是的，完全没有。

“我也正想说这些话呢。”陈晓光说。

“那好，我们现在打车去你家。”孟雅向前一步挽着陈晓光的胳膊说。

“去快捷酒店吧，我家太热，没空调，床也太小。”陈晓光把胳膊从她手中挣脱出来，然后搂住了她的脖子，就像一对相识已久的老情人。

之后的日子可想而知了，陈晓光和孟雅每个星期五或是星期六都会相约，有时在快捷酒店，有时在陈平家。

在工作日里，午饭后或是晚饭后，他们偶尔也会在陈晓光家见面，每次都热得汗如雨下。每逢周末，陈平和小青会叫他们过去打麻将，他们已经知道了陈晓光和孟雅的关系，还为他们收拾了另一间卧室，说周末可以住在那里。

有时晚饭后闲来无事，他们就会去陈平那里待一会儿。他和陈平坐在客厅的沙发上聊体育，而陈平却对足球和篮球毫无兴趣，对台球也失去了兴趣，他喜欢说他和那个大三女生的事情，他说他们已经确定了恋爱关系，他已经在她学校的体育场吻了她。陈晓光这时才想起来问她的名字，陈平说她的名字很好听，叫左漫漫。陈晓光说确实很好听。

小青和孟雅从不关心陈晓光和陈平聊些什么，她们在卧室里聊漂亮衣服和昂贵的化妆品，或是说她们最近瘦了还是胖了。十点左右的时候，小青和孟雅会意犹未尽地从卧室里出来，然后小青会挽留陈晓光和孟雅住下，陈晓光总是以第二天还要上班为由拒绝，孟雅也会说周末的时候再留下。他们会再聊一会儿，计划周末做什么，或是吃什么。

聊天时，小青喜欢枕着陈平的大腿躺在沙发上，陈平则喜欢玩弄她的头发和肚子。陈平还喜欢偷偷地把手伸进小青的裙子里，然后低下头和她亲吻。这时，陈晓光和孟雅会起身告辞，说："我们走了，你们继续。"

陈平总是在周一至周五的某个下午去和左漫漫约会。这些时间里，小青正在一家房地产公司的售楼处向顾客讲述楼盘，就算她有一百个脑袋，她也不会想到自己在努力工作的时候，男朋友正在和另一个女人约会。陈平在感情方面，向来是滴水不漏，就算是福尔摩斯在世，也不会发现任何蛛丝马迹。

陈平说，在两个或多个女人之间游刃有余是一项技能，把两个或多个女人玩弄于股掌之间更是一门艺术。他还说，他已经完全掌握了这项技能，并正在无限逼近艺术。

陈平和小青约会时偶尔会叫上陈晓光，但他和左漫漫约会时却从来不叫他。关于左漫漫的一切信息，陈晓光都是从陈平那里听来的。他说她很漂亮，家里有钱，钢琴八级，大学毕业后还要去英国读研究生。陈平说左漫漫的优点时，总是一副骄傲炫耀的神情，仿佛那些优点是他自己的一样。陈平说他只是随便玩玩，以后不会和她在一起。陈晓光问他为什么，他说不喜欢太过优秀的人。

自从那次陈平说他已经在体育场吻过左漫漫之后，陈晓光就没有再听他提起过任何关于他们关系的发展程度，就像一艘搁浅的小船，再也无法前行了。当他问及陈平时，他说左漫漫还是个学生，他不想碰，不敢碰，也不能碰。

以陈晓光对陈平的了解，这种可能性是微乎其微的，他更倾向于他的猜测，那就是当陈平要把手伸进左漫漫的衣服里时，遭到了她的拒绝。就连陈平说他和左漫漫确定了恋爱关系，以及在体育场吻了她，陈晓光也是持怀疑态度的。

陈平就是这么一个人，总喜欢夸大自己的能力及和女人的关系。

四

杨晴在河堤上一直坐到李海生的电话打过来。这个比她大十五岁的有妇之夫如今被她称为老公，而且很尽力地履行老公对老婆的爱抚与亲热。

李海生曾经是杨晴高中母校的政治老师，在三年的高中课堂上为她传道授业，讲解马克思主义哲学与政治经济学。当年，不高不低、不胖不瘦、眉清目秀的李海生在女生的眼中是成熟英俊、能言善辩、风流倜傥的，他的办公室里经常有一些大胆漂亮的女生去请教哲学或人生观问题。杨晴当然不在中间，因为她在他们班平常得就像一只白兔子放到白兔群一样没有特色，学习成绩也是和尚的帽子平平坦坦。

到了高三，杨晴不得不开始考虑自己面临的严峻形势。以她的成绩，恐怕只能上个高职高专。她当然不是看不起高职高专，问题是她想在不提高文化科目成绩的前提下，上个更好的大学，这样她就跟风学起了美术，开始走艺术考生的路子。最后的结果证明，她的选择非常正确，尽管她并不喜欢美术。但没费太大的劲，当年高考文化课分数连高职高专都勉强的杨晴，考上了省城一个本科大学的艺术系。

因为要学习画画，杨晴每到周六和周日就到校外的美术辅导班去上课。而美术辅导班的老师是李海生的同学，大部分学美术的学生都是通过李海生报的名。这才让杨晴这个普通的女生有机会接触李海生并熟悉起来。但杨晴敢保证，那时候她对李海生绝对没有非分之想。这其中的原因，一是她那时候还没有发育成熟，还不知道仰慕英俊潇洒的男性；二是她没有恋父情结，不喜欢与比她年长太多的男性交往；三是她不懂得欣赏男性的成熟之美，更喜欢个性张扬的同龄男孩。

等到她大学毕业回母校看班主任姚老师，碰到李海生时，她对男性的审美发生了巨大变化，年近不惑的李海生因为成熟在她眼里光芒四射。当然，她不会仅仅因为李海生在她眼中光芒四射而委身于他。

杨晴与李海生的师生恋，成于天时地利人和。天时有三方面：一是杨晴去看姚老师，姚老师患癌症已经去世近一年，就在她要走的时候碰见了李海生，他把她让到屋里坐了一会儿，还招待她吃了晚饭；二是那时杨晴与范佩西刚刚分手，她正处于失恋的郁闷中，加上工作不顺心，属于感情脆弱期，渴望得到滋润；三是李海生的老婆郭洁辞职去省城私立学校应聘，带着孩子走了两年，把他一个人撇在Y市独居。地利也有三方面：一是杨晴家离学校较近，便于走动；二是李海生的家在学校家属区的东北角，紧邻学校角门，三五步便可到达河堤，出入一般不会引起其他人注意；三是垂柳依依，小桥流水的河堤为谈情说爱提供了场所。人和方面就不太好说了，因为决定他们最终走到一起的只有他们两个人，有一个人不愿意都无法实现。也许是冥冥中上天的安排，也许是以前他们互有好感，也许是他们彼此的心灵都处于饥渴状态。杨晴和李海生就像水到渠成一样自然，让她心甘情愿地把她自己献给了他。

李海生骑着摩托车来到杨晴身边，问：“怎么，在这里坐了一下午？”

杨晴默默地站起来，坐在摩托车后边。

“去哪里？”李海生又问。

“去老地方，喝酒。”

摩托车顺着河堤飞驰，李海生带着杨晴来到一个叫老地方的小饭馆，找了一个角落坐下，点了四个小菜，要了一瓶本地产的白酒。他们第一次共进晚餐就是在这里，而且就是今天坐的这个放在角落的餐桌。

杨晴把酒分倒在两个玻璃茶杯，没等菜上来就喝了一大口。

李海生说：“小晴，你不能喝太多，这是典型的借酒浇愁，很容易醉。”

“醉就醉吧，醉了好。”

“你不能这样，你跟范佩西已经是过去时了，他这样谁也帮不了他，你何必这么伤心呢？再说了，你伤心也无济于事，得想开。”

“我能想开，我还有你呢。海生，真不敢想，不知道没有你我现在会是什么样？”

李海生很耐心地劝杨晴不要伤心，但杨晴无法自制，在喝下去三四两白酒的时候她失声痛哭。她的哭声招来很多食客怪异的目光，她想那些陌生人会以为，自己因为与面前的这个男人发生感情纠纷才伤痛欲绝。但她敢肯定，再聪明的陌生人也想不到她为何哭泣。

杨晴哭了一阵，感觉心里亮堂了一些，说：“海生，记不记得去年我送你的生日礼物？”

“当然记得，就是把我自己忘了也不会忘记去年的生日，更不会忘记你的生日礼物。”

杨晴抹了一把泪，笑了笑，说：“海生，咱俩在一起快一年了，要不要纪念一下？你说你送什么礼物给我？”

李海生说：“一定要纪念，送什么礼物到时候再告诉你，现在不能说。但你放心，我会对得起你的。”

杨晴摇摇头，说：“别这样说，我们都这样了，还有什么对不起的事情。”

去年，杨晴送给李海生的生日礼物，是她自己，那是李海生的三十八岁生日。那之前，杨晴与李海生已经约会过三次。本来她不知道他的生日，李海生也没有打算与她一起过生日，可他老婆把他的生日忘了，与老婆孩子一起过生日的计划被打乱，杨晴就成了他那天邀请的对象。

杨晴当时在Y市的一家报社记者部做了两个多月的见习记者，刚辞职没几天，那天正躲在家里百无聊赖，就接到了李海生的电话。

李海生在电话里的声音有些忧郁，他说：“小晴，晚上有事吗？我想让你跟我一起过生日，希望你别推辞，我想定在浪漫咖啡厅，你说呢？”

杨晴很爽快地答应了。

之前，他们的三次约会，第一次在老地方饭馆，第二次和第三次都是在浪漫咖啡厅的小包间。在咖啡厅的包间里，一男一女独处，免不了会生出一些暧昧气氛。当然杨晴不讨厌这种暧昧，甚至还有点喜欢，否则就不会有后边的发展。

杨晴心里很清楚，一个男士屡屡约一个女孩吃饭，而且在容易滋生温情的咖啡厅，即便没有非分之想，肯定也很喜欢这个女孩。李海生也应该知道，她能爽快赴约，肯定对他不反感。第一次与李海生在咖啡厅的包间里相对而坐，杨晴有点心跳，他们的眼神都有些飘忽不定。杨晴的眼睛屡屡碰上李海生热烈的眼光，情绪都会涌起一种波动，不时陷入尴尬之中。

杨晴没话找话说："李老师看起来跟前些年一样，还是那么年轻，那么帅。"

他的脸一红，说："老了，哪还会帅呀。"

"我感觉你比我大不了几岁，就是同龄人。"

李海生笑笑说："我们算同龄人？你想装大吧？你二十出头，我马上都快四十了，还是记者会说话。"

他们第二次在咖啡厅就没有了第一次的尴尬与紧张。李海生抓住杨晴的手看了半天手相，讲了近一个小时的手相玄机。他左手握着她的右手，右手食指与中指不停地在她的手心拨来拨去，她的手心便涌起一阵一阵的酥痒。

杨晴说："李老师还会这一手，你是不是经常给女生看手相？"

李海生脸一红，说："哪会呀，在校园里给学生看手相那不是搞迷信，校长会饶了我？"

杨晴笑而不言。

到了第三次去咖啡厅，也就是李海生过生日那次，他们已经可以很随便地谈笑了。那天李海生要了一瓶干红葡萄酒，干红成了他们关系的催化剂。那天，他们走出咖啡厅正是夜色阑珊的时候，杨晴醉得好像有点不能自已了。

李海生发动摩托车，说："我送你回家。"

杨晴跨上摩托车，从后边环抱着他的腰，带着醉意说："我不想回家，我想跟你回家。"看起来杨晴醉了，其实她心里非常清楚，不然她也不会清楚地记得那天夜里的事情。

"行。"李海生说，一加油门摩托车冲出去好远，把杨晴吓了一跳。

"海生你慢点，你肩负着咱两个人的生命安全，责任重大。"

李海生马上放慢速度，说："好，听乖的话。"

他们不知不觉对对方的称呼都变了，这是个很明显的信号。

到了李海生家里，杨晴装醉坐在摩托车上不下来，李海生只好把她抱起来。他把她放在客厅的沙发上，她的两个胳膊却紧紧地缠绕着他的脖子。

"海生。"

李海生嗯了一声说："乖，你先坐好，我给你倒杯水。"

杨晴仍然缠着他的脖子不松手，她对着他的耳朵小声说："海生，我要送给你一件生日礼物，你猜是什么？"

李海生的手也环着她，他能感觉到杨晴的身体在发抖。他轻轻地说："你送我什么礼物？我猜不着。"

"我要把我自己送给你。"

五

时光飞逝，一眨眼，便已立秋了。虽已立秋，天气却一点儿没变，高温依然持续，丝毫没有秋的意思，就好像一个侏儒名字叫高大一样，简直毫无意义。

晚饭时，陈平给陈晓光打电话，说小青为了给这无人关心的节气献点爱心，要邀请他和孟雅过去吃晚饭打麻将，以示庆祝。那时，陈晓光正和孟雅在一起，所以他的心情极为舒畅。他问孟雅要不要去，她说去。于是，他毫不犹豫地答应了。

他把手机随手扔在床边的写字桌上，又和孟雅温存了一番。随后冲了个凉水澡，然后收拾了一下才走出家门。

来到陈平家时，陈平和小青已经备好晚饭了，摆满了茶几。食物都是在附近夜市可以买到的东西，有陈晓光喜爱的烤鱼和小笼包。只是这次没有啤酒，取而代之的是喝多少也不会醉的菠萝啤，当然，同样是冰镇的。吃饭时，陈平总想和小青调情，小青却像一头听音乐的牛，始终无动于衷。陈平则像是讲了一个又一笑话，听众却不觉得好笑，这让他有些自讨无趣，只好作罢了。

“赶快吃，赶快吃，吃完打麻将。”小青催促道。

“急什么啊，时间还早呢。”陈平有些不高兴，想必是由于小青对他的调情无动于衷的缘故。

“我吃饱了。”小青没有理他。她从沙发上站起来去了卧室。

“小雅，帮我拿一下麻将，我铺上桌布。”

“好。”孟雅一边从椅子上站起来一边说，“我也吃饱了。”

“怎么回事啊？”陈晓光见孟雅也进了卧室，便问陈平。

“什么怎么回事？”陈平装出一副不知所云的样子。

“你和小青啊？”陈晓光说。

“没事啊，我们能有什么事？”陈平说。

从陈平那不屑的表情上，陈晓光确实看出他和小青之间没有发生什么事，但他也看出了陈平确实在为小青的无动于衷感到脸上无光。陈平觉得在陈晓光面前丢了面子，这是他要极力掩饰的。

“赶快吃。”陈平也从沙发上站起来去了卧室。

陈晓光慌忙把剩下的两个小笼包塞进嘴里，又喝了一杯菠萝啤，这才从椅子上站起来快步走向卧室。

打麻将时比吃饭时更加死气沉沉。四人除了不断说出自己打出的牌，便再也没有多余的话了。他们一直打到半夜两点，几乎不分胜负。陈晓光和陈平是常熬夜的人，即便再打几个小时，也不会有丝毫睡意。小青和孟雅就没那么精神了，特别是小青，她已经哈欠连连，两眼流出的泪水让她看上去像是极度悲伤。

“睡觉吧，眼睛已经睁不开了。”小青又打了一个哈欠，两行泪水从脸颊上顺流而下。

“我的眼睛也快睁不开了。”孟雅也打了一个哈欠，双眼已经泛出泪花，像是被小青传染的一样。

“我随意。”陈晓光放松地靠在椅子背上，双手抱着后脑勺。其实他也不想再打下去了，与打麻将相比，在这温柔的夜里，他更想好好地和孟雅待在一起。

“好，那赶快睡觉吧。”陈平看着小青笑容满面，一副色相。他挪动了一下身体，正要去搂小青的脖子时，被她巧妙地躲开了。

“我去刷牙洗脸。”小青说着站起来去了卫生间。

“等等我，我也去。”孟雅急忙从挎包里拿出早已备好的洗漱用品，然后跟着小青去了卫生间。

“明天再收拾吧。”陈晓光依然坐在麻将桌前，丝毫未动，双手还抱在后脑勺。

为了打发小青和孟雅占领卫生间的这段时间，陈晓光开始认真收拾方桌上凌乱的麻将。他先把桌上正面朝上的麻将翻过来，然后在桌上尽量摆出一个正方形或矩形，但总是多几张或是少几张。见摆不成正方形或矩形，他又开始把麻将当积木玩。他试图把它们摆成一个金字塔，进行到一半的时候便放弃了，因为他明显看出剩余的麻将已经完不成金字塔那样庞大的工程。于是，他把麻将整齐地放进盒子里，然后双手托着下巴支在桌子上，开始发呆。

小青和孟雅从卫生间出来以后，开始往脸上拍打各种补水锁水的乳液。这时，陈晓光和陈平才进了卫生间开始洗漱。

“我先出去了。”陈晓光一边拿纸巾擦脸上的水一边说。

陈平只顾趴在水池里洗脸，没有吭声。

回到卧室以后，陈晓光和孟雅便双双倒头睡着了。

第二天上午，陈晓光被一串强烈的敲门声给弄醒了。他像是在梦中失足落入无底洞一样，马上一个激灵睁开了双眼。他还没有彻底清醒，不能完全感受真实的世界，以为发生了地震或是火灾。孟雅也醒了，陈晓光的胳膊还压在她的脖子底下，陈晓光感觉右臂一阵麻木，他彻底清醒了，意识到没有发生地震和火灾，那串强烈的敲门声依然回荡在他的耳边。他把麻木的右臂从孟雅的脖子底下轻轻抽出来，然后赶紧穿上衣服。

“外面怎么了？”陈晓光知道孟雅给不了答案，却还是本能地问。

“不知道。”孟雅也穿上了衣服，然后用手指整理了一下凌乱的头发。

“我去外面看看。”陈晓光见孟雅把整理得差不多时，开了门。孟雅也跟着出来了。

客厅里只有陈平一个人坐在沙发上，他目光停留在眼前的茶几上，满脸的愤怒和不屑。陈晓光出来时，他也没有看他一眼。他和小青的卧室门开着，陈晓光看见小青正在里面整理衣物。她把衣服一件一件快速叠好，然后放进一个大的行李箱中。孟雅用眼神询问陈晓光发生了什么事，然后去找小青了。

“怎么了？”陈晓光在陈平旁边坐下，然后问。

“没事儿，没事儿。”陈平满脸不屑和不耐烦，一副无所谓的样子。

陈晓光知道现在并不是说此事的最佳时机，除了“没事儿”之外，不会得到什么实质的信息。于是他闭上了嘴，只是在陈平旁边坐着。

五分钟之后，小青拖着行李箱出来了。孟雅紧随其后，右手拎着一个黑色的背包。陈平依然坐在沙发上，不屑地看着正要离去的小青。小青一脸轻松，像是没发生过任何事，甚至从来都不曾认识陈平一样。她直视前方，目光坚定，径直向前走着，不看陈平一眼，甚至连用余光的打算也没有。

趁着小青开门的空档，孟雅赶忙跑回卧室拿上自己的包，然后又快速跟上小青。小青拖着行李箱阔步前行，毫不回头。孟雅把自己的包提在手上，然后关上了门。

“我们先走了。”关门时，孟雅猫着身体在门缝里说。

关门声之后，陈晓光和陈平又沉默了一分钟。

“怎么回事？”陈晓光问。

“没事啊，分手了。”陈平装出一副无所谓的样子笑了笑，依然略带几分不屑，又补充道，“我提的分手。”

“为什么？”陈晓光又问。

“我又不会跟她结婚，所以就分手了。”陈平无所谓地笑着说。

陈晓光无奈地叹了口气，没有说话。

“下午找漫漫去，你陪我一起吧！”陈平说。

“好，我再去睡一会儿。”陈晓光打了个哈欠，然后起身去床上了。

陈平在沙发上躺下，开始玩手机。

陈晓光再次起床时，已经是下午两点了。他站在卧室门口看着在沙发上睡着的陈平，他蜷缩着身体，像只可怜的小猫。他突然想到陈平说下午要去找左漫漫，但看着他呼吸均匀，安然熟睡的样子，便没忍心打扰他。他又躺回到了床上，想打电话给孟雅，问问她到底发生了什么事情。

“到底发生了什么事情？他们怎么突然分手了？”陈晓光问。

“陈平没有告诉你吗？”

“没有。”

“小青要结婚了。”

“结婚？跟谁结婚？”

“她男朋友。”

“她男朋友？你是说小青还有一个男朋友？”

“是的，而且马上就要结婚了。”

“为什么？”

“什么为什么？”

“她为什么要跟别人结婚？难道她从没想过跟陈平在一起？”

“别开玩笑了，谁会想跟他那种人在一起啊。”孟雅说，“随便玩玩也就算了，结婚可万万不会。”

“什么叫他那种人？”

“他那种人就是他那种人，没什么好解释的。”

“就像你说的不会跟我结婚一样？”

“差不多。”

“那我们也分手吧。”

“好。”孟雅说，“反正他们两个也分手了，我们也就没有在一起的必要了。”

“那再见了。”

“再见。”

挂了电话之后，陈晓光躺在床上一动不动，眼睛也不眨一下，直直地盯着天花板。太阳光从两扇落地窗帘的缝隙中射进来，形成了无数条耀眼的光束，里面布满了细小的尘埃，一粒一粒的清晰可见。

孟雅的话像阴魂一样始终萦绕在他耳边，对他的心灵进行冲击。他开始思考“陈平这种人”究竟是一种什么样的人？其实孟雅说得已经很明白了，“他那种人”就是“他们这种人”。

第六章

一

陈晓光记得遇见周晓涵那天是国庆节的第二天或第三天，具体的已经记不清了，反正不是国庆节那天。因为十月一日那天他和赵寻、陈平、古帅在烟草学校打了一下午篮球，晚上他们又一起吃了自助餐烤肉。陈晓光喝了很多可乐，他知道这东西对身体危害极大，但还是喝了很多，他背负着沉重的罪恶感从饮料机里接了一杯又一杯。

他们足足吃了两个小时，全是肉，各种各样的肉，没有一根青菜，连个土豆片也没有。直到他们把咽下去的肉堆到嗓子眼儿时才依依不舍地离开了，所以撑得陈晓光记忆犹新。

那天午饭之后，时间尚早，陈平心血来潮地说想去书店看看，陈晓光说只要是不去旅游景点和商场，去任何地方都行。

“我才没那么傻呢。”陈平说，“如果现在去长城的话，应该可以看见两大奇观，万里延绵的长城，以及移动着的全国各地区的数不清的人头。”

“是啊！”陈晓光说道。

最大的书店位于繁华的商业中心地带，全城几乎所有的公交车都经过那里。到书店门口时，陈平竟有些激动得合不上嘴了，就像他们要进的不是书店，而是一个完全陌生的好玩刺激的地方。

“好久没来过书店了，记得上次来这里还是四年前，而且是被数学老师逼来买复习资料。”陈平说，“想想真是可悲。”

“我也一样，不过我倒是经常逛小书摊，那个比较划算，再厚的书也不会超过十五块钱，质量也有保障。”陈晓光又补充道，“但国外的书可千万别在地摊儿上买，那个翻译过来的实在是读不通。”

书店的一楼相当热闹，与国庆节全民同乐的气氛极为符合。这里都是一些当红的书籍，比如说一个曝光率很高的心理学家写的教你怎么做人的书，或是某个著名的企业老板写的教你如何与人交际的书，再或者是某些名人写的教你如何成功的书，总之就是这些毫无营养的鸡汤书籍。竟然还有一大批人在那里虔诚地拜读，有的人还蹲在地上记笔记呢。

在左手边有三家卖中小学生用的学习机，旁边围满了用心良苦的父母和看似热衷于学习的孩子，售货员站在柜台后面认真地向他们讲解各种学习机的功能。但孩子们的意见总是和父母合不来，他们更倾向于游戏功能强大的学习机。右手边则是收银台，顾客们所有的消费都在那里结算。

陈晓光和陈平直接上了三楼，这里几乎囊括了所有的中国文学和外国文学作品。这里虽然不比一楼热闹，但也是乱哄哄的，有点像一个脾气好的老师看管的自习课堂，大家虽不敢大声喧哗，却也窃窃私语。来这里的，绝大多数不是买书的，而是看书的。他们席地而坐，有的盘着双腿，有的舒服地靠在书架上，然后拿上一本自己喜欢的书旁若无人地读起来。像陈晓光和陈平这样只是来随便逛逛的也不少，大部分乱哄哄的声音就是来自他们这类人。真正来买书的，根本不留恋书店，拿了书就直接去一楼的收银台了。

陈晓光和陈平走马观花地绕了一圈，随手翻看了一些各自觉得名字好听的书籍，但没有一本拿在手里超过五分钟的。最后他们停留在外国文学的书架前，前一段时间陈晓光一直在读村上春树的小说，所以他有意寻找他的书，终于，那本《1Q84》吸引了他。这个标题实在令人费解，看了封面上的宣传介绍也没搞明白。他想看看有没有序言或是后记什么的，但除了目录、内容和作者介绍，什么也没找到。于是，他开始阅读第一章。当他第二次读到“不要被外表迷惑，现实永远只有一个”时，陈平突然出现在他身边，他从书架上抽出一本《挪威的森林》，然后轻轻地打开它，那感觉像打开一本放满了旧照片的相册。

“你不是很早就看过了吗？”陈晓光问，因为他很少看已经看过的书和电影。

“就是因为看过了，所以才有亲切感，像老朋友一样。”陈平没有看陈晓光，依然轻轻地翻着手里的书。

“陈平？”

陈晓光正准备继续读下去时，突然被一声突如其来的陌生女子的声音转移去了注意力。陈平也和陈晓光一样，他们几乎同时扭头转向那陌生的声音。陌生女子正笑盈盈地看着陈平，她很漂亮，身穿一袭白裙，齐肩的头发乌黑亮直，再加上那双黑得像是含着泪水似的大眼睛，看上去万分清纯。

“晓涵？”陈平有些喜出望外，他似乎认出了眼前的女子，但还是带着疑问的语气，“你怎么在这里啊？”

“我一直在这里啊。”女子说，“你是来看书的还是来买书的？”

“我？既不买书也不看书，只是随便逛逛，无聊而已。”陈平说。

“为什么不去别的地方逛呢？毕竟书店不是什么好玩的地方！”女子说。

“想来想去，全国各地也只有书店人最少。”陈平又重复了女子的话，“毕竟这不是什么好玩的地方。”

“也对。”女子笑了笑说。她见陈平手中拿着本书，便指了指问，“手里拿的什么书？”

“《挪威的森林》。”陈平让女子看了看书的封面说。

女子不好意思地笑了笑，没有说话。似乎是不知道该说什么，就连平日里寒暄的话也都忘了。

“很久没见面了吧？”陈平说。

“嗯，有七年了吧。”女子说。

陈平和那女子一直在聊天。看得出来，他没有向那女子介绍陈晓光的意思。陈晓光只好识趣地躲到一边去，他拿着《1Q84》去了不远处靠墙的书架旁，确定陈平和那女子没离开他的视线，然后就地坐下，背靠着书架读起了《1Q84》。偶尔，他也会抬头看陈平和女子一眼。

陈平和女子聊了半个小以后，女子便离开了，手里还拿着两本厚厚的书。他们聊得很开心，从他们脸上的笑容可以看出来。他们还相互留了手机号码。陈平一直望着女子的背影，直到她站上电梯消失在三楼，这才又把头埋进《挪威的森林》。

陈晓光和陈平又在书店待了一个小时，发现自己并不是真的想要读书，然后就直奔台球厅去了。

女子离开以后，在书店的一个小时里，陈平没有向陈晓光提起这位偶遇的女子，他一直专注于《挪威的森林》。陈晓光也没有问，他觉得陈平会主动告诉他。陈晓光时不时抬头看看陈平，希望他能主动走过来介绍刚刚那位漂亮女子，可是他突然成了一个爱书之人，眼睛一直盯着手中的书，依然像翻一本旧相册，就好像书中真的贴满了旧照片。

陈晓光本来想在公交车上向他提起此事，但车上人多得只剩下放脚的地方，便作罢了。一路无语，到了台球厅，陈晓光开完第一杆球，正要开口询问时，陈平才说起那个女子。

陈平说她叫周梦涵，也就是他的初恋女友。他说没想到会再遇见她，更没想到再遇见她时手里正拿着她当初送给自己的书。陈平说她喜欢村上春树，所以才把她最喜欢的《挪威的森林》送给他。他说他们那时经常去学校的图书馆看书，久而久之就自然地在一起了。他说那时图书馆虽然没几个人，也没有监控摄像头，但他还是不敢去牵她的手。他说那时的自己真单纯啊。

“可是，初中毕业之后就分手了，再也没有联系过。”陈平平静地说，“当时也没觉得特别伤心难过，所以就慢慢淡忘了。”

“其实我还喜欢她，甚至偶尔还会梦见她。”陈平停顿了一会儿，然后接着说。

“那你之前为什么不去找她呢？”陈晓光问。

“我以为我忘了她。”陈平说，“我今天才发现自己还喜欢她，那种感觉，完全没变。”

“那你准备……”陈晓光没把话说完，只是递了个暧昧的眼神。

“为什么不呢？”陈平心领神会，“我喜欢她，她也对当年的事情记忆犹新，这说明她没忘记我，我不想再错过一次，看得出来，她也一样。”

“她没男朋友？”陈晓光问。

“问得好，是的，没有。”陈平说。

二

赵寻正在疑惑为什么没人劝架，突然听到有人小声说：“光吵也不打，没劲。”

他这才注意到，看热闹的人都远远地站着，他们中大部分人也许都像刚才说话的那个男子，盼着二人打起来。

赵寻坐起来，回忆刚才的梦境。他的意识里，他跟卡夫卡一样，生活在父亲的暴力下。大三的时候，他企图用一个委婉的计谋劝说父亲不要对他的生活干涉太多，便向他推荐了卡夫卡的短篇小说《判决》。父亲年轻的时候是个文艺青年，曾经轰轰烈烈地做过作家梦，但自从他走上仕途，对作家已经有些蔑视了。权利与艺术，在现实中的差别显而易见，倘若没有足够的定力和坚韧，谁会放弃现实的权利去追随虚无缥缈的文学？

他把那本卡夫卡小说集拿给父亲的时候，故作轻松地说：“老爸，这个《判决》我看不太懂，你看后给我讲讲怎么样？”

从父亲的眼神中，他看到他想拒绝，便使出了拍马屁，说：“老爸，凭你的文学造诣，卡夫卡这些东西，在你眼里浅显得就像小学生作文，你肯定一看就明白。”

父亲就是听了他的话，才接过那本集子，得意地说：“卡夫卡的东西，很多人说不好懂，我却不觉得。放这吧，我有空了读读，读完了就给你讲。”

可直到现在，父亲始终没有给他谈起过《判决》，他似乎把承诺给他讲课的事情忘得一干二净了。那之后，他对父亲失望了。一个曾经有过梦想的人，现在连一本小说都不愿意读，他还能有什么深刻的思想？自此，父亲在他心目中仅存的一点美好，一下子就坍塌了。

也许是刚睡醒，赵寻一点也不饿。吵架的两个人被朋友拉开，最终没有打起来，看热闹的人有些失望，开始投入吃饭之中。池塘边安静下来，灯光热闹起来，各种广告、招牌的霓虹灯妩媚地诱惑过往的行人。大瓦数的白炽灯，在夜幕中格外白亮，把食客们的脸照得闪闪发光。热菜盘子里升起的袅袅白雾，犹如藏在所罗门瓶子里的魔鬼幻化而成，在昏黄的灯光下飘忽不定。赵寻猜想，那雾气中，肯定有清蒸、红烧、烧烤鱼的香味，还有清炖柴鸡、清炒蒲公英的清香。

赵寻坐在那里，仍然没有回家的意思。发了一阵呆，他终于站了起来。他伸了一个很懒腰，双手在脸上揉搓了几下。他的手指滑过眼睛的时候，感觉湿漉漉的。

是眼泪吗？我为什么流泪呢？赵寻问自己。

回忆起在家的这些日子，他不知道如何面对生活，面对未来。他感觉，自己现在就是被关进了牢笼，而把他关进牢笼的人，正是自己的父亲和母亲。

赵寻不否认，他们是爱自己的。他们把所有的爱，都倾注在自己身上。十几年了，为了他学习和“上班”，父母从来都没有一起回过老家，从来没有在老家住过一夜，都是急急匆匆地看看爷爷、奶奶、姥爷、姥姥，一起草草地吃顿饭，连夜赶回省城。

在很长的一段时间内，赵寻的表现都令父亲母亲满意的，小学和初中，他不光功课学得好，钢琴、围棋、书法、绘画也像模像样。到了高中，他的成绩却再也没有突出过。父亲比他还着急，给他找家教，周六和周日报补习班，他也感觉自己学得可以了，可一考试，分数还是上不去。父亲最后的结论是——努力不够。

从父亲以严厉的口气把这个结论说给赵寻开始，赵寻便在内心抵触父亲，父亲的话他再也听不进去，无论是粗暴的训斥，还是舒缓的说教，他的表情都是漠然的，耳朵都是关闭的。用无动于衷形容他对父亲的态度，恰如其分。

父亲高考没有关照赵寻，他的成绩，只能上个三类本科。父亲不甘地说："复读吧，上三本太丢人了。"

赵寻顶撞道："丢人也是我丢人，我不怕，打死我也不复读。"

父亲气得咬牙切齿，吼道："你能不能争点气？复读，必须复读。"

赵寻也不示弱："不复读，坚决不复读。"

父亲冲过来，眼看就要动手。母亲拉住父亲，劝赵寻说："儿子，别跟你爸犟嘴，他也是为了你好，上个好大学，将来也好找工作。"

赵寻哭着说："为了我好就别再说复读的事，真叫我复读，明年我连三本也考不上，我说到做到。"

父亲气呼呼地指着他说："你就是想把我气死。"

父亲伤心绝望的样子，让赵寻有了一丝内疚。可他真的努力了，他弄不明白自己的努力为什么换不来高分，大概自己就是老师说的那种不是“考试型”的学生，上了考场学的知识就会打折。

最终，赵寻胜利了，没复读，但有附加条件是毕业后必须考研。赵寻没法不答应，但他心里想的，是走一步说一步，能离开残酷的高中生活就行。至于毕业之后的事情，这会说什么都为时过早。

大学四年，赵寻很从容，不逃课，也没挂过科，课余时间读书、弹吉他，谈恋爱。

对于谈恋爱，赵寻一直都是向往的，即使在紧张的中学时代，他也没有停止过对美好爱情的向往。当然，那时候他只是向往，没有亲自体验过——归功于母亲对他的严防死守。五六岁的时候，他就开始向往与女孩在一起，不知不觉喜欢上了对门的小女孩珏珏。

有一次，珏珏她妈带着她到赵寻家串门，对赵寻的母亲说：“你看俩孩子好的，咱结亲家吧。”又对赵寻说：“赵寻，等你长大了，叫珏珏给你当媳妇好不好？”

赵寻高兴地答应道：“好。”转过身对珏珏说：“珏珏，等我们长大了，你给我做媳妇。”

赵寻母亲的脸一下子沉下来，郑重地对珏珏妈说：“可不能开这样的玩笑，孩子还小，这么说会影响他们成长的。”

珏珏妈的脸也沉下来，一边拉着珏珏走，一边说：“我也就是开个玩笑，你还当真了。”

她们走后，母亲严肃地对赵寻说：“赵寻，以后不许跟珏珏那么亲热。”

赵寻说：“为什么啊？我真的喜欢她，她给我做媳妇不好吗？”

妈妈严厉地说：“不许就是不许，没有为什么。小孩子家，懂得啥叫媳妇？”

赵寻那时候是个很听话的孩子，妈妈不让他对珏珏好，他就不对珏珏好。后来两个人竟渐渐疏远了，好像成了陌生人。偶然在楼道里见了面，也仅是对视一下，最多会有一丝微笑。后来，她跟他进了同一所大学，但仍然很少交往。赵寻内心还是很喜欢珏珏的，如今她变得更加迷人，比他的李乐靓丽很多。

在情感方面，妈妈对赵寻的影响很大。中学时期，妈妈天天警告赵寻：不准早恋、不许跟女孩子单独相处。到了大学，妈妈开始给他灌输择偶标准：个子太矮了不行，太高了不行；身材太胖了不行，太瘦了也不行；皮肤太黑了不行，太白了也不行；脸盘太丑了不行，太漂亮了也不行；性格太泼辣了不行，太内向了也不行；家教太差了不行，太严格了也不行……

赵寻只是听，不表态。偶尔会问一句："妈，是你找媳妇还是我找媳妇？照你的标准，估计这辈子我得打光棍了。"

母亲严肃地说："是你找，也是我找。兔崽子，嫌我说得多是不是？找媳妇就得有个过程，哪能那么容易就找到啊。"

赵寻连连点头，说："好好好，我慢慢找。您老人家就放心吧。我保证给您找个不高不低、不胖不瘦、不黑不白、不丑不美、不泼不闷的好媳妇。"

大学时，赵寻接触过很多女生，也有情投意合、频送秋波者。赵寻便用妈妈的标准一条条对照，结果绝大部分女生都不完全符合，他只好忍痛割爱，婉言谢绝。其中有两个难舍难分的，害得他偷偷流过几次眼泪。

后来遇见了李乐。李乐的长相、性格基本符合妈妈的标准，只有一点小欠缺，就是身材稍稍瘦了点，但还不是瘦到露骨的那种，打打马虎在妈妈那里应该能过关。于是，他们开始交往，一起上课，一起吃饭，一起逛公园，最后一起租房子同居。他们同居的日子是赵寻二十年的人生中最快乐的日子。

他曾很多次对李乐说：“跟你在一起真好。怪不得歌德那么说，我要知道结婚这么幸福，一出生我就结婚。”

李乐的脸笑成一朵花，那朵花印在了他心底。赵寻这么对她说的时候，她总是点点头说：“我跟你感觉一样，真好。”

可是，直到现在，赵寻都没有把李乐领回家里过。他担心妈妈会因为李乐的家庭情况而不同意。李乐的父母在农村，这不是问题，问题是他们为李乐生了两个妹妹、一个弟弟，因为超生罚款，所以家里一贫如洗。

妈妈也曾跟赵寻说过，找个农村出来的女孩也好，不受气，但家里不能太穷，她家穷，你们结了婚也不安生。

赵寻也想过，妈妈这观点是真俗。那种势利，就是典型的小市民做派。而之前，妈妈在赵寻心目中是圣洁的，高尚的。

想起李乐，就想起周日与李乐的约会，赵寻的情绪有些好转。为了还助学贷款，为了家里脱贫，她得拼命工作，拼命挣钱。现在，夜色阑珊，她还跟随老板在饭桌上应酬吗？自从进了公司，喝酒成了她很重要的一项内容。有多少次，深夜里她喝醉酒在电话里哭诉，说她受不了了，要辞职。他不知道她受了什么委屈，只是静静地听着。等到她安静了，才会劝她少喝点酒，喝酒多了伤身体。李乐对他的这句话非常满足，很多时候，她在他的这句话中睡去，来不及说再见，说晚安，甚至电话都顾不上挂，她就睡着了。他会久久地拿着手机，静静地听她的呼吸，抑或是一声叹息，一句梦呓，直到闭上眼睛进入梦乡。

后来，他的手机停机了，再也无法在深夜听到她的电话，他就守候在电脑前，等着她的音频聊天。而她喝醉的时候，不知道上QQ，他就再也听不到她醉酒之后的哭诉了。再后来，她习惯了他的手机停机，喝醉酒便自己关在家里痛哭流涕。

赵寻想到这些细节的时候，鼻子发酸，眼睛发涩。他呼哧呼哧地抽泣起来。自己被关在牢狱般的家里，在她最需要自己的时候，他却惧于父母的约束而无法守在她的身边。想他的时候，她甚至连电话都通不了。他们恋爱之初，没有在外租房子，想对方了，就去公园的偏僻地方，但那时候他是自由的，不用担心深夜回家或者夜不归宿会挨训。

“够了，够了，我必须逃出去。”在夜幕笼罩下的鱼塘旁边，赵寻的话显得突兀而犀利。他听到了鱼池里有鱼跳跃的击水声。它们也想逃掉吗？赵寻想。

之后，赵寻开始朝那条林荫道走去。

三

最近这些天，陈平整日像个刚吃完三文鱼的幸福小猫。他和周晓涵七年之后的这次重逢让他陷入无法自拔的爱情之中。他开始远离丽萨，远离手机，远离网络，远离电脑，甚至开始远离陈晓光。除了周晓涵，他几乎远离了一切。他爱上了读书，爱上了文学，爱上了写日记，爱上了散步，爱上了周晓涵爱的一切。

终于，在十一国庆节长假结束的时候，他们的旧情成功地复燃了。他不仅感谢上天的眷顾，还想和周晓涵结婚，他想对这段来之不易的感情负责到底，为此还特地跑到人才市场看有没有适合的工作，以便给这来之不易的感情稳固的物质基础。

国庆节长假结束以后，陈晓光已经有一个星期没见过陈平了。那天陈平和周晓涵突然手牵手出现在他的面前，让他有些受宠若惊。虽然是个很小的细节，但陈晓光还是一眼就看出来了，陈平左手的中指上多了一枚银色的戒指，周晓涵的右手中指上也带了一枚一样的戒指，只是更小更细些。

“十月十五日，也就是明天，晓涵过生日，到时一起来啊。”陈平一脸笑容，开心得像个孩子。

“用带生日礼物吗？”陈晓光开玩笑道。

“不用不用。”周晓涵忙说，“人到就行了。”

“你明天直接过去就行了，罗曼蒂克酒吧，晚上八点。”陈平脸上的笑容依然灿烂，又开玩笑道，“生日礼物自己看着办，你要真好意思的话，那就不用带了。”

“绝对好意思。”陈晓光笑道。

陈平和周晓涵传达了过生日的通知后就离开了，说要去看电影，票已经买好了。陈晓光用羡慕的眼光盯着他们的背影看了几秒钟，然后无奈地回他的小房子里去了。

他们手牵手去看最新上映的电影，而他只能回去看书，顺便还得想想送周晓涵什么礼物。晚饭时，陈晓光有些懒得出门，但又饿得难受，便煮了两包方便面吃，为了摄取营养，他还加了一个鸡蛋。

第二天晚上七点，陈晓光开始收拾自己，他不能像平时一样蓬头垢面就出门，毕竟给别人过生日也是个正式场合。其实也没什么好收拾的，所有的衣服加起来也就那么几件，选一件刚洗过的衬衣和牛仔裤即可。最主要的是洗头，不经打理的头发着实无法见人。一直到他系好鞋带准备出门，只用了半个小时。七点三十分，准时出发。

陈晓光比陈平说的时间提早了五分钟到，对于一个赴约的人来说，这是最好不过的了。酒吧的气氛与平时一样，优美舒缓的音乐飘荡着，灯光也很柔和。陈晓光一眼就看见了里面最大桌子上的大蛋糕，直径足足有一米。旁边环形的沙发上还坐着七八个人，其中他认识的只有陈平、古帅和周晓涵。他们已经开始喝啤酒和玩骰子了。

他走过去和陈平、古帅打招呼，陈平说还等两个人过来。陈晓光和古帅在一边打发时间时，总觉得自己疏忽了什么事情，这才想起了没有给周晓涵带生日礼物。

“你带生日礼物了吗？”陈晓光问古帅。

“没有啊，你带了吗？”古帅说。

“那就好，我也没带。”陈晓光松了一口气说。

“这年头谁送生日礼物啊。”古帅往四周扫了一眼，“大家都没带。”

陈晓光四下里看了看，确实没有在周围发现什么类似生日礼物的东西。

终于，八点的时候又来了两个人，一男一女，是一对情侣。男的是陈平初中时期的好朋友，女的是他的女朋友。

“服务员，再拿两个杯子。”陈平说，然后开始往蛋糕上插生日蜡烛。

“插多少根啊？”陈晓光从桌子上拿起一个打火机，也开始帮陈平点蜡烛。

“二十三根。”

周晓涵一直依偎在陈平身边，看着他把生日蜡烛一根一根地插在蛋糕上，脸上洋溢着幸福的微笑。

二十三根生日蜡烛终于插完了。

“好了好了，下面请我们的寿星许个愿。”陈平直起身说。

于是，所有人都停止了手中的事情，不再玩骰子，不再玩手机，也不再聊天，开始全身心地投入这次生日聚会中。

周晓涵俯下身，面对着插了二十三根生日蜡烛的蛋糕，然后双手交叉紧握，闭上双眼开始许愿。三秒钟之后，她睁开双眼，松开双手，一口气吹灭了二十三根蜡烛。

“生日快乐。”所有人站起来共同举杯说。

“许的什么愿望？”陈平把周晓涵揽在胳膊里问。

“秘密。”

“也对，说了就不灵验了。”陈平小声说，“不过我劝你赶快找个地方躲起来，不然我可不敢保证所有的蛋糕都是被吃下去的。”

“亲一个，亲一个……”突然，一个正在切蛋糕的女生开始起哄。于是，其他人也开始跟着起哄，非得要求陈平和周晓涵接吻。

压力之下，陈平只好蜻蜓点水似的在周晓涵的脸颊上亲了一下。可是众人不肯就此放过，说不能如此潦草完事。他们提出了要求，说是必须要嘴对嘴，而且最少要坚持三十秒。陈平推脱了一会儿，见众人不肯善罢甘休，便无奈地看着周晓涵。

“亲就亲。”周晓涵也扭捏了一会儿，见实在躲不过，便大义凛然地说。于是，陈平和周晓涵开始在众人的欢呼声和鼓掌声中深情地接吻。

“晓涵？”一个陌生女人的声音喊道，“你怎么在这里？”

周晓涵听见声音以后，急忙从深情的吻中抽身出来。她扭头一看，然后低头喊了一声“妈”，便傻傻地站在那里。陈平也本能地扭头望去，定睛一看，被周晓涵称为“妈”的不是别人，正式前些日子和他约会的丽萨，顿时也傻愣愣地定在了原地。

“你在这里干吗？”丽萨看了看周晓涵，又看了看陈平说，“你们是什么关系？”

“这是我男朋友，陈平。”周晓涵战战兢兢地说。

“我不会同意你们在一起的，走，赶快回家。”丽萨见周晓涵站在原地没动，又厉声说道，“还不快回家。”

“为什么呀？”周晓涵委屈地说，“我怎么就不能跟他在一起了？”

“不行就是不行。”

周晓涵虽觉得委屈，但她还是走了，陈平还傻傻地站在那里。众人见此情境，也安静地坐在沙发上，不敢说话了。

“从此以后，我不许你再见晓涵。”丽萨对陈平丢下了最后一句话，然后快步离开了酒吧。

陈平这才回过神来，他先跟大家道了歉，然后也离开了酒吧。陈晓光担心陈平有什么危险，跟古帅打了招呼之后便跟上了他。

“我没事，就想一个人走走，你回去吧。”陈平见陈晓光跟了过来，便说。

“我也没事，酒吧里太闷了，也想出来走走。”陈晓光道。

陈平没有再说什么，也不反对陈晓光跟着他。他一直沿着南东路往西走，没出二十分钟就走到了尽头。尽头杂草丛生，已无行人。刚刚还人潮涌动，此时就杳无人烟了，就如同从城市突然走进原野。面前有条铁路横过，已无法再继续前行，陈平见不远处有个废弃的台阶，便走过去坐了下来。陈晓光也跟着坐在他旁边。

“你知道吗？”陈平沉默了一会儿说，“在遇见晓涵之前，我从没有想过生活的意义，总是过一天算一天。我尽量远离压力和困难，一心只想着和不同的女孩约会，和朋友寻开心。我从未有过什么远大的梦想，连个小梦想也没有。”陈平自嘲地冷笑一下，继续说，“可是遇见晓涵之后就不同了，除了想要和她在一起外，我几乎对任何事都失去了兴趣。我突然觉得自己想要承担某种责任，这种责任让我主动去面对压力和困难。我知道，我已经深深地爱上了她。”

陈平停顿了一下，然后长长地叹了口气，极为平静地说：“可是，如今一切都完了。”

“你真的爱她吗？”陈晓光问。

“当然是真的。”陈平坚决地说，“我从来没有如此确信地爱过一个人。”

“那就去把她找回来。”陈晓光说。

“可是丽萨不会同意我跟她的女儿在一起的。”陈平说。

“我知道，你不是爱她吗，所以不管你能不能，你都必须把她找回来。”陈晓光说。

陈平没有说话，他默默地低下头，陷入思考之中。这时，一辆火车驶过，发出震耳欲聋的鸣笛声，震得地面也颤抖起来。

四

酒是个好东西，这是杨晴在进入大学后与白酒亲密接触后的切身感受。尽管酒有点辣，还特别刺激的口感，但喝酒以后的感觉很妙，头晕晕的恍若腾云驾雾，胆子大了，脸皮厚了，不管男女身上多了很多豪气。当然，这种享受不包括喝到胃里万分难受。

杨晴从小是个乖女孩，父母一直遵奉“贵养女，贱养男”的原则，在物质方面对她从来就没有含糊过。当然不会只在经济上对她全力支持而对她没有要求，父母对她的约束可以说比物质供应多得多，无论是小学生守则，还是中学生守则，都没有父母给她制定的守则详细和具体。比如，不字头的要求：不能骂人，不能大声说话，不能说谎，不能跟同学吵架，不能放学不按时回家，不能住在同学家，不能沾染烟酒等；要字头的要求也很多：要早睡早起，要饭前便后洗手，要帮助妈妈做家务，要文明礼貌，要稳重沉着等。在父母众多的要求中，杨晴把文静的淑女形象保持到初中毕业，上了高中住校后失去父母监控的她才有自由发展的空间。当然，从高中到大学她虽然经常违背父母的守则，但仍然不失为一个好女生。而父母也随着年龄的增长学会了对她的宽容，像她因为与李海生幽会经常很晚回家，父母就基本不会过问。

此时，接近夜间零点，酒精让杨晴迷迷糊糊的，她躺在李海生的床上不愿动弹。一直以来，她都没有在李海生家里过过夜。通常，他们躺在床上说话，到夜里十点左右他骑摩托把她送回家。有时候因为她缠绵不休会待到更晚，李海生会担心他老婆突然回来，但他没有太多的钱去宾馆开房间，加上他老婆两三年来还没有搞过突然袭击式的查岗，他慢慢就适应了。

“宝贝，你还走不走了？夜不归宿你妈会不会审问你？”李海生问。

杨晴此时不仅浑身无力，还瞌睡得要命，说：“不走了，你让我好好睡吧老公，别说话。”之后，她没听清李海生又说了一句什么就进入梦中。

杨晴突然被一阵敲门声惊醒，睡梦中的她感觉发生了什么，动作敏捷地坐起来拿起衣服往身上套。她看见李海生惊慌失措地在卧室走来走去，接下来又一阵拍门声，然后是一个女人的声音：“海生，快开门。”

李海生答应了一声，说：“等等，这么晚了你回来也不打个电话让我去接你。”

女人说：“手机没电了，打个车就到家了，接啥呀。”

杨晴睡意一下子全消了，问：“是她？”

“嗯，这么晚她怎么回来了，这咋办？”像动物园笼子里的狼一样走来走去的李海生一点也沉不住气，脸上布满了汗珠，他的声音压得很低，“你说咋办？我得开门呀。”

这时候杨晴倒无所谓了，豁出去了，大不了被她骂一顿，说：“怕啥呀，你开门我走。”然后，她站在李海生身后，等他拉开门。

郭洁一进门，杨晴就从李海生身后闪过去。客厅的灯光亮如白昼，郭洁当然看见杨晴了，刚才还平静如水的她突然发了疯一样扑向杨晴，说：“你别走，你是谁？”她轻而易举地拽住了杨晴的胳膊。

杨晴很沉着地站在那里，说：“你松开手吧，我不走。”然后她坐在沙发上，摆出一副死猪不怕开水烫的样子。

“李海生，你给我说，她是谁？我不在家你把什么人领到家里了，你还是不是人？”伴随着郭洁愤怒的说话声，李海生脸上响起一个清脆的耳光。

李海生摸了摸自己的脸，看着坐在地上嘤嘤哭着的郭洁，露出非常内疚的表情，轻轻地叫了她一声。寂静的夜中，郭洁的哭声像哭丧一样凄凉。

杨晴心里生出一股对郭洁的怜悯，本来想回击她，只好忍了忍。

李海生又叫了一声郭洁，伸手拉了她一把。郭洁一转身子，甩掉抓住她胳膊的手，继续哭。能说会道的李海生陷入沉默，杨晴更无言。

郭洁在嘤嘤的哭声中夹杂着诉说，诉说的内容大概是她独自带着孩子在省城多不容易，李海生不要良心在家里鬼混。哭泣与诉说的时间大概有半个小时，郭洁估计是累了才停下来。她平静地说：“李海生，这些天我一直有一种不祥的预感，但总想着是自己多想了，跑回来就是想证明我的想法是错的，谁知道我的预感是对的。怕你有事，仅仅是怕你有事，到底还是有事了。”郭洁说完叹了口气，“李海生，看来咱俩是过到头了，你说咋办吧？”

李海生张张嘴，却没有说出话，他看看郭洁，看看杨晴，眼睛里写满了尴尬与无奈。

杨晴咳嗽了一声，说：“你们讨论怎么办的问题吧，我回避了。”她看了一眼郭洁，郭洁也正在看她。她知道，郭洁很想知道她是谁，也可以想象，郭洁希望她是一个不正经的女孩，那样李海生的错误只是生理上的，而不是感情上的。

杨晴低下头说：“我声明，我不是不正经的人，是李海生以前的学生，下边就不用我说了，你都看到了。”她看郭洁没有向她发怒的迹象，心里放松下来。这时候她不知道怎么就想起了一句话，就说："老公是你的，也是我的，但归根结底是你的。"

说完后，杨晴站起来就走。李海生被她的话惊呆了，又张了张嘴，但还是没有说出话。郭洁也被她弄懵了。

杨晴走出屋门十几米，身后突然传来郭洁的声音："只要我不离婚，李海生永远是我的老公。"

杨晴走在黑暗的河堤上，泪水喷薄而出。

她尽量让钥匙在锁孔里转动的声音小一点，以免惊醒爸爸妈妈，但她不小心让肩上的包碰到了客厅茶几上的凉水杯，玻璃水杯落地的声音在寂静的屋内不亚于一枚炸弹，父母房间的灯马上亮了。

"晴晴，什么东西打碎了？都几点了才回来。"妈妈的话中带有责怪的口气。

"凉水杯，没事。你休息吧。"杨晴回到自己房间，把包扔在地上，同时也把自己扔在床上，仰面朝天地躺着。

这时候响起了敲门声。妈妈说："晴晴，开开门，我得跟你谈谈。"

"妈妈太晚了，明天吧。"杨晴说。

"不行，我今天一定得说，不超过半个小时。"妈妈坚定的语气让杨晴不得不妥协，她拉开门坐在床上，抱着那个天天陪伴她的棕色熊低头不语。

"晴晴，你这些天回家这么晚，是不是谈恋爱了？"妈妈说。

"我想谈，可跟我谈恋爱的男人在哪里呢？"

"好好说话，不许玩世不恭。"这个即将退休的小学教师总是一本正经地与女儿对话。

杨晴只好乖乖地说："妈妈，我没有谈恋爱，就是因为工作不顺心情不好。"

妈妈一声叹息，说："我真不知道你在想的什么。一年多，你换了三个工作，现在又辞职了，你究竟想干啥呀？"

妈妈开始给杨晴上课："开始你说想去报社，你爸爸怕你应聘不上，找到他那个同学，好不容易把你安排到记者部，工资有点低吧，工作很体面，可你连三个月试用期都没干到头，硬要辞职，还跟你爸发火，嫌你爸爸走后门了！这就不说了，又让你去学校当老师，教育局长已经答应我有机会给你编制，你也愿意去，可没干几个月，嫌生活太平淡，工资低，连跟我说一声都没有，就辞职不干了。大学生到学校代课都是一千块钱，一千就一千吧，家里又不指望你挣多少钱，就干吧，再说有了编制工资自然就按标准发，耐心等吧。你却一点都不珍惜，硬要去参加邮政局应聘，到了集邮公司你又嫌工作不顺心，嫌工资低，又辞职。你这么折腾来折腾去，真让我弄不懂，你爸爸都为你失眠好几次了，你说今后咋办呢？"

杨晴听着妈妈的唠叨，大脑一片空白。她莫名其妙地说："谁让你们不让我去L城了？我要是去了L城，也不会是今天这样子……"

杨晴的啜泣让妈妈有点过意不去，她轻声说："不是想让你在我们身边吗，你哥哥留在T城了，你再跑那么远。再说，那个范佩西也配不上你……"

"你怎么知道他配不上我？"杨晴大声打断妈妈的话，"这下你们放心了，他自杀了，再也不会把我拐跑了。"杨晴清楚这样说是不公平的，她没有去L城，起决定作用的不是父母，而是范佩西，是他放弃了她。当然，这个真相她一直没有告诉任何人，同学们也都认为她是因为父母不让她去L城才与范佩西分手，这也算维护了她作为一个女孩的虚荣心。

妈妈听到杨晴说范佩西自杀的消息也惊呆了，她眼里禁不住涌出眼泪，说：“怎么会这样？怎么会这样？”

杨晴看到妈妈内疚的样子突然感觉自己很残酷，说：“妈妈，这不关你们的事，我要是嫁给他，他自杀了更糟糕。”

妈妈摇摇头，说：“都这样了你也别太伤心，早点睡吧。”

妈妈轻轻拉上门走了，杨晴躺在床上无法入眠，她想起了她与范佩西火车站分手的那一幕。

流火的七月，省城火车站成了大学生的世界。站台上一条粗粗的麻绳把满脸写着离别伤感的大学生拦在白线外，哭声、喊声、啤酒瓶的碰撞声，还有那拖得长长的离别之歌，在一人堆里此起彼伏，在热烘烘的天空中碰撞……

不远处，六七个男生穿着一色的白T恤围成一圈，可以清楚地看见每个人抓着茶绿色啤酒瓶的胳膊上颤动的青筋，啤酒瓶紧紧地碰在一起，随着不断颤动的咽喉流入身体，他们彼此搭着肩膀，彼此拥抱，彼此祝福，彼此在T恤上签下龙飞凤舞的文字。一会儿他们又围成一个圆圈，肩搭着肩，头颅抵着头颅，接着从他们夸张的嘴巴里面冲出一股强大的气流，“啊啊啊”的声音在圆圈中间凝聚，直冲向天空。他们面面相觑的时候，眼角都挂满了晶莹的液体。女生们不停地擦拭着脸上滚烫的泪滴，不停地把纸巾递给同伴，不停地拥抱，不停地替同伴擦去那带咸味的液体。

火车的汽笛声从远处传来，穿过每个人的耳膜，离别的伤感情绪紧急提升。王聪逐个和同学们拥抱，男生、女生的肩头都留下了难舍的泪痕，杨晴和王聪、斐燕紧紧地抱在一起，压抑了很久的悲伤突然冲出来，化作呜咽与哭泣，带着哭声的祝福在喧闹中含混不清。当杨晴从与王聪、斐燕的拥抱中脱离，感觉什么都听不到了。

火车终于缓缓地驶进站，停在了她们面前。列车员似乎很熟悉这一年一度的离别场面，默默地站在一边不打扰大家，火车里的人们好奇地向外张望。王聪与斐燕和杨晴道别，走向出站口，把最后的几分钟留给她与范佩西。一直站在杨晴前面低头不语的范佩西靠着柱子仰头看着另一个方向，他努力地眨了几下眼睛，嘴角在不停地抽动。

杨晴说：“你现在说让我留下还不晚，我愿意与你共同创造我们的未来。”

范佩西没有看杨晴，也没有回答。他突然走开，杨晴听到了他藏在咽喉里的呜咽。她绝望地背过脸，忍住不去看他，快步走向车厢，心里充满了对他的怨恨。

开车的铃声响起的时候，杨晴终于忍不住转过身去，她看到范佩西站在那里抽泣不止。那一刻，她的情绪终于决堤，失声痛哭。

再见了，同学们！

再见了，我的老师！

再见了，范佩西！

再见了，我的爱情！

……

在火车上，杨晴一路默默无语。她一直想不通，范佩西为什么没有勇气让她跟他一起去共同奋斗。回到家的很长一段时间，她躲在自己的房间闷闷不乐。曾经，她想会有一天，她和范佩西还能走到一起，但事实证明，她的这种想法非常滑稽。

五

上午十点半，杨晴从睡梦中醒来，昨夜的失眠让她有些头痛。父母上班了，家里安静得如同星期天的教室。她打开电脑，好几天没有心情上网了。刚辞去集邮公司那份报账的工作时，感觉无比轻松，可时间一长才发觉在家里闲着并不爽。

刚登录QQ，马上传来嘀嘀的响声，她点击闪烁的小企鹅，来自她们班群里的信息一条条跳出来。

先是王聪几天前的一条："因为曾经与两个男生同居一室，让我常常失眠到天亮。如今，我独处一室常常抽烟到半夜，看着缭绕在手指上的烟雾，深深呼吸，感受黑暗里的寂静，无所适从地直视烟蒂到深夜……所以，害怕黑夜，害怕失眠，却又情不自禁地爱上黑暗，只因也许曾是那粒属于黑暗漂浮的尘埃。也怕见到太阳太过炽热的光束，太过光亮，太过透明的光线……明知道一个月的不舒服都是因抽烟而起，却舍不得放弃，舍不得丢弃。小晴、燕燕，还有伟伟、玲珑，你们可知道，我在天堂般的上海过着地狱般的生活。"

杨晴从王聪简短的信息中看到了她的艰难。她与同学郑晓桐分手后只身去上海，历尽千辛万苦才找到一份勉强维持生活的工作。

接下来就是令人窒息的关于范佩西自杀的信息："校园里的丁香园里依旧花香四溢，丁香树依旧茁壮，依旧飘荡着我们的欢声笑语，你为什么离我们而去？同学们对你的思念你可感觉得到？"

"佩西，再难也得活下去呀！"

"生命竟如此脆弱！我们的承受力竟如此不堪一击！"

“佩西，一路走好！”

“我们有场酒还没喝呢，你怎么能说话不算呢？”

……

杨晴的泪水再次模糊了双眼。她突然想起打开邮箱，范佩西会不会给她写点什么。进入信箱的一刹那，她既希望没有他的信，又渴望看到他留给她只言片语。当黑色的给亲爱的晴的字体出现在她眼前的时候，她的呼吸立刻急促起来，他果然给她写了信。

亲爱的晴：

我的爱人，当你看到这封信的时候，我已经永远离开了这个世界。也许，我这样的选择会让你失望，你会说我懦弱，但我想不出自己今后还有什么出路。这种选择是彻底解脱的最佳方式。如果生命还要我多停留一天，对我却是悲哀，没有停留的理由和希望。努力去寻找，去呼唤，仍旧是苍白与无力。那点生存的意义对我却一点也不曾施舍过、来临过。我累了、痛了，没有任何借口，只是累了，想放弃了。

晴，我知道你是真的爱我，我也真的爱你。一年来，我都在为自己的选择而自责。是呀，你一遍一遍问我想不想让你留下来与我一起努力，我怎么会不想呢！但我清楚，我不能给你一个安定的家。你知道，我的父母都是普通工人，这些年又下岗，为我上大学已经倾家荡产，从经济上肯定帮不了我们，而我确实不甘心回到我们那个贫穷的县城，去L城对我来说也是一条不可预测的路。

我的面前是贫穷，甚至连起码的生活都无法保证。我还怎么敢让你留下来与我受苦。也许你会说，你爸爸会帮助我们。你知道吗？当你决定租房子和我一起住的时候，我有多么高兴，但想起每月四百多元的房租，心里又不是滋味。尽管你对我说房租的事情不用我管，可你知道吗，我一个堂堂男子汉，却要女朋友拿房租，我受不了！但为了让你高兴，我最后还是听你的，与你住在一起。

小晴，你知道吗，我们在一起同居的日子，我心里既快乐也痛苦！快乐的是能与你在一起，享受你的温柔与爱意；痛苦的是作为一个男子汉的自尊带来的隐隐的痛，还要忍受一个成熟男人自知不能为身边自己心爱的人带来未来的痛苦。每每看到你，我的心都会战栗——我承担不起对你的责任，更无法预测我们的未来。而过早的性爱会让你承受巨大的痛苦。因为爱你，所以我不能只顾我自己。

分手后我曾经对你说过，一个男人只有拥有足够的能力和物质基础以后，才能给爱一个“家”，但你不以为然，说如果在最困难的时候，在为明天奋斗的时候你都没有想过和我一起，那以后的长相厮守又有何意义。你说，这个世界上只有我是你愿意携手从零开始奋斗、从贫困一步一步走向辉煌的人。可我的不自信，让我怕你的父母看不起我。

当我要毕业的时候，你知道我的父母多高兴吗，因为他们再也不用为我的学费发愁了。妈妈说：“你毕业就可以挣钱养家了。”而我，毕业后费了好大劲才在这家设计公司找到一份工作，人家都要有经验的人，可我刚毕业哪来的经验？

干了一年多，天天加班熬夜，挨训受苦，工资却低得可怜，从一千五百元到两千元，仅能维持生计，别说买房子，自己单独租个单间都是奢望。工资低，我想总有长的时候，慢慢熬吧。

上个月总算有机会，如果谁能把一家公司的广告设计做好中标，就可以获得加薪的机会，可以拿到三千元。参加设计的有三个人，都是刚去的毕业生，我自认为我的实力最强。我很卖力地把设计稿做好，满怀希望地等着主管加薪，但我无论如何都没有想到，当我拿着样稿送到主管办公室的时候，一个竞争对手已经拿着与我一模一样的样稿在那里跟主管大谈设计理念。我冲上去说：“这是我的设计，你怎么拿到的？”这时候，我想起来自己设计完以后忘了关电脑，就在办公室的沙发上睡着了，他肯定是趁我睡着的时候拷贝了我的作品。我想说出来他偷我的作品他会脸红，最终我能夺回自己的劳动果实。但他的厚颜无耻与主管的不明是非让我震惊。他说：“你想加薪想疯了吧，跑来争我的作品。”而主管看我愤怒的样子不但不调查，反而听他的一面之词，认定我在争人家的作品，还说我想不劳而获。

天下哪有这么荒唐的事情？

这就是生活？这就是现实？我还有什么希望？我的出路在哪里？我如何面对我的父母？我何时才能挣到买房子的首付款？与其这样痛苦地煎熬，还不如趁早解脱！

晴，我真的撑不住了，我太累了！我想结束这一切！

此时，已经过了零点。我不能再等了。亲爱的晴，再见了。今生今世我无法给我们的爱一个归宿，如果有来世，那就等来世再说吧。也许来世我也无法实现！

不要怪我的懦弱，你知道忍耐是一件多么残酷的事情吗？你知道一点点地去等待、去期盼生命赶快结束是多么痛苦吗？纵然我真的离去，依然知道你会为我难过。但是你不要为我哭泣。总有这样一天，这便是解脱！

晴，吻你，拥抱你！忘了我吧，我会在另一个世界祝福你！

……

杨晴悲痛欲绝，趴在键盘上哭得一塌糊涂。这个傻瓜，他怎么会因为那变形的自尊而拒绝她?又怎么能因为这一点点的挫折选择了放弃?杨晴后悔不已，当初她为什么就没有读懂他的心，而自以为是他对她的爱有问题……

下午六点，在李海生不知打了多少遍手机后，杨晴最终还是接了他的电话。他说："你是不是为我的懦弱生气了？"

"你是人家的老公，我哪有生气的资格。"

"你别这样小晴，我跟你好，不是你的错，也不是她的错，我不能对她凶。"

"那是，你怎么能对她凶呢，只能对我凶。"

"宝贝，我爱你。咱见面说吧，去咖啡厅好吗？"

"谁是你的宝贝？郭洁说了，你是她的老公，她才是你的宝贝。"

"我在咖啡厅等你，你要是不来我就等你一夜。"

"你等我吧，我去。"

杨晴到洗手间洗了脸，用湿毛巾反复敷红肿的双眼，但仍然有伤心的痕迹。她下楼骑上好久不骑的脚踏板摩托车，风驰电掣般驶出小区。迎面碰到妈妈下班回来，问她去哪里,她说去找同学吃饭。妈妈无可奈何地说慢点骑，注意安全，早点回来。杨晴答应着却照样骑得飞快。

六点钟的太阳依然炙热，白色的连衣裙在行驶中飘扬。车流人流来往，路面蒸腾的热气扑面而来。桥下的柳青河波光粼粼，沿河公园到处是乘凉的老人和孩子。人流如潮让杨晴不得不放慢速度。

一个沙哑的男人声音传过来："小晴，这是去哪里？"

杨晴一看，是那个让她下决心离开报社，人称黄鼠狼的记者部副主任。如果不是他色迷迷的眼神，黄鼠狼应该算个男子汉，个子不高但很匀称，四方脸黝黑却端正有形。杨晴对他冷淡地笑了笑，嘴里哼了一声后飘然而去，让他大大的无趣了次。

"黄鼠狼，你还有脸跟我说话。"杨晴心里不由生出一股怒气，自然想起他令人恶心的充满烟味的口臭和满嘴脏话。这么龌龊的一个流氓，竟然也敢打本姑娘的主意。

杨晴去报社报到那天，跟着人事部主任来到记者部，令她不安的是，试用期让黄鼠狼带她。虽然心里不高兴，她还得装作高兴的样子虚心地向他学习。谁知道这个黄鼠狼对她真没安好心。

一个晚上，他在带她去郊区采访回来的路上，与她并排坐在公交车上的时候，他把手伸向了她的裙子，还把嘴凑到她的脸上。

杨晴毫不客气地打掉他放在她腿上的手，躲开他散发着口臭的嘴，恶声恶气地说："黄主任，请你自重。"

黄鼠狼却涎着脸说："啥叫自重？男女不就那回事，装啥清纯。"说着手再次伸向杨晴的大腿。

杨晴忍无可忍，呼地站起来走到车前边的门口，没打招呼提前下了车，然后打车回了家。她虽然给黄鼠狼留着面子，没把这件事说出来，照样跟他出去采访，但黄鼠狼却对她的冷漠恼羞成怒。不光让她把一个稿子反复写很多遍，态度更让人无法忍受。黄鼠狼除了动不动对她大声训斥，还不干不净地骂她笨蛋，一些不堪入耳的脏话经常从他的口中喷出。为了息事宁人，顺利度过试用期，杨晴不得不忍气吞声，委曲求全。但她绝不会让黄鼠狼吃她的豆腐，占她的便宜。

一次，杨晴的爸爸开车送她上班，被黄鼠狼遇见。到了办公室，他大声对所有的同志说："现在这年轻女人要想有个好归宿，要么有个好爹，不缺钱；要么有个好脸蛋、好身材，找个有钱有权的老公。像咱报社有个小妮，还不是有个好爹，靠给报社广告，啥不会照样被安排到记者部。"他说完还拿眼睛瞟了杨晴一眼。

真是流氓、无赖。杨晴再也受不了他的侮辱，把一茶杯水摔到他身上，说："黄鼠狼算个什么，本姑娘不干了。"一茶杯水让黄鼠狼胸前的衣服湿透了，他也被杨晴的行为惊呆了。说完，杨晴扬长而去，只听见身后传来了黄鼠狼长舌妇一样的谩骂。

回到家，杨晴跟爸爸大吵了一架，毅然决然结束了短暂的记者生涯。

杨晴一袭白色长裙穿过咖啡厅的大厅，在众多男性顾客暧昧的眼光中走向李海生约会的紫罗兰房间。她知道自己穿白色连衣裙的效果，高瘦的身材虽然被宽松的连衣裙遮住了，却显出一副高贵的典雅。男人们除了对性感的装束垂涎三尺外，更会被具有高贵气质的女人所倾倒。当然，杨晴穿白色连衣裙不是为了显得高贵，而是为了范佩西那个混蛋，他尽管这么不争气地自杀，但她还是为他的死穿上了爸爸擅自为她买的这套裙子。而平时她喜欢穿短小瘦身之类的黑色衣服，那不但可以凸显她的苗条，还能让她较为安分的胸和臀更加突出一点。

此时杨晴没有心情欣赏众多男人对她投来的意味深长的目光，她径直走向紫罗兰。李海生已经为她点了草莓味的珍珠奶茶，他面前是一杯不收费的栀子水。今天他神情有点忧郁，这使他显得更加深沉而有内涵。他的穿着依然整齐而讲究，白色半截袖金利来衬衫扎在墨蓝色梦特娇软料西裤里，配上金黄色苹果牌的皮带扣的黑色腰带，整个人显得严谨而庄重。杨晴知道，他作为一个教师工资不算高，却总是穿国际名牌，这是他少而精的穿衣理念产生的结果——整个夏季，他除了在家里穿的休闲体恤与短裤，只有三套可以替换的出门衣服。她很欣赏他这一点，靠自己的缜密计划，用有限的薪水换来了贵族般的精致生活。

“她走了？”杨晴坐在李海生对面的沙发上说，“她很可怜！”

“这不是你的错，是我的错。”李海生说。他专注地看着杨晴，眼里流露出对她的无限爱怜和幽幽的无助。

杨晴一下子被他感动，扑在他怀里泪流满面，说：“海生我爱你。”

李海生抱着杨晴也泪流满面，说：“小晴，自从我们走到一起，我内心一直都很内疚。我是个有家的人，应该对家庭负责，郭洁把她的青春给了我，还为我生孩子，她去省城，也是为了孩子得到更好的教育，她没有错，是我背叛了她。我想过离开她，可她也是快四十岁的人了，我把她撂在半路上，今后的路她怎么走下去啊？但不离开她，我更对不起你，我比你大那么多，你把自己最珍贵的东西给了我，如果不能给你一个结果，我会一辈子于心不安……”

“别说了老公，我不要结果。”杨晴紧紧地抱住李海生，这时候她感觉世界上他是最好的人。

第七章

一

陈晓光觉得自己的生活有些灰暗和乏味，他对赵寻说："生活简直犹如白开水，没有饮料的甜腻，没有酒精的刺激。"

赵寻说："白开水也有白开水的好处，健康。饮料和酒虽然好喝刺激，总归是伤身体的。"

陈晓光每天早上七点起床，简单的早餐之后去班里转转，和班长交代几句，或是闲扯几句；在学校餐厅吃午饭，物美而价廉，之后还能趴在办公桌上小憩一会儿；下午几乎没什么事，四五点之后便能自由支配时间了；晚上十一点睡觉；到了周末，还能赖在床上多睡会儿，下午或是看书，或是去学校的篮球场出一身汗，偶尔也和赵寻打打台球。

这样的生活对一个安于现状的人来说简直是完美，但陈晓光并不是一个安于现状的人。他年轻，有活力，有理想。留下，并不是目的，而是为了更好地实现自己的人生价值。他希望做些有意义的事，而不是去台球厅当服务员，或是在一所专科学校做辅导员，他希望能够出人头地。但陈晓光始终都觉得自己悬浮在真空中，他努力朝着一个方向用力，但却寸步难行。所以，陈晓光还是只能在这所专科学校做他的辅导员，过他如白开水的生活。

周日，午饭过后，陈晓光闲来无事躺在床上看书，手机突然响了起来。一看来电显示，竟是赵寻，这家伙差不多有一个月没联系自己了。

“喂！”陈晓光接通了电话。

“小伙儿在干什么呢？”赵寻说。

“在家看书呢”

“看什么书呀！打球去！晚上一起吃饭。”

“行，老地方见吧，你多久能到？”

“半个小时。”

“我也差不多。”

挂了电话，陈晓光快速洗了把脸，涂了润肤露，然后用帽子、围巾、口罩把自己裹得严严实实的，这才出门去了。

省城的冬天又干又冷，行人车辆和高楼大厦全在雾霾之中，一眼望去，只见一片灰色的世界。

陈晓光来到台球厅时，赵寻已经到了，他正在一个人练习直球。陈晓光没想到的是，赵寻的女朋友李乐也在，他更没想到的是，李乐的旁边还坐着一个他不认识的女孩。

“我好像没有迟到啊。”陈晓光看了看并没有手表的手腕，开玩笑道。

“谁说你迟到了。”赵寻重新摆好球，“我开了啊。”

“开。”陈晓光随手拿了根球杆，又将目光转向李乐和她旁边的女孩，说，“不准备介绍一下？”

李乐笑了笑，介绍道：“这是我闺蜜，林婉兮，刚从美国回来。”

女孩侧了侧身子，对着陈晓光莞尔一笑，算是打了招呼。

陈晓光这时才细细打量了眼前的女孩，浓眉大眼，鼻子小巧，嘴唇略有些薄，一头乌黑的直发披在肩上，一条藏青色的围巾随意地挂在脖子上，一直垂到大腿上，上身穿着一件款式简洁的驼色大衣，下摆盖住了膝盖，脚上穿着一双酒红色的短靴。陈晓光一眼看去，知道这身行头价值不菲，以他目前的收入，一年不吃不喝也凑不齐。

“有美人兮，清扬婉兮，很好听的名字。”陈晓光又问，“还在上学？”

林婉兮笑了笑说道：“今年刚毕业。”

“还准备去国外吗？”陈晓光随意打了一杆，又回到林婉兮旁边。

“不去了，准备在国内发展。”林婉兮说。

“在国内发展好啊。”陈晓光撇了撇嘴，又若有所思地说，“还有，现在可以生二胎了。”

林婉兮笑了笑，没有说话。

“要不咱们四个一起玩？”陈晓光看了看赵寻，又看了看坐在一旁无聊的李乐和林婉兮说。

赵寻无所谓地耸了耸肩，说：“好啊，我和乐乐一队，你和婉兮一队。”

“好啊好啊。”李乐赶紧站起身答应，并顺势夺走赵寻手中的球杆胡乱捣了起来。其实，在陈晓光来之前，她就打了一会儿，但又不忍心让林婉兮一个人干坐着，就和她聊天去了。

“我不行我不行，你们玩吧，我不会。”林婉兮连忙摆手，看得出来，她是怕自己的加入影响别人的乐趣。

“你刚不是说想学打球吗？”李乐拆穿她。

“哪有！”林婉兮赶紧否定。

“没事，多打就会了。”陈晓光顺势把自己的球杆递给林婉兮。

“你可以让晓光教教你，他打得很好。”赵寻。

“我真的不会呀。”林婉兮嘴上虽然推脱着，但还是接过了球杆，略显尴尬地站了起来。

“你可以打一杆试试。”陈晓光随意拿了两颗球，摆了一个简单的球型，“以前打过吗？”

“只是看朋友打过。”林婉兮如实说。

“像我这样，双脚同肩宽，左脚略往前一些，重心放在右腿上，左腿微微弯曲。”陈晓光见林婉兮认真学着自己的动作，又弯下腰伏在球桌上继续说，“左手五指微微隆起，大拇指往上翘，和手掌形成一个支架，不要动，右手大臂抬起，和小臂成九十度角，手握杆不要太紧，也不要太松，然后运杆，出杆。”

林婉兮认真听着陈晓光的讲解，刚开始站姿还算过得去，可弯下腰架起球杆就完全不是那么回事了，球杆一点儿也不听话，就是不肯老实地待在她的左手架上，总是晃晃悠悠滑来滑去的。好不容易把球杆支在了左手架上，右手又开始不听话了，以至于球杆歪歪扭扭的。姿势摆弄了半天，手都有些酸了，她快没耐心了，仓促间右手一用力，杆头便出去了。结果可想而知，打歪了，母球丝毫未动，依然稳稳地立在原地。

“我就说我不行吧。”林婉兮脸有些微红，略显焦急地说。

“没事，姿势很漂亮，多练习几次就好了。”陈晓光见林婉兮对台球一点基础也没有，便把之前的目标球拿开了，又说，“这次不要击球了，直接把球打进袋口就行。”

“嗯。”林婉兮微笑着点头应了一下。

四人似乎很有默契，陈晓光在球桌的一边教林婉兮打球，赵寻和李乐就很自然地去了另一边，丝毫不影响他们。

林婉兮又练习了几次，球杆总算能碰着母球了，但也是仅此而已。

“左手放在球桌上支好以后就不要动了，大臂往上，再往上。”陈晓光一边比画一边纠正林婉兮的姿势，但林婉兮还是做不对，他想帮她把手臂往上抬高一些，又怕冒犯了她，便比画着手势问，“可以吗？”

“嗯。”林婉兮趴在球桌上，扭头看了看自己的手臂，“还不够高吗？”

陈晓光又向林婉兮微微靠近了一些，然后轻轻托着她的手臂往上抬了抬，说：“这就可以了。”

“这样胳膊好累啊。”林婉兮慢慢地运着球杆，突然右臂一紧，球杆便把球撞了出去，只听一声脆响，球应声落袋。

“好球。”陈晓光脱口而出。

林婉兮见球落袋，激动得差点儿跳起来。之后，她又练习了几次。

“记住这个感觉就可以了，以后就这么打。”陈晓光说。

“怎么样？练得差不多了？开始吧？”赵寻在一旁见有了成色，便催促道。

“那是，出师了。”陈晓光一边说一边开始重新摆球。

以往陈晓光和赵寻打球，本来就不在乎输赢，他们更注重打球本身的乐趣，以及打球时海阔天空地闲聊。李乐和林婉兮的加入，输赢就更加无所谓了，他们知道，让这二位小姐在球桌上尽兴才是头等任务。所以，陈晓光和赵寻从来不把球打进袋口，而是轻轻地把目标球推到袋口边，让自己的队友坐享渔翁之利。

李乐和林婉兮当然明白陈晓光和赵寻的战略计划，不过能把球打进袋口，倒也打得起劲。四人一边打球一边聊天，很快熟悉了起来，不知不觉两三个小时就过去了。

期间，陈晓光对林婉兮有了一些了解，原来她的父亲就是省城那家大名鼎鼎的SP公司的董事长，这也就不难理解她身上昂贵的衣服和她留学的背景了。她高中毕业后去美国上大学，今年毕业回来后，在她父亲的公司谋了个闲职。

林婉兮对陈晓光也有了一些了解，她知道陈晓光出生在农村，成长在农村，在省城上的大学，在上天无路入地无门的情况下，依然在这座城市打拼，目前正在一所专科学校做辅导员。说实话，她有些佩服陈晓光这样的人，简单、质朴、有梦想，不像她以往见的那些同龄人，他们虽然富有，但内心却满是虚荣。

“好累啊，不想打了。”李乐把球杆往球桌上一扔，一下倒在了旁边的沙发上。

赵寻拿出手机，看了看时间，又看了看陈晓光和林婉兮说：“马上六点了，饿不饿？要不咱们吃饭去？”

“都行。”陈晓光和林婉兮异口同声，之后二人相识一笑。

“行，那咱们吃饭去，你们想想吃什么？”赵寻把球杆放在球桌上，然后快步向柜台走去。

陈晓光紧随其后，赶紧从兜里拿出早已备好的一百元钱，在赵寻掏出钱包之际，先一步递给了柜台里的收银员。陈晓光知道赵寻现在的处境，他的家虽然在省城，家里条件也不错，但他现在没有花家里的钱，再加上还有李乐，所以，他不比自己好过。而且，一会儿吃饭，他肯定不会让自己买单。

“跟我还客气。”赵寻当然明白陈晓光的意思。

“你留着吧，安全第一。”陈晓光看了看赵寻已经从钱包里拿出的一百元钱开玩笑。

结过账，赵寻扭头一看，不见李乐和林婉兮的踪影，问：“乐乐和婉兮呢？”

“去洗手间了吧。”

“女人真是事儿多。”赵寻眉头突然一紧，笑道，“不好意思，我也去一下。”

四人从台球厅出来时，天已经黑透了，街上的地摊也多了起来。

赵寻把手抄在裤兜里缩了缩脖子，然后看着陈晓光和林婉兮问：“想好了没？吃什么？”

“随便！”陈晓光和林婉兮再次异口同声。

“好默契啊你们，商量好的吧？”李乐拉开了赵寻的羽绒服拉链，把手伸了进去。

陈晓光和林婉兮只是看看彼此笑了笑，没有言语。

“你想吃什么？”赵寻低头看了看李乐问。

“这么冷的天，要不咱吃火锅吧？”李乐扭头看着陈晓光和林婉兮，征求他们的意见。

“好！”陈晓光自然没有意见。

林婉兮为了避免刚刚的尴尬，没有说话，不过从她的表情来看，也算是默认了。

决定了吃什么以后，赵寻用手机团购了一份四人餐的火锅，就在附近，四人边说话边向火锅店走去。

现在正是饭点儿，再加上天气寒冷，火锅店的生意异常火爆。店门口的迎宾小姐见四人进来，很热情地问：“先生几位？”

“四位。”赵寻一边回答一边往里面探脑袋。

“这边坐吧。”迎宾小姐面带微笑，右手一个“请”的手势，便把四人引到里面的座位。

四人刚落座，瞬间变成服务员的迎宾小姐就把菜单奉上了，她正欲开口介绍菜单上的内容时，赵寻拿出手机说：“我们是团购的。”

“那请您到前台验证一下吧。”服务员又问，“要什么锅底？”

“要鸳鸯的吧？”赵寻站起身，用征求的眼神看着在座的三位道。

“好。”李乐讨好地看了一眼赵寻，嘿嘿笑道，她知道自己生理期快到了，赵寻不想让她吃辣的。

赵寻无奈地看了李乐一眼，便跟着服务员去了前台。

很快菜便上来了，四人边吃边聊，其乐融融，一直到八点，才起身出了火锅店。

“回家吧？明天还得上班呢。”赵寻说。

“你们怎么走？”陈晓光问。

“我们打车，先把婉兮送回去。”赵寻说。

“行，那改天再约。”陈晓光说。

“很高兴认识你，谢谢你教我打台球。”

陈晓光正欲转身离开，只见林婉兮突然伸出了右手，微笑着看着自己，忙把手伸出去，说：“很高兴认识你。”

“我加你微信吧。”林婉兮说着点亮了手机屏幕。

“好。”陈晓光拿出手机，打开微信的二维码，“你扫一扫吧。”

“收到没？”

“收到了。”

四人来到路边，陈晓光见他们上了出租车，这才往公交站走去。虽然是周末，也早已过了八点，但等待公交车的人还是不少，再看四周，车水马龙，灯红酒绿，更是一番热闹景象。陈晓光把自己裹得严严实实地站在人群中，不禁感慨，这就是城市，城市永远都是热闹的。

陈晓光回到家时，已过了九点，简单地洗漱之后，他本想再看会儿书，却突然发现手机的呼吸灯在闪。他点亮手机屏幕，原来是一条微信：“到家了没？”发信人是林婉兮。

对于林婉兮给自己发微信，陈晓光倒没有过多惊讶，反而还有一种预感。今天他多多少少看出了林婉兮对自己有好感，当然，他也知道他们之间的差距，SP公司董事长的千金，对他来说，这比天上的月亮更加遥不可及，但如果有机会，这将是他人生的转折。

“到家了，你呢？”陈晓光回复道。

“早到家了。”

“嗯。”

“早点休息吧，明天又得上班了，晚安。”

“嗯，晚安。”

二

赵寻走了几步，突然又折回来，朝着亮灯的饭店走去——他看见了一个烧饼摊。他口袋里的钱，只能吃烧饼了。他摸出那枚五角的硬币，买了两个烧饼，一边吃一边走。

走过林荫道，赵寻向北走去，路上越来越冷清，冷清到没有灯光，没有行人，偶尔驶过一辆瞪着巨大眼睛的货车，把夜幕撕开一条缝，随即又合上了。走了不知多久，路两边已经没有建筑了，开始有了大片大片的庄稼地。他停下来，四下看了看，又看看天上，意识到自己迷路了，然后走到路的对面，准备往回走。

这时候，一对车灯划过路面，在他身边戛然停住。

一辆白色的“本田—雅阁”，窗户边出现一个脸庞，对他说：“小伙子，你在这荒郊野外干吗啊？去哪里，我捎你一段吧？”是一个女性的声音，听起来很柔和，很年轻。

“你为什么要捎我啊？我可没钱。”赵寻警惕地看了一眼车窗里的女人说，果然很年轻。

“不要你的钱。”女人说。

“你不是绑架我吧？我可先说明，我家里也没钱啊。我爸妈都是下岗职工。”赵寻说。

“你这孩子，我一个女人会绑架你？快上来吧。”女人无奈地笑了笑说。

赵寻思考了一下，拉开车门坐在了副驾驶。他拉上车门，说：“谢了啊。真累得不想走了。”

女人不问赵寻去哪里，而是问：“失恋了吧？”

“不是失恋，是失去自由了。”赵寻说。

“失去自由？犯啥事了？你可别吓我。”女人说。

“我像犯事的人吗？我说的不是身体自由，是心灵自由、人格自由。”赵寻说。

“看你小小年纪，还挺深刻的。能告诉姐姐吗？”女人说。

“当然。你不问我我也要说，现在我非常渴望倾诉。”赵寻稍作停顿，叹了口气继续说道，“简单点说吧，就是我跟我爸路线不统一，我们一直在斗争。”

也许是这个陌生女人外表的温顺善良让赵寻有了安全感，他向她打开了心扉，把跟父亲的事情全倒了出来。

女人听了赵寻的诉说，叹了一口气：“唉，现在的年轻人啊，怎么都跟父母有仇？你要知道，世界上最爱你的人，就是父母。”

“不是我跟他们有仇气，是他们要压迫我、改造我。我想按我自己的想法活，为什么要做他们的玩偶呢？”赵寻说。

“玩偶？你感觉你是父母的玩偶？太夸张了吧。”女人摇摇头说。

“一点不夸张，他们都快把我逼疯了。”赵寻的语气充满了愤怒。

这时候，车驶上了北环立交桥。女人说：“回去跟他们好好谈谈，会解决的。谁都会有烦心事，我也郁闷啊。找个地方陪姐姐坐坐吧？我也想给你倾诉我的烦恼。”

“好吧，反正我也没事。”赵寻答应的时候，犹豫了一下。他犹豫的原因，并不是时间太晚，而是跟一个女人独处——他怕她对他有所企图，更怕自己把持不住，他有亲爱的李乐，不想跟一个比自己大很多的成熟女人有染。

后来，他们选择了夜市。酒吧太乱，不能好好说话，那气氛也容易滋生暧昧，赵寻不愿意去；咖啡厅清净，但不能喝白酒，女人不愿意去。女人还提到了高档洗浴中心、会所之类的地方，赵寻都否决了。赵寻虽然还没到过那样的地方，但听到过很多关于那些地方的信息，感觉孤男寡女去那样的地方，会不由自主地迷失自己。

夜市是喧闹的，也是透明的。在灯火通明、没有遮掩的环境中，即使想暧昧，也成不了气候。

女人把车停在南阳路上的一家宾馆，然后打车去航海西路的帝湖夜市。想喝酒，就不能开车。女人说，帝湖的环境好，可以坐在湖边，一边喝酒，一边听蛙声。

女人下了车，赵寻才看清她的大致模样，二十六七岁的样子，个子高挑，圆脸盘，披肩直发，柳眉杏眼，属于开朗的类型。他的脑海里不知道怎么就拿她与李乐对比起来，她成熟，妩媚，鲜艳，犹如一个熟透了的红苹果；李乐是青涩，纯真，朴实，就像一个挂在枝头的青苹果。

还是青苹果有味道。他在心里说。

这时候，她的声音打断了他的思索：“我叫温思雨，温暖的温，思念的思，下雨的雨。你叫我老温就行。” 她说话的时候，面带微笑，那微笑真是让人舒服，仿佛春天里绽放的桃花。这大概就是人们常说的人面桃花吧。

“叫老温别扭，还是叫温姐吧。你最多比我大五六岁，我都二十多了。”赵寻说。

“哈哈，小小年纪，挺会说话的。我比你大整整十岁，是阿姨级的。”温思雨笑道。

他们让老板把桌子摆到湖边，蛙声却没有，倒是窃窃私语的、大呼小叫的人声不绝于耳。

估计青蛙都被逮住吃了，没被逮住的也都吓得不敢叫了。温思雨对听不到蛙声很遗憾，不过，没有蛙声也是可以喝酒的，她说：“来，喝酒。男子汉，多喝点啊。”

“我很少喝酒的。”赵寻说。

“为什么啊？大学里男孩喝酒不是很厉害吗？”温思雨一副怀疑的表情。

“喝着辣，喝下去难受，不想受折磨。”赵寻说。

“小弟弟，不懂了吧，这酒要会喝了，就是醇香的，特享受。至于喝下去难受，可能胃会难受，但可以麻醉精神，还可以宣泄难受，喝醉要的就是这种感觉。”温思雨说。

赵寻听她叫他小弟弟，特别不舒服。一个女人，怎么可以随便叫一个成熟男人小弟弟呢？他把目光投向湖面的远方，那里有忽明忽暗的灯光，似一个风情女子在眨眼。

“怎么，不相信我的话？你这个小弟弟啊，还男子汉呢。”温思雨说。

赵寻皱了皱眉，说：“我听着小弟弟怎么那么别扭呢？你还是别这么叫我了！”

温思雨怔了一下，忽然明白过来，扑哧笑了一下，用她纤细白嫩的手掌拍了一下额头，说：“怪我怪我，小孩子家，想得还怪多。那我就叫你老弟吧。”

说话间，服务生用一托盘端来酒、菜及餐具。

点菜的时候，温思雨问赵寻：“想吃啥？”

赵寻说：“肉，多要肉，这会儿特馋。”

“那就多要肉。”温思雨又对服务员说，“凉拌牛肉、生炒鸡块、烤羊肉、烤板筋，还有我必点的两个菜，干炸金蝉、水煮毛豆、自酿白酒每人先半斤吧，不够了再加。”

“我要三两吧，半斤喝不完。”赵寻说。

“男子汉，你今天必须跟姐姐平喝，哪能让女人比你多喝啊。”温思雨说。

赵寻想了想，点点头说："好吧，不过我要是喝多了，你得送我回家啊。"

"没问题，姐姐送你回家。"温思雨爽快道。

在没有蛙声、四周满是人声的湖边，在暧昧的光影中，二人开怀畅饮，当两人杯里的半斤酒都下肚的时候，温思雨开始诉说自己的心事。

"我被人撬了，撬了！一个二十岁刚露头的小丫头，用男人的话说，要的就是嫩，她取代了我，成了我们公司老总新的情人，我只有离开，谁让我不嫩了呢，三十岁的女人，都跟他这么多年，光人流做过七八次，我还能嫩吗？我想开了，即使我死皮赖脸地不离开，也不会有啥结果，一个有妇之夫，我当初选择他就是一个错误。错误的开始，当然不会有正确的结果。"温思雨说，"你知道吗，就在今天下午，我永远离开了他……"

温思雨嘤嘤地哭起来，湖边似乎突然静下来，她低沉的哭声在夜空盘旋，显得格外悲凄。

赵寻把餐巾纸递到她手里，他有点茫然，以他的生活经验，还不会劝一个失恋的女人。

温思雨接过餐巾纸，擦了擦眼泪，继续说："六年，六年啊，我跟了他六年多，不找男朋友，不结婚，一个小丫头，一年半载就取代了我，我就得给她让位。你猜他怎么说？他说这是新陈代谢，我去办公室收拾东西，他连一句挽留的话都没有……"

"他不挽留，是怕你不走。"赵寻的这句话很实在，温思雨哭得更加伤心。

"男人真不是好东西！"温思雨骂道。

“好的还是不少的，你不能因为他一个人恨所有的男人。”赵寻说。

温思雨听到赵寻的这句话，停止了哭泣，她擦擦眼睛，凄惨地笑了一下，说：“对不起，我是恼那个男人，没骂你和别的男人的意思，你别在意。”

“不说了，咱继续喝酒。”温思雨一连往嘴里塞了六只金蝉，两个腮帮鼓得如吹唢呐，然后举着杯子晃了晃，喊道，“老板，酒，每人再来半斤。”

奇怪的是，从来没喝过这么多酒的赵寻，喝了一斤白酒居然还清醒如初，温思雨反而醉得东倒西歪、神志不清了。

赵寻费了好大劲才把她架到出租车上拉回宾馆，把她送到房间，要走的时候，她却紧紧地拉着他的手不让走。

她迷迷糊糊地说：“多陪我一会弟弟。弟弟，我咽不下这口气啊，早晚我得收拾她。”

三

第二天下午，陈晓光先去班里转了一圈，见一切如常，和几个学生闲聊了几句之后便回办公室了。对于有报考公务员志向的他来说，这个时间用来复习考试资料再合适不过了。

他跷着二郎腿，身体瘫在椅子里，左手拿着《申论》资料，右手拿着黑色水笔，努力把那些文字塞进脑子里。

突然，办公桌上的手机震了起来。陈晓光盖上笔帽，把笔夹在《申论》里，只微微一欠身，便够到手机。屏幕上赫然显示着赵寻的名字，陈晓光心想，这家伙这两天就这么闲吗？

接通了电话，随便开了两句玩笑，赵寻便直奔主题，原来他又约陈晓光打台球。陈晓光下班后本就无事，便与他说好了七点在老地方见面。挂了电话，陈晓光一看表，见时间还早，刚过五点半而已，便把《申论》扔进抽屉去餐厅吃饭了。

他到台球厅门口时，只见林婉兮一个人孤零零地站在台阶上，还穿着昨天那身衣服，不禁问："他们人呢？"

"还没到呢。"林婉兮莞尔一笑。

"这两个禽兽，太过分了。"陈晓光玩味地骂了一句，又问，"你怎么没跟他们一起？"

林婉兮笑了笑，说："我距离他们上班的地方太远了，就自己过来了。"

"嗯，我给赵寻打个电话。"陈晓光一边说一边拿出手机拨了赵寻的电话。

陈晓光一问才知道，赵寻和李乐被堵在路上了。挂了电话后，他自嘲了一下，觉得自己根本就不应该浪费电话费问这个问题，这个时间，不被堵在路上才怪呢。

"哎！省城这万恶的交通啊！"陈晓光把手机放进裤兜，对着林婉兮无奈地笑了笑，说道，"不等他们了，咱们先打。"

林婉兮没有说话，只是笑了笑表示赞同，然后跟在陈晓光的身后进了台球厅。也许是周一的缘故，打球的人不是很多，只有三张球桌有客人。他们选择的还是昨天的位置。

"你到很久了吗？"陈晓光挑了一根球杆递给林婉兮。

“没有，比你早到五分钟而已。”林婉兮接过球杆说，“谢谢。”

“这样也好。”陈晓光脱下羽绒服扔在沙发上。

“什么？”林婉兮也把大衣脱下来放在另一张沙发上。

“他们迟到呀。”

“为什么？”

“这样咱们可以先练练，一会儿把他们打得落花流水。”

林婉兮笑而不语。

“昨天教你的还记得吗？”陈晓光用巧粉擦了擦杆头说，“用用这个，防止滑竿。”

“不记得了。”林婉兮含羞笑道，然后拿起另一块巧粉学着陈晓光的样子擦了擦杆头。

“打打看。”陈晓光随意拿了两颗球摆出了一个简单的球型。

林婉兮弯腰伏在球桌上，站姿还算过得去，但左手和右手全都不得要领，打了几次，全部偏离了轨道。

“果然不记得了。”

于是，陈晓光又把昨天说的那些要领说了一遍。他一边说一边纠正林婉兮的动作，但再多的语言表述，也不会比一根手指轻轻点拨一下更见成效。这次他没有征求她的同意，而是直接站到了她的身后。他的身体微微前倾，右手轻轻握住了她握在球杆上的右手，见她默许了他的动作，他的左手又搭在了她贴在球桌上的左手。他站在她身后，紧贴着她，更像是抱着她。他的下巴微微靠在她的肩膀，有一丝温暖的热度。他湿热的呼吸穿过她的头发，落在她的耳朵上，他能感到她的身体在微微颤抖，甚至能听见她的心跳声。他的右手缓缓地运着球杆，眼睛紧紧地盯着目标球，他的小臂猛地一发力，只听一声脆响，目标球便落入袋中。

“再来一次。”陈晓光附在林婉兮耳边小声说，又从旁边拿了一颗球放在了刚刚的位置。他还站在她的身后，他的右手还握着她的右手。

其实，当陈晓光站在林婉兮身后的那一刻，她就知道他要干什么了。球落袋以后，她微微侧过身，她面色红润，目光勇敢地迎着陈晓光的脸庞。

面对林婉兮勇敢而深情的目光，陈晓光没有躲避，他嘴角一扬，给了她一个微笑。“自己试试。”陈晓光松开她朝收银台走去，“你喝什么？”

“可乐。”

陈晓光又指导林婉兮打了一会儿，眼看快八点了，可赵寻和李乐依然没有出现的迹象。

“歇会儿吧。”陈晓光看着正在揉胳膊的林婉兮说，“酸吗？”

“嗯，有点儿。”林婉兮放下球杆坐在沙发上。

“习惯就好了。”陈晓光又冲着收银台喊，“老板，先关了吧，一会儿再开。”

林婉兮浅浅地抿了口可乐，笑道：“我打球很烂吧？”

陈晓光忙摆了摆手，咽下口中的绿茶说：“一点儿也不烂，你只是有与众不同的球风。”

“是啊，笨拙的球风。”

陈晓光笑了笑，不置可否。

“对了，你怎么会去专科学校做辅导员呢？”

“为了填饱肚子和每个月的房租水电费而已，而且我也比较喜欢和学生打交道。”

“那你还算喜欢现在的工作了？”

“也不尽然。”陈晓光停顿了一下，继续说，“我是说，其实也还好，但我并没有长期做这个的打算，我希望能做一点有意义的事情，来改变自己的命运，实现自己的人生价值，简单点儿说，就是出人头地，只是现在没有合适的机会而已。”

“这么说，你是一个从农村过来的有志青年了。”林婉兮笑道。

“没错，我就当你是恭维我了。”陈晓光笑了笑，又道，“也许是出生在农村的缘故，我从小就对城市充满向往，这里让人激情澎湃，我希望以后能生活在这里，有个稳定的工作，有间自己的房子，不用太大，一日三餐，健康饮食，周末打打台球或是去电影院看看电影，对了，我喜欢看电影，我们那儿连家电影院都没有。”

“真的？”一听陈晓光说喜欢看电影，林婉兮心中微微一震，一道暖流从腹部升腾而起，因为她前几天刚跟父亲要了几张电影票，正计划去看新上映的电影，她突然想到了“命中注定”这个词，“如果你想看电影的话，我刚好有几张电影票，反正我也正准备去看最近上映的电影，就勉为其难捎上你。”

“恭敬不如从命，但爆米花得让我来买。”

“成交。”林婉兮又问，“后天晚上怎么样？”

陈晓光做了个OK的手势，说道：“No problem！”

“要不要先一起吃晚饭？”

“就这么说定了。”

突然，陈晓光和林婉兮像是断了电一样，不知道说什么了。二人相识一笑，忙躲开了对方的眼神。

“赵寻这家伙怎么还不来！”陈晓光终于找到了能够让聊天继续的

话题，“我再给他打个电话。”

陈晓光拨通号码后把手机放到耳边，听筒里的彩铃刚刚响起，就被一句“您拨打的电话正在通话中”所取代，他知道，赵寻挂了他的电话。

“催什么催，不是说了让你们先打吗？”

陈晓光和林婉兮顺着声音望去，只见赵寻和李乐正走过来，说话的是赵寻，李乐也一脸歉意地看着他们二人。

“竟然迟到了一个多小时，你们自己说，该不该罚？”陈晓光鄙视地看了一眼他们。

“你应该谢谢我们才对吧，要不是我们迟到，你哪有机会和大美女单独相处啊。”李乐回击道。

“乐乐呀，你这就不对了。”赵寻说。

“就是，还是你家相公讲道理。”陈晓光说。

赵寻一笑，接着道：“晓光的意思是，咱们竟然只迟到了一个多小时，是咱们来早了。”

“噢噢，原来如此。”李乐一副恍然大悟的样子，然后眼睛斜了斜门口说，“要不咱等一会儿再过来？”

陈晓光看着赵寻和李乐一唱一和，知道再继续争执只会徒增尴尬，便拿起球杆说：“你们这对狗男女，少废话，老规矩二打二，秒杀你们。”

“行行行，我们是狗男女，你们是郎才女貌行了吧。”李乐瞄了一眼陈晓光和林婉兮说道，“谁秒杀谁还不一定呢。”

林婉兮脸色微红，面露微笑，她坐在沙发上，不插一句话，只是静静地看着三人斗嘴。她知道，安静地坐着是应付当前局面的最佳选择了。

四人一边玩笑一边打球，不知不觉，竟已过九点。

“回去吧？”赵寻放下球杆看了一眼手机说，“明天还得上班呢。”

林婉兮放下球杆，微微点了点头，表示赞同。

“好。”陈晓光把球杆往桌子上一扔，随后抢先一步到收银台结了账，这才又回来拿了羽绒服和三人出台球厅。

和昨天一样，等赵寻、李乐、林婉兮三人坐上出租车后，他才独自一人往公交站牌走去。他拿出手机看了看时间，九点二十，还好赶得上末班车，不然就得多花十几块钱打车回去了。

冷风吹过，陈晓光缩了缩脖子。等待的时光总是胡思乱想的最佳时机，陈晓光的脑海中不断闪现林婉兮的身影，他似乎明白了赵寻下午突如其来的电话，明白了赵寻和李乐为何迟到一个多小时。

他扣上羽绒服的帽子，将冰凉的双手揣在兜里，不禁心中一笑，又想起了后天和林婉兮的约会。

四

杨晴最近老躲在自己房间里看电视睡觉，躺在床上回忆往事，与范佩西在一起的枝枝节节几乎占据了她的大脑。有时候，她会在那个跟随她七八年的箱子里翻来翻去，那里装满了初中毕业以来要好的同学送给她的礼物。

这天中午，她在箱子的角落里翻出了一个小巧的泥制白马，白马的头部夸张，大耳大嘴，两眼圆瞪，憨态可掬，更有趣的是，白马头顶有一个小孔，可以吹出呜呜的响声。她把这个可爱的白马擦拭干净，摆在了床头。

杨晴看着白马，想起了那个送她这件礼物的男同学宋义。杨晴属马，宋义能送她这样一件不同寻常的礼物，一定是处心积虑、苦思冥想的结果。这之前，杨晴送给他的，是她亲手折叠的一百九十颗幸运星，还有作为宋义报名考试费用的三千元钱。

想起宋义，杨晴不得不承认，无论是在高中还是大学，谈恋爱都是不明智的选择，因为这时期谈恋爱的少男少女最终能够走向婚姻殿堂的少之又少，反而品尝了恋爱带来的苦涩。当然，杨晴从来不后悔曾经的爱情，虽然没有结果，但那毕竟是她人生中最美好、纯真的情感。

宋义自从分别后就杳无音讯，五年多过去了，他像蒸发了一样再也没有进入杨晴的视野。杨晴曾经无数次地骂他是个忘恩负义的白眼狼，但最终不得不接受现实，而且范佩西替代了他在她心中的位置，她几乎把他忘得了一干二净了。

如今，宋义在哪里？他过得怎么样？杨晴与泥制白马对视的时候，心里禁不住涌出这样的问题。那个可怜的人，他是否实现了读完大学的目标？是否走出了经济拮据的困境？

门响了一下，杨晴心想是不是妈妈下班了，传来的却是爸爸的声音：“小晴，有个事我跟你商量一下，我们公司准备在省城设个办事处，你现在也没事，要不先去哪里待着，等你什么时候找好工作想走就走，怎么样？”

“你不用考虑，我坚决不会在你的公司混饭吃。”

“你眼下不是没事吗，我怕你闲着没事干，情绪不好。”

杨晴知道爸爸中午很少回家吃饭，今天回来应该是为了她的事情，但她从心里抵触依靠他安身立命。上了大学后，她一直在父母面前叫着要靠自己的努力实现人生价值，肯定不会依赖他们。

“老爸，你是不是嫌我在家吃闲饭了？我明天就去省城，但不是去你的办事处，我要去设计公司找份活干，总能养活自己吧？”

“看你这话说的，谁能嫌你吃闲饭？你要是不想工作就在家待着，去省城了我先给你点经费。”

爸爸对杨晴不听他的话已经没了办法，只好听之任之。本来去省城是杨晴随便说的一句玩笑话，这时候她突然决定去省城，就说：“老爸，你先借我五千块钱的经费，半年后还你，我去省城闯闯。”

“好吧，你要想去就去吧，下午我给你卡上打一万。”

杨晴把去省城的想法告诉了李海生，他有点猝不及防。

“是因为我吗？”李海生问。

“跟你没关系，我不能老待在家里闲着。再说了，我一个学艺术设计的学士，到省城还怕找不到一份工作？”

“你走前我们见个面吧。”

这些天也许是他们的心情都不好，所以没有约会。不知道为什么，杨晴突然对他们之间的游戏感到寡淡无味，李海生也不再那么魅力无穷。之前，隔一天不见，杨晴心里就空落落的，有一种如饥似渴的感觉。那时候，她以为自己怎么都离不开他，而如今，她对李海生不知不觉变淡了。这究竟是一种什么样的感情？能算爱吗？如果是爱，又怎么如此脆弱，经历这么一点波折就烟消云散了！杨晴在心里反复问自己，却找不到答案。

在杨晴去省城的前一天下午，她与李海生的见面地点再次选择了咖啡厅，还是那个紫罗兰包间。她没有点自己喜欢的草莓味珍珠奶茶，而是点了一杯冰咖啡和一杯热咖啡，李海生点了一杯铁观音茶。

“你要走，是要离开我吗？”李海生忧郁的眼神充满了无奈，“为什么非要离开？你完全不必在意你的工作是如何得来的。”

“不，我没有离开你的意思。海生，在Y市，我时时刻刻都生活在父母的阴影下。在报社，一个厚颜无耻的流氓都可以取笑我；在学校教书，本来我挺满意的，可时不时就会听到，这是杨总家的小姐，这是市一小廖主任家的姑娘，他们不看我的工作能力，老是拿我的父母说事，你能受得了吗？”说起回到Y市的感受，杨晴激动不已。她受不了周围那些因为她父母对她献媚的眼神或不屑的轻蔑，他们的眼光总是盯在她父母而忽视了她。

“这的确是个问题，但你可以用能力来证明自己啊。再说了，你不能拿自己喜欢的工作赌气吧？”李海生凝视着杨晴的眼睛说，“何必跟自己过不去呢？”

“海生，你不处在这个地方，永远难以理解我的感受。”杨晴说，“工作可以再找，而处在那个环境中无穷无尽的折磨我必须摆脱，不然我会疯掉。”

李海生好像被杨晴说服了。他按了一下服务灯，让服务员为茶杯续水，又问杨晴，“集邮公司的工作不是你自己找的吗？怎么也辞了？”

“让一个大学生去干小学生都会干的加减乘除，天天报销售额库存量，这是浪费青春。”说起这份工作，杨晴的怒气仍然难消。Y市邮政局人事科的人不知道是否看了她的档案，随便把一份工作安排给她，她找人事科长要求调换工作，科长竟然说邮政局硕士和博士有的是，不想干就辞职，其他工作没有。杨晴一气之下就辞了职。

“看来，我还是没有读懂你。”李海生从裤兜里拿出一盒烟，抽出一支叼在嘴上，然后点燃，吐出一团烟雾。

“烟都抽上了，给我一支。”杨晴把手伸出来，李海生在把烟与打火机递给她的一瞬间，又缩了回去，然后从烟盒里抽一支放在她嘴的嘴里，再打着打火机，另一只手捂着火苗送了过去。

看着他为自己点烟，杨晴的眼眶一热，说：“老公，我不离开你。”她把他的手贴在脸上，久久地不松开。

“这是我第一次抽烟。”杨晴说，“以前我排斥香烟，曾经极力反对好友王聪抽烟。”她再次用力吸了一口，烟雾在她的呼吸道里曲折迂回，冲撞得她咳嗽不止。

“是我把你带坏了。”李海生幽幽地说，“别抽了，我也是憋闷得不行才抽。”

“嗯，不抽了。”杨晴擦擦眼泪，说，“以后我到了省城，星期天没事就回来看你，你去省城看孩子，也能抽时间找我。”

“毕竟不能像现在这样常见面了。”李海生说，“你走了，我的生日你还能回来陪我过吗？我答应给你的礼物一定会给你。”

“你生日我一定回来陪你过。”杨晴笑笑，故作轻松地说。

李海生突然抽泣起来。看着他像孩子一样抽泣不止，杨晴心里说：“这个成熟的男人对我是动了真情。”

坐在去省城的大巴上，杨晴的脑海里老是闪现宋义消瘦的脸颊，因为那个泥制的白马，那个离她远去的男生再次走进她的脑海中。

收拾东西的时候，杨晴小心地把白马用一个塑料盒装好放进行李包，让它跟随自己去省城。她说不清为什么自己会这样做。而范佩西他亲手制作的小挂毯，她一直挂在床边，此时却悄悄地把它卷起来用塑料膜裹好放在箱底。也许，她是怕看见它伤心。可那个小白马呢，她为什么要把它带在身边？难道她要去寻找那曾经杳无音讯的爱情？

她摇摇头，对自己说，宋义已经过去了，你应该朝前看，省城有的是帅哥。

杨晴还是禁不住回忆起她与宋义的一些往事。

春暖花开的季节，下午杨晴学完美术骑车回家，已经是夕阳西下的傍晚了。当她从菜市场那条街走过的时候，看见了令她震惊的一幕：那个刚刚转到他们班的男生宋义正在菜市场的垃圾堆上捡菜叶。他为什么捡菜叶呢？好奇心让她停下来注意他。

宋义在一个一个烂菜叶组成的垃圾堆里翻着，对身边来来往往的买菜人无动于衷，不时把一个相对完好的菜叶塞到另一个手提的方便袋里，等到方便袋里装不下了，才提着方便袋走出菜市场。杨晴躲在一边，等他走过去，紧跟在他身后。他不紧不慢地走着，也许是他转来的时间短，根本就不认识杨晴，反正他没有在意她的跟踪。接下来杨晴看见了让她流泪的另一幕：在一个小区里，宋义把菜叶放在自来水龙头下冲洗干净后，开始拿着一片片菜叶吃起来。他吃得那么津津有味，那么从容。杨晴惊呆了，流着眼泪离开了。她在想，这个从外地转来的宋义，为何贫穷得连饭都吃不上了，靠捡菜叶充饥？为什么不去打工挣钱，还要读高中、考大学？

这是一个什么样的学生？宋义成了杨晴心中的一个谜团。也许是纯真的同情心，抑或是对他惊人的吃苦精神的佩服，杨晴开始有意接近他。他没有她想象的那么敏感，也没有她想象的超乎常人的自尊心。当一个周六下午她约他出来的时候，他很爽快地答应了她。

杨晴来到宋义的课桌前，说：“晚上有事吗？我想请你出来坐坐。”

宋义看着她，一点也不惊讶，说：“没事，你说去哪里，什么时间，我准时赶到，最好能请我吃顿饭。”

宋义的平静态度和不问原因让杨晴吃了一惊，她事先准备好的辞一句也没用上，只好顺着他的话说：“就是请你吃饭，咱去小吃大排档怎么样？现在就走。”

宋义把课本一合，说：“OK，走。”在班里稀稀拉拉的几个同学惊讶的目光中，杨晴和宋义肩并肩走出教室。

那天晚上，他们在烟雾缭绕的小吃大排档吃了个酒足饭饱。宋义始终没有问杨晴为什么要请他，也不问她的任何情况。

“你怎么不问我为什么要请你吃饭？”杨晴忍不住道。

“一看就知道你是个善良的女孩，你为什么请我不重要，关键是你不会伤害我。”

“你为什么临近高考又转学呢？”

“在我们县一中读不下去了，我爹跑到学校大闹了一场，要让我去打工挣钱，盖房子娶媳妇，可我想上大学，只好转到这，我爹就找不到我了。”

“你爹怎么会不让你上学呢？”

“我哥去年结婚花了很多钱，家里没有钱供我上学是一方面，最主要的是我爹认为现在上了大学也不好找工作，还不如趁早打工多挣点钱。我的两个弟弟初中没毕业就外出打工了。”

“家里不给你钱你靠什么生活呀？”

“现在我只有借钱，县一中我的班主任贾老师都借给我好几千了，我爹一闹她就让我转到这，贾老师跟咱现在的班主任姚老师是大学同学，我来这里的学费都没交，姚老师也借给我钱，她也是个好老师。”

“考上大学也要很多学费，你怎么办？”

“上大学有助学贷款，那倒不用发愁。”

宋义说起他自己的事情的时候，就像讲故事一样平静。后来，杨晴忍不住说起他吃菜叶的事情。杨晴说：“马上要考试了，营养得跟上，你不能再吃菜叶了。”

宋义一愣，沉默了很大一会，用低沉的声音说：“我也不想吃啊，可我总不能老跑到姚老师家借钱啊，她家里有两个学生，也不宽裕。”

“我给我妈妈说说，我借给你钱。”

宋义点点头，说：“我知道你是个好女孩，是想帮助我，谢谢你。”

那天晚上，他们在河堤上站了很久，宋义含着泪水向杨晴诉说他爹大闹学校让他辍学，诉说贾老师和姚老师如何对他好，诉说因为家里，穷哥哥结婚前被女方逼要彩礼，父母四处借债……

宋义边哭边说，杨晴边哭边听，两颗年轻的心，在苦难面前碰撞在一起。

五

陈晓光来到奥斯卡影城门口的时候，林婉兮已经到了。他一抬头就碰上她的目光，和上次不同，她换了一件白灰色的大衣，脚上的枣红色短靴也换成了黑色长靴。她靠墙站着，一只手拎着蓝色的布包，另一只手则插在大衣兜里。陈晓光一边挥手示意一边小跑过去，林婉兮也微笑着朝他挥了挥手。

陈晓光虽然没有迟到，但还是略显歉意地说："来多久了？"

林婉兮甜甜一笑，说："刚到。"

"你想吃什么？"

"只要清淡点儿就可以。"

"那我们喝粥去？刚好附近有家粥铺，他们的精品南瓜粥和精品红豆粥都很不错。"

"好。"

此时还不到六点，但粥铺里也快坐满了人。服务员极为热情，满脸笑容，一边引着陈晓光和林婉兮往里走，一边推荐最新上架的菜品。陈晓光自然没有听到耳朵里，他四下扫视着，只想找一处安静的座位，看了两圈，目光终于落在一处还算宽敞的角落。他打断了热情的服务员，抬手一指，说："坐那里吧。"

服务员快步走到陈晓光和林婉兮前面，领着他们落了座，这才奉上一直拿在手里的菜单，并帮二人倒了水。

陈晓光把菜单推到林婉兮面前，说："我要精品南瓜粥，你看看你要什么？"

"我也一样好了。"林婉兮在菜单上"粥"的一栏浏览了一遍，着实不知该选哪个。

"你再看看菜。"陈晓光帮林婉兮把菜单翻到了背面。

林婉兮上下扫了扫，便把菜单推给陈晓光，说："你点吧，我也不知道哪个好吃，只要清淡些就可以。"

"两份精品南瓜粥。"陈晓光拿过菜单，一边浏览一边继续说，"一份扁豆焖面、一份白菜炒豆腐、一份蒜香油麦菜，再要一份葱油饼。”

服务员重复了一遍陈晓光点的菜，确定无误之后，便拿起菜单离开了。

“除了他们的精品南瓜粥和精品红豆粥，就数扁豆焖面和葱油饼了。”陈晓光嘴角微微一翘，目光锁定在林婉兮的双眸，举起水杯又说了声，“cheers。”

林婉兮也是嘴角一扬，迎着陈晓光的目光，举起面前的水杯，说：“cheers。”

这一碰杯，二人都心照不宣地认为，这次看似无心的看电影已变成正式的约会了。

自从陈晓光和林婉兮看了这场电影以后，一连几天，他都没有去上班，因为他有更重要的事情要做——和林婉兮约会。

他们几乎看完了近期上映的所有国内外电影，还去了省城所有的公园、遗迹和独立书店。除此之外，他们还去省歌剧院看了一场歌剧，因为有一次他们路过省歌剧院时，陈晓光无意中说到他从来没有看过歌剧，语气中虽然没有特别向往，但多少有些遗憾之味。于是，林婉兮就从她父亲那里弄了两张省歌剧院的门票。陈晓光看着门票上无力支付的票价，着实有些过意不去，林婉兮安慰他说，这是别人送给她父亲的，不看白不看。

出租车在林婉兮住的小区门口停下，陈晓光付了钱，然后和她下了车，和前些天一样，二人很自然地往公交站走去，她要等陈晓光坐上公交车才回家。为了上班方便，其实倒不如说是为了方便和朋友玩，林婉兮并没有和父母住在郊区的别墅，而是独自一人住在新区的房子。

新区是政府着重建设的一片地方，道路平坦宽敞、交通自是不必说，绿化和空气质量也比老市区好上数倍。每到周末，很多老市区的人还会带上家人到新区来呼吸呼吸新鲜空气。当然，环境好了，房子自然就贵，消费水平更是比别处高一个档次，所以住在这里的只是那一小撮有钱人。就说这晚上，时间也不过刚刚九点，若在老市区，这正是各种夜市摊位最热闹的时候，但看这里，只有几家日用品小店和饭馆还亮着灯，路灯下只有飞驰的车辆和绿色的隔离带，像陈晓光和林婉兮这样的行人也是不多见的。

陈晓光和林婉兮并肩走着，路灯的光洒落下来，把他们映出好几个影子，但由于路灯太多太亮，所以他们的影子映在地上并不十分明显。空气有点儿冷，二人都把手插在上衣兜里，四下虽无人，但一点儿也不让人觉得安静——城市从来都不会给人安静的感觉。

公交站牌只有三个等车的人，一对情侣和一个年轻女子。情侣安静地抱在一起，男人会时不时地吻女人一下；年轻女子则戴着耳机，手指在手机屏幕上忙个不停，偶尔会露出笑容。陈晓光和林婉兮站在那对情侣旁边，虽然隔着三四米远，但他们的举动还是二人有些许尴尬。

林婉兮打破了他们之间的沉默，说：“这几天我真的很开心，谢谢你抽时间来陪我。”

“我也很开心，我还从来没有一下连着看这么多场电影，借你的光，还看了场歌剧。”陈晓光又笑道，“只是这个月的全勤奖金泡汤了。”

说者无意，听者有心。林婉兮知道陈晓光一个月就那么点儿死工资，除去房租水电，基本就不剩什么了，这几天每天陪着她，请她吃饭，他打车送她回来，自己却坐公交车回去。林婉兮犹豫了一下，还是说出了口：“你需要钱吗？”

“什么？”陈晓光先是一惊，随即马上明白了林婉兮的意思，忙笑了笑，一脸轻松地说道，“当然不需要，谢谢你，但你真的不用担心我。”

林婉兮并没有因为陈晓光的轻松而放下心来，她注视着他的双眼说：“我这么问，是因为我在乎你，希望你不要介意。”

陈晓光的双眼一直迎着林婉兮的目光，听到她这么说，他嘴角一扬，眼神顷刻间变得温柔起来，他没有用任何言语回答她，而是双手捧起她的脸庞，给了她一个深深的吻。

林婉兮紧闭双眼，迎合着陈晓光的吻，直到她喘不过气，才从他的吻中挣脱出来，说：“今天你别走了。”

“你是要请我上去喝杯茶吗？”陈晓光一笑，坏坏地说。

“讨厌。”

第八章

一

平时的话，陈晓光四五点便能离开学校了，但临近期末，学校的琐事便多了起来，无奈只能按点儿下班了。不过好在又熬到了周末，不用上班的心情还是很美的。他本来和林婉兮约好了一起吃晚饭，但林婉兮家里临时有事，便只好作罢，改约在明天了。

陈晓光知道，此时正值下班高峰期，路上人多车多，堵得厉害，他并不想和那些急着回家的人争。他还知道，这不仅是下班高峰期，也是学校餐厅的高峰期，也不想和那些学生争抢饭食。所以，一下班，他并没有急着回去，也没有急着去餐厅吃饭，而是继续在办公室坐着玩手机，快七点时，才穿上羽绒服晃晃悠悠地去了餐厅。

刚从办公楼走出来，一阵寒意便袭来，陈晓光本能地缩了缩脖子。这天气和天气预报预测的一样，冷得伸不出手，就是不知道大雪会不会如期而至。陈晓光把羽绒服上的帽子扣在头上，便加紧脚步往餐厅走去。

这时的餐厅虽然不是爆满，但学生也不少，陈晓光点了份口碑最好的鸡排饭，要了一杯热酸奶，之后便找了个人少的位子坐下来。他一边看手机，一边不紧不慢地吃着，还时不时地放下筷子喝口酸奶，想故意把时间拖得长一点儿。他知道，这个时间出去也是白白挨冻，就算挤上公交车，到家了也很累。一份鸡排饭、一杯热酸奶，陈晓光足足吃了一个小时，眼看马上八点了，这才加快了进食速度。

吃完饭，陈晓光拉上了羽绒服的拉链，来到餐厅门口，他把手机揣在裤兜里，再一次扣上羽绒服上的帽子，然后往学校门口走去。

天似乎更冷了。陈晓光把手插在羽绒服的口袋里闷声走着，突然感觉到一丝细小的寒意打在脸上。他有些惊讶，甚至有些欣喜，把手从口袋里拿出来伸在寒冷之中，一丝丝如细盐般的颗粒温柔地落在了手上。

下雪了。

陈晓光再次把手揣在羽绒服的口袋里继续走着，下雪带来的欣喜只有一瞬间，随后心情便开始沉重起来。他想起了赵寻、陈平、孟雅、范佩西、杨晴……想起了好多人，最后又想到了他自己和林婉兮。

陈晓光出了校门，只见路上的行人匆忙，公交车、出租车、私家车、电动车、自行车、行人，更是各不相让，导致寸步难行，鸣笛声响成一片。公交站牌处早已是人满为患，照这种情况，估计等一个小时公交车也不会来，就算来了，能不能挤上去也是另外一回事，即便现在坐上公交车，没两个小时也到不了家。雨雪天气对城市的交通简直就是噩梦。

哎！反正明天不用上班，陈晓光决定步行回去。

陈晓光走了一会儿，雪花渐渐大了起来，也渐渐落得急了。若不是连续不断的大雪，城市的地面根本存不住雪，雪花落在地上便化了。行色匆匆的人们踏雪而来，踏雪而去，不知不觉，平日里看似干净的街道已变得泥泞。陈晓光踩着泥泞，时而躲避迎面而来的人群，时而踮脚越过坑坑洼洼，每走一步，便会带起些污浊的雪水，裤脚和鞋面早被打湿了。

城市的下雪天果然没有一丝浪漫的感觉。

走着走着，陈晓光忽然闻到一阵糖炒栗子的香气，抬头一看，前方街角处果然有一家糖炒栗子店，门前排了四五个人。陈晓光知道这家糖炒栗子店，每次上下班坐在公交车上总是能看见店前长龙般的队伍，可想而知，那味道一定错不了。他早就想尝一尝了，只是无奈每次路过时，店前总是排着长队，陈晓光可不是那种为了吃糖炒栗子能等上半个多小时的人。

“称十块钱的吧。”陈晓光从钱包里拿出二十块钱递给了柜台里的小伙子，然后又拿了个塑料袋，准备一会儿当垃圾袋用。

小伙子先找了钱，然后动作熟练地称了栗子，电子秤的金额瞬间变成了10.05，分寸把握的果然够精确。

陈晓光一边吃栗子一边前行，雪花继续落着。陈晓光的心情比之前放松了许多，他放慢了脚步，虽然在坑坑洼洼的地方还是不自觉地踮着脚，但已不再在意溅在裤脚和鞋面上的泥水。总归是要洗刷的，随它们四处乱溅好了。又走了一会儿，再加上吃着刚出炉的糖炒栗子，陈晓光的身体也逐渐暖了起来。雪更急了，白色的雾气有节奏地从他的嘴里呼出，街道很亮，映射得雪花也璀璨无比，像是凋零的星光，他突然觉得，城市的下雪天还是很浪漫的。

本来就脏乱的北文西村，此时更是泥泞得让人无处落脚，陈晓光看着嘈杂的人群，像是没头的苍蝇一样四处乱窜。飘落的雪花不再是瑞雪兆丰年，也不再是浪漫爱情故事的背景，而是一场绝望的灾难。不过，陈晓光倒是不在意这些，他只是吃着糖炒栗子，自如地往前走。

拐进胡同时，光线一下子就暗了下来。不会又停电了吧？陈晓光有些担心地走进楼里，只见电梯的提示灯是暗的，他有些不甘心，又重重地跺了两脚，鞋面上的雪倒是掉了下来，声控灯却丝毫没有反应。果然如此，只好爬上五楼了。

来到房间，陈晓光在黑暗中脱了鞋袜裤子和羽绒服，又换上了厚厚的睡衣睡裤，这才拉过被子靠在了床上。又过了几分钟，等到由于步行和上楼引起的心跳加速逐渐平缓，他又坐起来从写字桌的抽屉里拿了两根蜡烛并点亮，房间里总算有了点温暖的色调。

陈晓光靠在床上，看着蜡烛的火光发呆，只是时不时地打开手机看看时间，像是在等待什么。又过了一会儿，门外突然传来了一阵熟悉的脚步声。陈晓光下意识地坐直了身体，他又看了看手机，已经九点四十二分了。

比平时晚了十几分钟，陈晓光想道。

那是一个年轻女人的脚步声。

女人是半个月前搬过来的，就住在陈晓光的隔壁。每天早上陈晓光出门上班时，总会遇见她。虽说是邻居，但二人跟路上的陌生人没什么两样，连点头之交也没有。他们倒是有几次眼神交汇了，但双方似乎都没有打招呼的意思。

其实，陈晓光是有打招呼的意思，毕竟女人正值妙龄，而且生得漂亮，只是每次眼神交汇，陈晓光正要开口，或是想要挤出一丝微笑时，女人已扭头走掉了。

不过，有一天，陈晓光还是成功了。

那天早上，一切都如往常一样，陈晓光刚出门，还没来得及关门，女人就跟着出来了。

陈晓光看了女人一眼，但女人并没有看他，也许是上班快迟到了。

“早！”陈晓光面带微笑，打了声招呼。

“早！”女人点头说，夹在耳朵后面的头发瞬间挡住了脸庞，她重新捋了捋头发，一张精致的脸庞挂着一丝微笑。

半个月以来，陈晓光和女人的关系仅此而已，他甚至不知道她叫什么。说来也奇怪，自从陈晓光和女人打了招呼之后，他早上赖床的习惯不见了，虽然最近几天天冷得让人只想赖在被窝里，但只要闹铃一响，他就会以最快的速度冲出被窝，有时甚至在闹铃响之前就已经醒了。一切准备就绪后，他就仔细听隔壁的动静，只要一听见钥匙串的响声，就说明该出门了。

陈晓光总是会想起她，在学校、大街上、公交车上，甚至是在林婉兮家里……他想见她。她年轻、漂亮、嘴唇性感、衣着得体。他喜欢她的眼睛，眼神里有种让人无法抗拒的吸引力。他还想着和她不期而遇。

接着是钥匙开门的声音，随着“啪”的一声门再次被关上，陈晓光知道，今天晚上的一切等待和可能就到此为止了。他想去敲她的门，先做个简单的自我介绍，然后问问她需不需要蜡烛，运气好的话，她还会跟他聊一会儿，说不定还能相约改天一起晚饭，但他只是纹丝不动地坐在床上，呆呆地看着烛光。他不敢迈出这一步，每当他想到这样时，林婉兮那甜甜的笑容就会浮现在他的眼前。

隐约之中，陈晓光又听到了开门的声音，他赶快从幻想和忧虑中回到了现实。这个时候，她会出去干什么？

“当！当！当！”

陈晓光还没来得及猜测，便传来三声清晰而礼貌的敲门声。他猛地从床上站起来，一股强烈的暖流从小腹升腾到了心口。

二

温思雨的话音越来越弱，不一会就趴到床上睡着了。赵寻从她包里拿出钱包，拿出一张二十元的纸币，准备打车回家。这时候他看到了一叠她的名片。光顾说话，还没有要她的手机号——最初他也没想到要她的手机号，一次偶遇，今后还有必要联系吗？看到她的名片，他突然觉得应该留下她的联系方式，在这个城市，找到这么一个能一起喝酒、一起说话的人也很不容易。

名片做得小女人味十足，乳白的底色，粉红色的花边和纹饰，跟那名字连在一起，便有些许媚惑，不由得让人想入非非；理应庄重的公司名称与职务，似乎也弥漫着一丝少女闺房的芳香。

“成功投资股份有限公司”这名称怎么有点似曾相识？赵寻想了一会儿，也想不起来在哪里见过或听过，如今的投资公司多如牛毛，或许在电视的字幕上见过，或许是在街头电线杆的小广告上见过，不去想了，反正这个公司与自己没关系。经济学学士，看来学识是她很在乎的东西。现在这个社会，学士算什么，不比20世纪80年代的高中生在人们眼中有学问，如今硕士、博士都面临失业，学士也只能屈尊到这样的个体公司了。副总经理——按理说，一个经济学学士，做一个个体投资公司的副总很正常，可她跟公司老板有关系。也许，她不跟老总在一起，这个副总经理还不给她。这老板招真高，拿不用成本的一个虚职，不仅换来一个女大学生吃了兴奋剂一样的工作激情，还换来了她的身体和痴心。

赵寻把名片装好，然后写了个便条。

温姐：

谢谢你的酒。我走了，拿了你二十块钱，还有一张名片，回头跟你联系。我的手机停机了，就不给你留号码了，留个QQ号吧：4589××××。

赵　寻

凌晨二时三十分

赵寻把便条放在床头柜上，看看熟睡的温思雨，拉开门走出房间。酒精让他兴奋，此时的他没有一点睡意。赵寻走在小太阳似的路灯下，对这个世界突然有了有一丝陌生感：高楼、立交桥、线杆、法桐，在氤氲的夜里变得神秘莫测，此时，它们在想什么呢？它们会烦恼吗？它们会流泪吗？人有了烦恼可以喝酒，可以宣泄，可以拿别人或者拿什么东西出气，它们呢？它们总是沉默着，有多大的委屈都只能承受……

坐上出租车，赵寻的手在裤袋里摸索的时候，触到了自己的手机。他把它拿出来，按了下开关键，屏幕上出现了一个女孩的照片——李乐。他亲爱的李乐这时候肯定正在梦中，她的梦想是尽快让家里富起来。这对于一个靠助学贷款读完大学的农村女孩来说，现实得不能再现实了。他却没能力帮助她去实现这个梦想。也许，这个梦想已经压得她不会做梦了。

她会梦见自己吗？赵寻禁不住这样想。他突然有了一个念头——去看看李乐。此时，他特别渴望见到她。于是，他对司机说：“调头，去平中村。”

李乐一直住在他们最初同居的房子，那里偏远，房租便宜。赵寻一直付着房租，直到父亲开始对他实行经济制裁才不得不停止。这件事，让他难受了很多天。

在计价器蹦到二十元钱的时候，赵寻说：“停，到了。”

司机说：“不是到四路站牌吗？”

“我只有二十块钱，到那估计就得超。”赵寻说。

司机“哦”了一声，松开油门，车向前滑行，最终停到了离站牌还有两三百米的地方。

“你下吧，只能滑这么远了。”

赵寻说了声谢谢，下了车，向他熟悉的那个令他温暖的“家”走去。

他蹑手蹑脚地打开院门，像猫一样悄无声息地上了四楼，拿出钥匙一边开房门，一边轻轻地喊李乐。

门开了，李乐却没有应声。他摸索着找到开关，日光灯闪动了几下，屋子里便亮了起来，他有些不适应，微微眯着眼，那张曾经令他迷恋的床上没有李乐。

赵寻离开他们的小“家”，心里有些闷，因为李乐不在，他一分钟也不愿意待。为什么不回来住呢？她会在哪里呢？难道她跟别的男人在一起？我们的爱情即将结束？

联想到温思雨，赵寻由不得自己不胡思乱想，李乐也在一个个体公司工作，也天天跟老板在一起。她会不会走温思雨的路子，跟老板有一腿呢？他的心好像被一个铁锤猛砸了一下。他又想起这段时间自己对李乐的冷落，心里有了一些愧疚和懊恼。他把冷落李乐的原因，归咎于父亲。如果不是他这么限制自己，他们怎么会到这一步？

他无奈地走着，口袋里只有一枚硬币，车是打不起了，只能坐一次夜班公交车，到火车站再步行回家。他把手伸到裤袋里，再次触到手机，他想看看时间，掏出手机一看，竟收到好多条信息，还有二十九个未接来电。

三

门开了。女人站在门口尷尬地笑了笑。

在开门之前，陈晓光已猜到是女人，但他还是按捺住心口的热火，只是惊讶地看着她。

女人又是尴尬一笑，说：“不好意思，我看你房间有亮光，想过来问问你还有没有多余的蜡烛？”

“有，你等下。”陈晓光快步转身从桌子上拿了一根蜡烛递给了女人。

烛光微弱，摇曳在陈晓光和女人之间，女人的脸庞清晰了许多，红扑扑的。女人脸上的淡妆还没来得及卸下，多少可以掩盖些寒冷带来的红润。她的头发上有小水珠，那是之前落在上面的雪花。

“谢谢。”女人恭敬地双手接过蜡烛，然后腾出一只手指了指隔壁，说，“我叫夏清风，住在隔壁。”

“不客气，我叫陈晓光，就住在这里。”陈晓光笑了笑，右手拳头半握，大拇指擦着耳边往背后指了指。

“那……我先回房间了。”夏清风本想再多寒暄几句，毕竟借了人家的东西，拿了就走有点失礼，但她又实在想不出说些什么，便微微晃了晃手中的蜡烛，说，“这个谢谢你了，改天还你。”

“嗯，没事。”

“Bye。”

“Bye。”

关上门以后，陈晓光就后悔了，他应该和她多说几句的，更应该留下她的联系方式。烛火在燃烧，偶尔吐出一缕细小的黑烟。陈晓光躺在床上，恍若隔世，嘴里默念着夏清风这个名字，夏清风、夏清风……清风徐来，水波不兴。

第二天一早，闹铃还没响，陈晓光就从甜蜜的梦中苏醒过来。他梦见了夏清风。在梦中，他们谈了恋爱，接了吻，但完事之后，趴在他胸口上的人却变成了林婉兮。陈晓光一边刷牙一边听着隔壁的动静，她应该还在睡梦中，不知道她是否也梦见了自己？他拉开窗帘，吓了一跳，窗台上已经堆满了积雪，天空中也还在落着雪，雪花虽比昨晚的小，但更密更急了。陈晓光来省城也有些年头了，还是第一次见这么大的雪，难怪吓了一跳。

刷过牙洗过脸之后，陈晓光开始准备早餐。为了省钱，也为了健康，陈晓光一直是自己做早餐。早餐很简单，一个煎鸡蛋，两片面包，一碗燕麦片。他算过这一顿早餐的成本，加上水电费，也就是两块钱，如果出去吃的话，一碗小米粥就得两块钱，要是喝碗胡辣汤吃两个包子，最少就得七八块钱。就他的这点儿工资，除去房租水电费，可经不起他这么折腾。

“咳咳咳……”陈晓光刚打开电磁炉的电源，突然从隔壁传来一阵剧烈的咳嗽声。

陈晓光关了电源，侧耳倾听，墙的另一边又是一阵剧烈的咳嗽声和清嗓声。他猜测，她肯定是嗓子发炎了。省城的天气变幻莫测，最近突然降温最容易导致感冒了，他一边想一边鬼使神差地到了夏清风房间的门口。

“当当当。”

“谁？”

“我，陈晓光。”

“稍等下。”

陈晓光等了将近一分钟，门才开了。夏清风穿着厚厚的橙色睡衣，像个诱人的橘子，她头发披散着，有些乱，眼神更是迷离恍惚，她有气无力地站在门口，尽量使口气客气些：“怎么了？”

“我听见有咳嗽声，你没事吧？”陈晓光这才发现自己唐突了，他虽然和夏清风是邻居，昨晚还借给她蜡烛，但他们之间的交情并没有那么深。

“没事，有点小感冒，喝点热水休息下就没事了。”夏清风的鼻音已经开始加重了。

“有感冒药吗？”

夏清风嘿嘿一笑说：“没有。”

“你等下。”陈晓光没等夏清风反应就快步回了自己房间。

夏清风一愣，她不知道陈晓光要干什么，等她反应过来他应该是给自己拿感冒药的时候，他已经不见踪影了。她想制止他，但为时已晚。

她脑袋有些沉，浑身没劲儿，嗓子也难受得厉害，便半掩着门又躺回床上去了，心里想着，看来又要多欠他一个人情了。

陈晓光不是回去拿感冒药的，因为他也没有，楼下倒是有药店，但他知道，现在离营业时间还有近一个小时。他就是突然想起来，以前在家的时候，每当自己感冒嗓子疼，母亲就会给自己冲一碗蜂蜜鸡蛋水，一喝就好。母亲说，这是老人传下来的方子，管用得很。

所谓鸡蛋水，就是把鸡蛋在碗里搅匀，然后用刚烧开的水冲一下，加些蜂蜜会使口感和效果更好。为了快点儿把水烧开，陈晓光只在开水壶里接了半壶水。

陈晓光端着一碗鸡蛋水又到了夏清风的门口，门虽然半掩着，但他还是敲了敲门，听见里面有回应才推门进去。果然是人如其名，就连房间的布置也犹如一股清风。

夏清风听见敲门声，知道是陈晓光又来了，她缓缓地从床上坐起来，还没来得及开口让座，就听陈晓光说：“这个对嗓子好，你喝了吧。”

“谢谢，这是？”夏清风赶紧接过来陈晓光手中的碗，“随便坐吧。”

“鸡蛋水，治嗓子疼最管用了，小心烫。”陈晓光小心翼翼地把鸡蛋水放在了桌子上。

“谢谢。”除了感谢，夏清风还真是想不出要说什么好了，她见陈晓光还站着，又说，“坐啊。”

“不坐了，赶快趁热喝了吧，喝完睡一觉，嗓子就不会那么难受了。”陈晓光给了夏清风一个微笑，摆了摆手又道，“你好好休息，拜拜。”

“喂！”

陈晓光正要带上门，只听夏清风“喂”了一声，不知何故，问：“怎么了？”

夏清风停顿了一下，微笑道：“中午有时间吗？要不要一起吃饭？我请你吃火锅。”

“好，这种天气，最适合吃火锅了。”

“对了，碗一会儿还你。”

“不急。”

陈晓光回到屋里，简单吃了点儿东西，然后拿起一本村上春树的书半躺在床上，看了几页便搁下了，实在是看不进去，他的脑子里全是夏清风。他又玩了会儿手机，也是觉得无聊，便站在窗前看大雪纷飞，心里才平静了许多。他看着落雪想着夏清风，正入神，突然睡衣兜里的手机震了一下，拿出手机一看，是林婉兮发来的微信：“亲爱的，起床了没？你什么时候来找我呀？”

陈晓光回复道：“刚起，你起了没？”

“刚睁开眼。”

“外面还在下雪。”

“真的啊！那你别来找我了，交通不好。”

“嗯，你也在家休息吧，这天打车也不容易。”

林婉兮没有回复，而是直接发来了视频聊天，她又和陈晓光温存了一会儿，这才挂断视频起床了。陈晓光看时间已近十点，便换了衣服出门去了。

四

在省城的一个都市村庄里，杨晴以每月五百元的价格租到一个可以容下她睡觉、做饭、上厕所的房间，开始了她在省城的新生活。

虽然杨晴是在省城上的大学，但真正留在省城的同学确实寥寥无几，大多数都回家或是去外地发展了，所以，她只能独自在省城奋斗。当她几经周折看了很多房子，终于在晚上十点躺在她的小房间松了口气的时候，她踌躇满志地给王聪打电话。

“亲爱的，我已经搭好了在省城生活的小巢，虽然现在还没有找到工作，但我已经完全衣食无忧了，我可以耐心地慢慢筛选我的老板，直到找到自己满意的工作为止。”杨晴说。

“你真行，独自一人敢闯省城，很勇敢啊。”

“比起你只身闯上海，我这啥都不算，别夸我了，给我支点招，怎么去设计公司应聘？”

“你把简历做得漂亮点，一定要写上两条在设计公司干过的经历，人家都要有经验的设计员，一看没干过的就拒之门外。最后别忘了把自己设计的作品附上，这就差不多了。”

“我根本就没在设计公司干过，填上那不是造假吗？”

“就算造假也得造，不然要么人家不要你，要也把你的工资开得很低。又没有人去调查，你只管填上，干脆填两家大设计公司，能进去再说，其实大家水平差不到哪里，别忘了你自己是个专业学士。”

王聪的说法让杨晴心里很不是滋味，她嘴上答应着，但决定不按她说的去做。她坚信，一定会有公司接受她这个新手。

收拾房子忙碌了一天，杨晴此时没有一点睡意，她打开笔记本电脑开始在原来的求职简历上进行修改。这时候的她充满了对新工作的向往。

第二天，吃过早饭，杨晴来到街头的一个打字复印店，她掏出U盘，用不同的纸张打印出她的求职简历，又复印了毕业证和学位证，还有设计作品照片，最后精装成册，先做了三份。然后拦了一辆出租车去了人才市场。虽然爸爸给她的银行卡上打了一万元经费，她可以慢慢找工作，但渴望找到一份可以养活自己的工作的欲望迫使她马不停蹄，火速进入求职状态。

这天周二，人才市场有大型的招聘会，杨晴手中精心制作的简历似乎在跃跃欲试地等待属于它的阵地。

下车，杨晴抬头望看到大楼顶上省城人才市场那几个金色的大字，接着她嘴角上扬，送给自己一个鼓励的微笑，然后便豪迈地阔步向前走去。广场上人头攒动，人们怀着各色的表情焦急地奔走。随着人流迈入大厅的那一刻，她愣住了，这哪里是人才市场，拥挤吵闹得与农贸市场没什么区别！

她狠狠地吸了一口汗腥味弥漫的空气，硬着头皮挤了进去。

虽然招聘岗位不少，但大多数都注明要求几年的工作经验，有的干脆直接写明“无工作经验者勿扰”。在众多摊位中，杨晴好不容易看见一个不要求工作经验的，一阵惊喜，正准备坐下来填表递简历，却被招工人员一通询问浇了一盆冷水——“会不会飞腾软件”“做没做过编辑”“干没干过校对”，他们哪是在招设计员，简直就是在招全能廉价劳动力！一本企业杂志，策划组稿、编校照排、版面设计等要一个人统统做完，要求如此苛刻，而工资却奇低。这时候她终于明白，人们为什么说本科生是普通劳动者。绝大部分单位宁愿要有工作经验的大专生，都不愿要没有经验的本科生。

大学生简直屁也不是，杨晴在心里愤愤地说。

受不了了，再待下去我会晕倒的。杨晴这样想着，开始拼命地往外挤，恨不得插翅飞离拥挤的人才市场。

来到路边，杨晴感觉浑身好像被抽去了骨架一样瘫软，顾不得穿短裙子的不方便，更顾不上水泥台上满是尘土，腿一软便席地而坐，然后向小摊招手买了一瓶冰镇纯净水一饮而尽。

一个卖招聘信息小报的小青年似乎对她很同情，说："没找到合适的单位吧？要份报纸吧，这里说不定有你要找的工作。"

杨晴一手接过他递过来的招聘信息，一手把两块钱递给他，心中莫名地涌出一股温暖，一个陌生人，在这时候能对她说句话，让她多了几分信心。

喝过纯净水，杨晴从地上站起来，仿佛一棵干渴得卷了叶子的树突然被浇了一桶清水，那清水瞬间顺着浑身的脉络四下延伸，打了卷的叶子很快就因为被水充盈而振作。她抬头望了一下刺眼的阳光，再也不留恋招聘会的热闹，逃也似的打车回家。

在出租车上，杨晴的大脑也没有停下来休息，想好了下步要干的事情：去网吧查查设计公司的电话，再买份都市报找找对口专业的招聘信息，明天就坐在家里挨着打电话，一个公司一个公司地咨询。

省城的设计公司总不会都满员吧？她满怀信心地想。

夜里杨晴从网吧出来的时候，天起了风，那风呼呼直响，把城市刮得一阵混乱。她来到街上，裙子猛地被吹起来，遮住了她的脸。她感觉浑身发冷，遂缩着小跑回家。因为没有关窗户，家里被风搅得东摇西晃，吊着的日光灯摇曳得令人心惊肉跳。她把记录网上招聘信息的笔记本扔在床上，冲到窗前拉上玻璃，屋内顿时平静下来，似乎也有了些许温暖。

接下来，随着一阵电闪雷鸣，大雨倾盆而下。杨晴蜷在床上惊慌失措。在这幽深的夜里，大自然的行为让她显得那么渺小与无能为力，她被涌上来的忧伤、寂寞与恐惧缠绕着，狭小而拥挤的房间让她觉得窒息。此时她特别想与李海生说说话，他家的电话却没人接，手机是关机。深夜了，他难道不在家里？那么他在哪里？

杨晴冷冷地笑了，笑得苦涩而凄惨。她知道自己除了坚强别无选择，她没有退路。她把衣服甩掉冲进洗手间，让淋浴喷头的凉水冲她的身体。窗外雷电风雨依旧，她对它们的激情置之不理。擦干身体后，她打开电脑，让瑜伽轻柔舒缓的音乐流出，她赤身裸体在地上的竹凉席上摆动着双腿和手臂，进入她自己的世界。

手机突然响起，深夜会是谁的电话？荧屏上游动的数字告诉她是王聪。王聪的声音遥远而忧郁，她说她睡不着，在幽暗的房间望着窗外的霓虹灯抽烟，注视着烟头明灭胡思乱想。

“你要坚强，在学校大家可以互相温暖，而如今我们各奔东西只有靠自己。”杨晴说。

“你好吗？”

“一切都好。”

挂断电话的那一刹那，杨晴突然觉得嗓子如堵了东西般难受，泪如泉涌，她扑在凉席上失声痛哭。没有人听见她的哭声，没有人会看到她的脆弱，黑夜揭露也掩盖了她脆弱、孤单的灵魂。

当白天的白亮透过窗帘挤进小屋时，杨晴从睡梦中醒来，她发现自已在凉席上睡了一夜。窗外的雷电已经遁去，而雨则变得从容。她坐起来双臂抱膝凝目沉思。突然，一个金色的米粒大小的软体东西在凉席上飞快地蠕动身躯，向她的脚爬过来。这个看上去如缎子一样柔滑的金黄色爬行动物让她惊恐万状，她尖叫了一声，爬起来站在那里无所适从。

杨晴天生害怕这种软体虫子，以前在宿舍，她遇到它们只需要一声尖叫，接下来就有同学帮她消灭掉。但此刻她别无选择，与它共处一室她做不到，她只能靠自己。她慌乱地抓住一张硬纸片把它拨到地上，又鼓起勇气狠狠地踏了一脚。在心脏的猛烈跳动中，她坐在床上长长地吐了一口气。而此时，她突然想起了吸血虫，这三个带血的字让她打了个寒战。没有伤口吸血虫就进不去。记忆中的这句话平息了她的惊恐。突然又想起自己没穿内衣。顿时，她感觉自己身体里像有千万条虫子在蠕动，它们在贪婪地吸着她的血液，在咬噬着她的肌肉，然后她变得面黄肌瘦，皮包骨头，枯瘦而死。

杨晴在床上接连翻了十几个跟头，好大一会儿才从自己的恐惧幻觉中挣脱，但她还是忍不住去想一条虫爬进她的身体带来的恐惧。她突然站起来，冲到厨房，冲了满满一大碗盐水，屏住呼吸一饮而尽。她好像听说过，喝盐水可以把吸血虫逼出来。

接下来的几天里，杨晴忐忑不安地躺在床上，不停地掀开床单检查是否还有那绸缎般的东西，每天都喝好几碗盐水。后来，随着时间的流逝，她感觉身体并无异常，那莫大的恐惧渐渐烟消云散。

阴雨天气持续了三天，无法外出，她就窝在家里打电话，报纸的招聘广告、网上、小报上的招聘信息，她都耐心地打，生怕漏掉自己中意的工作。

当周末的太阳在省城西边的天际隐去的时候，杨晴知道自己一周的求职活动没有任何结果。晚饭后，她独自一人坐在人民公园人工湖边的长椅上遐想，她想起了和范佩西在夏天的黄昏里漫步在学校的丁香园，想起了他们在夜幕降临的大街上牵手而行，想起了七月的火车站分别时范佩西泣不成声的失态。而那个人，那个可怜的人，如今已经离她而去，到了另一个世界。他在另一个世界过得如何？在黑暗弥漫的夜晚，他是否在天空中注视着她，为她祝福，为她加油？

想完了范佩西，杨晴又开始想那个杳无音讯的宋义。那个春暖花开的傍晚，他敞开心扉向她倾诉了他的遭遇，他们一起流泪，一起激动。

杨晴反复地在想一个问题，作为父亲，宋义他爹为什么就不能让他读书？可怜天下父母心，宋义他爹为什么就没有那种为了子女求学砸锅卖铁的精神呢？她更难以接受一个父亲为了不让孩子上学大闹校园的行为。

杨晴清楚地记得宋义的诉说。高中毕业那年正月，宋义回家要生活费，新学期的学费贾老师替他交过了，生活不能再靠老师。

他爹说："你们弟兄四个，各人打工挣钱盖各人的房子，娶各人的媳妇，你上学谁给你盖房子、娶媳妇？我是没那个能力。就这你都多上几年了，上个初中能写自己的名字就够了，上大学管啥用？前街孙开柱家大孩大学毕业在省城上班，不光不给家里钱，买房子还跟家里要钱，张嘴好几万，谁有那么多的钱？你干脆趁早拉倒，那大学别上了，抓紧出去挣点钱盖房娶媳妇，晚了连个媳妇都寻不上。"

宋义含着泪求爹："爹，就剩半年了，你让我读完吧，上了十几年学就等最后这一考，你让我考吧。考上大学以后我贷款，参加工作了我自己还，不再花家里的钱。"

他爹说："你少废话，别做那个梦，快回去把东西拿回来准备走，你看看村里还有几个年轻人，人家都出去打工挣钱了，你还在这跟我说上学。”

宋义看软的不行，就急了，他气呼呼地说：“让我不上学去打工，你休想！你不供我，好！我不要你供了，我就是要饭也得上学。”

说完宋义骑着车就回学校了。他暗下决心，再苦再难也要上大学。家里不给吃的，就借吧，时间不长总能坚持到底。

次日上午，宋义正在教室上课，他爹跑到教室里把他拉出来，教室里顿时乱作一团。

“走，跟我回家。不收拾你你还成精了，你想咋就咋，没门。”宋义的爹一边拉宋义向教室外走，一边气急败坏地训斥。

宋义对爹的武力毫无办法，在教室狭窄的过道里被爹牵拉着踉踉跄跄如一个提线木偶。被拉出教室的宋义忍无可忍，用尽力气挣脱他爹的大手，大声说：“你就这样当爹？逼着自己的孩子不上学，我不会跟你回去。”

宋义的反抗换来了爹的残酷镇压，先是一个炸雷般的耳光，宋义一个趔趄倒地，接下来是爹的腿脚，这个被激怒的农民发疯一样用他的脚在宋义身上又踩又踢，宋义的头上、脸上、身上都留下了他爹的脚印。直到老师和同学跑过来拉住，他爹才不得不停下。

这场闹剧成了县一中轰动一时的事件。宋义的爹虽然被贾老师劝走，但他走的时候仍然坚持让宋义退学，宋义不得不离开……

虽然不是自己的经历，杨晴的眼中也涌满泪水。她是多么幸福啊，从小没挨过父母一次打，爸爸更是把她当掌上明珠。她来到省城以后，父母担心她，打电话又怕她有压力，每次都是小心翼翼的，从来不问她找工作的事情，而是嘱咐她学会照顾自己。而她总是很不耐烦，不等他们把话说完就挂断电话。想一想，她真对不起父母的关爱。

杨晴拿出手机，准备给爸爸打电话，这时候手机响了，是李海生。不用看时间她就知道是晚上九点半。她来到省城后的每天晚上九点半，都会准时地接到李海生的电话。电话里传出他低沉而厚重的男中音：“宝贝，你在干什么？早点休息吧，跑了一天肯定很累。”

在杨晴感到无助与孤独的时候，李海生的电话像沙漠中的清泉，浸润着她的灵魂。她不得不承认，她与李海生的恋情虽然畸形，却能给她温暖和力量。

杨晴拿着电话无声啜泣，李海生在另一端静静地倾听。好久，杨晴说：“我想你！”

李海生说：“明天周六，没课，我去看你吧？”

“你来了不去看孩子吗？”

“先看你，看过你之后再去看孩子。”

“好吧，明天见。”

杨晴望着公园里灯火闪烁，树影婆娑，恋人夫妻牵手相随或并肩而坐，窃窃私语，内心禁不住涌出一种感动。

第九章

一

夏清风再次醒来的时候，已经快十二点了。她口干舌燥，嗓子有点儿发痒，她起床给自己倒了杯热水，然后坐在床边吸溜起来。她似乎想起了还有什么事儿，一扭头看见桌子上的空碗，这才想起来是请陈晓光吃火锅的事。她看了看手机，差一刻就十二点了，便直接踩着棉拖鞋，连睡衣也没来得及换，就到了陈晓光的门口。

陈晓光的门没关，留着一道两指宽的细缝儿，夏清风敲了敲门。

“请进。”

夏清风推门进来，眼前的情景着实吓了她一跳。只见陈晓光一边微笑着看她，一边在案板上切豆腐皮，案板旁边有两个小盘子，一个装着木耳和海带，另一个则装着切好的豆腐，再看窗边的桌子上，电磁炉正闪着红灯嘀嘀作响，上面锅里的水已经开始沸腾，电磁炉旁边还有三个小塑料托盘，一字排开，分别装着肉片、丸子、面筋和甜不辣、生菜和茼蒿，每盘的菜量都不大。

“不知道你爱吃什么，就买了几样平时我爱吃的。”陈晓光把切好的豆腐皮和豆腐放在一起，又指了指床上的一个塑料袋说，“我买了感冒颗粒，你先冲一杯喝了吧。”

“谢谢。”夏清风略显尴尬，她嘿嘿一笑，表示感谢，“本来说我请你吃呢，这让我情何以堪呀？”

“改天你请我吃好的。”陈晓光把豆腐和豆腐皮、木耳和海带端到桌子上，又道，“怕你吃不惯羊肉，就买了牛肉，生菜和茼蒿还可以吧？很多人不喜欢吃茼蒿。”

“我很喜欢吃茼蒿啊。”夏清风走到陈晓光旁边说，“需要帮忙吗？”

“不用了，把火锅料放锅里煮一会儿就行了，三鲜的，现在你的嗓子也吃不了辣。”陈晓光一边说一边撕开火锅料倒进锅里，又扭头问，“爱吃辣吗？”

夏清风一笑，说道：“爱。”

“爱也没办法了。”陈晓光盖上锅盖，走到床边把感冒颗粒递给夏清风，说，“这个给你，先把药吃了，你房间有热水吗？”

“有。”夏清风接过袋子甜甜一笑，又道，“谢谢，一会儿给你发红包。”说着便回自己的房间去了。

锅里的水又滚了一会儿，陈晓光把豆腐下了锅，盖上锅盖，他见夏清风还没有来，猜测她应该是在刷牙洗脸，因为他听见了隔壁有水的声音，便在桌前坐下看着窗外的雪发呆。雪依然密集地落着，有点儿不依不饶，似乎要把前些年欠下的雪还给城市。他又想起了昨天晚上的梦。

他的脑海中又浮现出她的面容，让人无法抗拒的双眼、性感的嘴唇，他真的有点儿爱上她了。刚想到这儿，陈晓光裤兜里的手机震了一下，拿出一看，是林婉兮发来的微信，问他有没有吃午饭，他说正准备吃，林婉兮又问他吃什么，他说不知道，随便吃点就好。两人又随便聊了几句，林婉兮说她吃饭去了，陈晓光把手机重新放回裤兜，他的心里有点负罪感。

关门声把陈晓光从遐想的世界拽回屋里，他知道，是夏清风收拾好过来了，他一扭头，不经意看见书桌上两只许久未用的玻璃杯，这才想起之前在超市买的柠檬。他正要起身去切柠檬，泡两杯柠檬水，夏清风就推门进来了。

夏清风拿着一个空碗和一个特百惠的蓝色杯子，她把碗放在桌子上，杯子却还拿在手里，里面是冲好的感冒颗粒，说："这个还你。"

陈晓光看看桌子上的碗，碗底有干净的水迹，便问："洗过了？"

"嗯。"夏清风点了点头。

"那你直接用这个吧。"陈晓光一边洗柠檬一边用湿湿的手指了指窗户旁边的椅子说，"坐吧。"

"哇，好丰盛啊，太多了吃不完呀。"夏清风一边喝着杯子里的药水一边打量桌子上的小盘子说，她见陈晓光端着两杯柠檬水走过来，这才和他同时落了座。

"还有晚上呢，这种天气，就算是一天三顿都吃火锅也不为过。"陈晓光撕开芝麻酱蘸料往夏清风面前推了推，说，"自己来吧。"

"好，谢谢。"夏清风往碗里挖了两勺蘸料，又把蘸料推回到陈晓光面前。

陈晓光也挖了两勺，又加了点醋搅了搅，然后举起柠檬水，说：

“很高兴认识你。”

夏清风放下手中的感冒颗粒，换成柠檬水，和陈晓光碰了一下，说：“要是有酒就好了。”

“改天吧。”

陈晓光和夏清风吃着火锅聊着天，还时不时对窗外的雪加以赞赏。

起初，二人说的都是些无关痛痒的生活琐事，星座、明星、电影、工作、朋友等。他也是这时才知道她比他大四岁，在一家小型的私人书店工作。她想成为一名畅销书作家，并且已经写了几部小说，也曾经试图联系出版社，但结果不是石沉大海就是自费出书，后来开始在网上连载，虽然也和网站签了约，但成绩始终不理想。

经过这些琐事的过渡，二人的话题逐渐深入。陈晓光问夏清风有没有男朋友，夏清风说有。又问她是怎么认识的，她说是在一次朋友聚会时认识的，还说她男朋友是个富二代，那天一看见她便开始疯狂地追求，给她买了很多礼物，而她也马上爱上了他，她觉得他很帅。她说男朋友的妈妈不喜欢她，那个女人想让自己的儿子娶一个远方表亲家的女孩，有点儿肥水不流外人田的意思，她觉得很恶心。

“你们是一见钟情吗？”陈晓光小臂支在桌沿儿上，双手把玩着装着柠檬水的玻璃杯，他注视着夏清风，像是要把她看穿一样。

“额……”面对陈晓光的目光，夏清风的眼睛有点儿躲闪，她挤出一丝笑容，继续说，“我觉得他很帅，刚才我也说了，我只是……我只是被他猛烈的攻势淹没了。”说完后，夏清风又挤出了刚刚的笑容，然后拿起柠檬水喝了一小口。

“说说你和你女朋友吧，我见过你女朋友。”

“没什么好说的，也是富人之家，她的父母肯定不会接受我的。”

陈晓光的眼睛一直注视着夏清风。

夏清风把目光从窗外转向陈晓光问："你爱她吗？"

陈晓光停顿两秒，像是在措辞，说："她很可爱。"

"她很可爱。"夏清风笑一下，重复了一遍，又抿了一口柠檬水，说："你应该珍惜她。"

"你怎么知道我没有珍惜她？"

"我猜的。"

陈晓光如炬的目光瞬间变得温和起来，他扭头转向窗外，伸了个懒腰说："这雪还真是没完没了了。"

夏清风也转向窗外，抬头看了看撒雪的天空，说："是啊，这几年，省城还没见过这么大的雪呢。"她又站起身揉了揉肚子，"今天吃了好多，谢谢你的盛情款待，改天姐请你。"

"好，我等着。"

大雪先是连着下了三天，之后又断断续续下了四天，时大时小，所有人都在说老天爷疯了，因为省城上次下这么大而持久的雪还是十几年前的事。这对于省城本来就不容乐观的交通简直是毁灭性的打击，无论大路、小路，或是更为宽阔的主要交通干道，几乎全部陷入瘫痪。那些骑电动车或是骑自行车的人，小心翼翼地坐在车上，两条腿拖着地面保持平衡，但还是避免不了轮子打滑而连车带人摔倒在地，这对那些站在寒冷中等公交车的人来说，倒是一个不错的笑料。

这时，最开心的莫过于那些小学生了，因为大雪的缘故，学校全部放了假，他们终于可以在大人上班的时候偷偷玩会儿游戏了。初中生和高中生就没那么幸运了，因为他们背负了太多的责任和期望，所以还得按时上学，虽然大雪很难让他们按时到校。

大雪纷飞的几天，陈晓光和夏清风的友谊像地上的积雪一样，越来越深厚。他们几乎没有去上班，每天一起吃饭，一起聊天，甚至还在陈晓光的床上睡着过一次。第一次雪停的时候，夏清风的感冒开始好转，嗓子不是那么难受了，便提议喝点儿酒，但被陈晓光拒绝了。其实，陈晓光特别理解夏清风三天里两次提到喝酒的事儿，工作和感情不顺，任谁也会想喝点儿酒的。

“感冒彻底好了再喝吧。”陈晓光拿起夏清风的特百惠蓝色杯子，站起身说，“该吃药了。”

夏清风些许无奈地笑了笑，说：“好吧。”

星期五的晚上，老天爷又落了半个多小时的雪，雪花很细很小，这是这场雪的收官之战。那时，陈晓光和夏清风正在他的床上玩二人斗地主，输的人要回答对方一个问题，无论问什么，都要如实回答。陈晓光赢了第一局，他第一个问题就没有客气，问她和几个男人发生过关系。陈晓光开了个好头儿，之后谁也不用手下留情了。

“问吧。”夏清风又输了，一副要杀要剐随你便的样子。

胜利的笑容在陈晓光的脸上还没有完全消散，他盯着夏清风，目光中带着挑衅，又带着一丝柔情，他慢慢靠近她的脸庞，小声挑逗道：“你的嘴唇很性感，敢不敢让我亲一下？”

夏清风迎着陈晓光挑衅的目光和他靠过来的脸庞，丝毫没有躲闪的意思，说：“你是在跟我调情吗？”

“为什么会这么觉得？我们只是在玩游戏而已。”陈晓光的声音越来越小，他的脸庞又往前靠近了一些。

“我希望你不要做让自己后悔的事情。”夏清风依然没有躲避。

“什么事情会让我后悔？”陈晓光的目光死死地盯着夏清风。

突然，床上的手机震动起来。夏清风没有回答陈晓光的问题，她脑袋没动，眼珠子撇了撇陈晓光手边的手机，笑了笑，然后撤回身体下了床，说：“你手机响了，赶快接吧，要不有人该等急了，我回房间了。”

雪一停，太阳就出来了，本就泥泞的城市显得更加混乱不堪。车辆的鸣笛声和人们的喊叫声比下雪的时候更是有过之而无不及。不过，林婉兮还是有点儿抵挡不住思念的诱惑，一大早就踩着泥泞到了陈晓光的门前。

听见敲门声，陈晓光坐了起来，然后穿上睡衣下了床，他还以为是夏清风。他睡眼蒙眬，有点儿不太清醒，刚一开门就迎面扑来一个拥抱，他一个踉跄，差点儿跌倒在地。他关上门，抚摸着林婉兮的后背，说：“不是说中午在海湾烤鱼见面吗？”

“太想你了。”

“几点了？”

“马上八点了。”林婉兮松开陈晓光，看了手腕的表，说：“我要睡个回笼觉。”说着便脱了大衣坐在了床上，然后张开手臂，撒娇道，“抱抱。”

陈晓光走到床边，右手拇指和食指捏着林婉兮的下巴，居高临下地望着她，调戏道：“好巧啊，我也正想睡个回笼觉，要不要一起？”还没等林婉兮开口，他就俯身吻了下去。

二

赵寻喜欢把手机设置成震动或静音，而停机使设置已经没有意义。就在三分钟前，母亲还给他打过手机。手机费肯定是母亲交的，一下子交了五百，是为了牵制他，下决心不让停机了吧？

母亲的信息一下子有十几条，可以看出她的焦虑。

“小寻，你在哪里？速回家。”

“乖儿子，是爸爸妈妈不好，让你停机，以后再不会了，快回来吧。”

“儿子，你一定是没看到信息，看到信息马上给妈妈回个电话啊，我和爸爸都担心你。”

“儿子，只要回家，一切都好说，你爸说了，考不考研你说了算，不再强迫你。”

“儿子，快回来吧，我们都快发疯了。”

赵寻泪流满面，他拨通了家里的电话。

手机里传来的第一声嘟还没有结束，就传来母亲焦急的声音：“小寻，是你吗？你在哪里啊，我跟你爸开车去接你。”

“叫他在那等，我马上开车去接他。”是父亲的声音。

赵寻憋住没让自己哭出声，满心的委屈一下子涌上来。

“儿子，你在听吗？你吃饭了吗？饿不饿？一会妈给你做鸡蛋面，你最喜欢吃妈做的鸡蛋面……”

“妈，我没事。我打个车吧，身上没带钱，你一会把钱送下来就行了。”赵寻说。

出租车一走，母亲一把把赵寻抱住，说：“儿子你去哪儿了？担心死我了。这么大酒味，喝酒了？”

“妈，我累了，不想说话。”赵寻轻轻地推开妈妈，声音低沉而慵懒，他看也不看站在一边的父亲，只顾朝家里走去。

“累了就不说话，不说话。”母亲紧跟几步，跟赵寻走齐，用一只胳膊搭在他肩上。

赵寻对母亲亲昵的反应很冷淡，他弯下腰，尽量让妈妈的那支胳膊舒服一些。三个人的脚步声纷乱而沉重，把沉睡的夜惊出了些许烦躁。

“小寻，我想跟你好好谈谈。”到了家，父亲温和地说。

“太累了，我睡觉了，等明天，哦，已经是今天了，今天上午谈吧。”赵寻说过径直走到自己的房间，没开灯就躺倒在床上。

母亲说：“儿子睡吧，回头再说啊。”

父亲今晚的忍耐力特别强，他默默地看着赵寻对自己的轻视，平时他无论如何都不可能容忍赵寻如此态度。往常，赵寻即使有一点点对父母的不敬或不满时，都会换来一顿冰雹般的训斥，甚至是巴掌。

此时，父亲有一种特别的挫败感，不禁悲从中来，黯然落泪。

赵寻醒来时，已经接近上午十一点。他有点渴，昨夜的酒精耗去了他体内很多水分。他拉开房门，看见父母坐在客厅里。

母亲看见他马上站起来说：“儿子你想吃啥？我给你弄点吃的。”

赵寻摇摇头，说：“我啥也吃不下，喝杯奶就行。”然后他走到客厅，拿起凉水杯倒了一杯白开水一饮而尽。

父亲说：“吃点吧，危害健康的八大杀手之一，就是不吃早餐，以后要养成吃早餐的习惯。”

母亲说：“吃个煎蛋吧，不吃点不行。”

赵寻嗯了一声，说："好吧。"

母亲进厨房去做煎蛋，父亲坐在沙发上喝茶，赵寻去洗手间洗漱。他突然有点怪怪的感觉，父亲还是父亲吗？他谦逊温和的样子跟以往判若两人。母亲还是母亲吗？她在他与父亲之间一直扮演的两面派角色，现在仿佛彻底改变了，她无所顾忌的热情和以往对父亲的言听计从、对他的不温不火真有点令赵寻不解。

无论如何，不能再宅下去。赵寻想，我不用他帮我，按原来的思路，放低姿态进小企业，他再怎么反对我也不能妥协，不然我真的离家出走，跳出他们的手掌。

父母耐心地看着赵寻吃完早餐，赵寻感觉有一场大辩论在等待着他。不在沉默中死亡，就在沉默中爆发，今天，将是我未来生活的一个转折，我必须挣脱家庭，做真正的自己。

"小寻，有啥想法，你说说吧。我跟你爸也反复讨论了，不能老这么僵持下去，我们都累。"母亲说。

"我的想法很简单，就是想找份工作，不管啥单位，只要我愿意，你们都别干涉我。"赵寻看了一眼父亲，父亲点了点头。

他又看了一眼母亲，母亲说："我们不拦着你，你愿意去啥单位去啥单位。"

"妈，这一点我要特意给你提出来，也就是我找女朋友的问题，你的标准太苛刻了，要求太高了，我想自己做主。"赵寻说。

母亲看着赵寻，没表态。父亲说："你的意思是说，我们啥都不能管？"

"我是成年人了，请你们相信我，我不会没有底线。"赵寻说。

母亲的脸上也有一些不悦，她低声说："你找对象，做父母的，总不能没一点发言权吧？”

“说了我也不听，有意义吗？”赵寻说。

赵寻的这句话像一根木棍猛地打在妈妈头上一样，她再也说不出一句话，怔怔地坐在那里，傻了一般。少顷，有两行泪水在她的脸颊流动。

“小寻，你就这么容不下爸爸妈妈？”母亲吸了一下鼻子，抹了一把泪水。

“不是我容不下你们，是你们容不下我。”赵寻说。

“别说了，我们都答应你。从现在开始我们不再干涉你的任何事情。”父亲像没拿指挥棒的指挥家一样举起两只胳膊，掌心向下按了按，又说，“但是，你记住，这并不意味着我们是错的，你是对的。总有一天，你会明白，你是错的，我们是正确的。”

父亲的语气中透着不甘，他对赵寻挥了挥手：“我们没啥可说的了，你回你的屋吧。”

赵寻躺在床上，让泪水尽情地在脸上流淌。原以为，父亲和母亲是真的想通了。可他想错了，他们的观念没有半点改变，他们的妥协并不是醒悟，只是畏于他的离家出走。为什么非得等到做出过激的选择，他们才能妥协呢？

他们是爱他的，他永远都不会否认这一点。可他胜利了吗？绝对没有，即使他们答应不再干涉他的生活，他能舒展吗？他们那种控制他的欲望和理念一如既往。生活在以他们为中心的家中，他早晚得被他们一点点同化，最终心甘情愿地做他们的玩偶。

赵寻苦笑了一下，抹了一把眼泪坐起来，对自己说，走一步是一步吧，总算打破僵局了。等成了家，另立门户了，总有跳出的那一天。

此时，赵寻脑海里突然浮现《西游记》中孙悟空被压在山下可怜兮兮的样子。他感觉，父母就是一座压在他身上的大山。

赵寻打开QQ的时候，小企鹅不停地闪动，首先跳出来的是陈晓光的一条留言：“上午你打电话了吧？那时候我在班上。手机还停着，还跟爸妈僵持啊？晚上没事了聚聚？”留言时间是十五点十六分。

关了陈晓光的对话框，赵寻打开另一个闪动的企鹅，跳出来的这条留言，让他大惊失色。

三

十二月二十四日，星期五，这是个让人兴奋的日子，因为今天就是平安夜了。躁动的人们几天前就开始精神亢奋了。其实这跟中国人没多大关系，就是人家老外要过年了。虽然如此，但圣诞节对中国人还是很重要的，首先是商家要借此赚钱，进而拉动全国经济增长，而年轻的情侣则需要找个名正言顺的理由去约会，对剩下的那部分人也很重要，因为这期间买东西会打折。这也不是绝对，对于那些不买东西的单身来说，圣诞节除了是周末不用上班之外，也别无它用了。

陈晓光还是个单身汉的时候，一直对国外的节日没什么感觉，他一直觉得，国外的节日在中国只是商家赚钱的噱头，以及未婚男女约会的理由。但后来他有了喜欢的人，就觉得国外的节日挺好。他现在就觉得挺好的，倒不是因为有了林婉兮，而是想起了夏清风。

还没有下班，办公室只有陈晓光一个人，他靠在椅子里，两只脚搭在写字桌上，手里玩着手机，时不时点亮屏幕，看也不看一眼就又锁屏了。他已经和林婉兮商量好了平安夜的计划：吃一顿烛光晚餐，看一场夜场电影，最后相拥而眠。挺完美的，但他的心思却没有在这里。

手机在手里又转了一圈，陈晓光的背突然离开了椅背，他的脚也离开了写字桌的桌沿，重新回到地面，然后直了直身体，出了一口气，像是下了什么决心似的。他再次点亮屏幕，给夏清风发微信：“平安夜了，有何打算？”锁上屏幕，陈晓光又靠在了椅背上，竟不知不觉地抖起腿来了。

过了一会儿，夏清风才简单回复道：“没什么打算。”

“不如，一起喝一杯。”陈晓光想用标点符号让语气显得随意些。

“不用陪你女朋友？”

“不用。”陈晓光等了一会儿，夏清风依然没有回复，又道，“喝什么酒？”

陈晓光继续等待，夏清风回复比以往慢了许多。他不停地点亮屏幕，锁上屏幕，腿也抖得更厉害了。

又过了十几分钟后，夏清风终于回复了：“啤酒。”

陈晓光坐直身体，愣了一会儿，然后拨通林婉兮的手机。

“喂，亲爱的，下班了吗？”林婉兮接得很快。

“还没呢。”陈晓光站起身，走到窗边继续说，“亲爱的，有件事我想跟你说一下。”

“什么事？”

“今天晚上的计划恐怕要泡汤了。”

“怎么了？”

“今天不是平安夜吗，学校的同事要一起聚餐唱歌，推不掉了。”

林婉兮失望地“哦”了一声。

“对不起亲爱的，我明天陪你好不好？今天实在是走不开了。”

“好吧，那说好了，明天陪我。”

“嗯，我保证，I promise。”陈晓光停顿一下，又道，“Merry Christmas。”

“发音一点儿都不标准。”林婉兮嗔怪道，“好了，你去玩吧，别喝太多酒。”

陈晓光挂了电话，看了一眼时间，再有一刻钟就六点了，现在出去刚好可以躲过下班高峰期，便起身穿上羽绒服回家去了。

晚上吃什么呢？在路上，他一直在想这个问题。出去吃？今天晚上省城里稍微像点样子的餐厅肯定爆满，就算是等到了位子，被那样一群叫嚷的世俗人包围着，再多的情绪和浪漫都没了。他想起了和林婉兮的晚餐计划，他们准备在家里关上灯，点几根蜡烛，然后自己做牛排吃，这倒是个不错的主意。

打定了主意，陈晓光又给夏清风打了电话，他先说外面的餐厅人太多，然后又说了自己的计划，问她什么意见？他只说了在家做牛排吃的计划，而没有提点蜡烛的事。

“好呀，说实话，我也不想跟那群人挤来挤去的。”夏清风说，“而且，就算是喝醉了，也不至于倒在大街上被别人看笑话。”

“看来你是决定要喝醉了。”

“不醉的话，喝酒还有什么意义？”

陈晓光很同意这个观点，自古以来，酒便是解忧浇愁的，没人拿这个解渴用。不过，他没有在这个问题上继续下去，而是笑了笑说：“那我下车了先去超市逛逛，你要什么口味的牛排？啤酒呢，要什么牌子？”

“要吃牛排吗？自己做是不是太麻烦了？”

“也是，那吃什么？”陈晓光仔细一想，确实如此，他的小窝可没有像林婉兮家那样齐全的厨房设备，用他的小平底锅煎出的牛排，估计会和嚼槟榔差不多。

“烧烤吧，再配上几个下酒菜。”

“可以。我马上到家了，你喜欢吃什么？我直接买了再上去。”

“等我一起吧，早就说了要请你喝酒的。”

陈晓光嘴角一扬，也没多说什么，只道：“好，等你。”

回到家，陈晓光换了衣服洗了脸，他本想睡一会儿，但他睡不着，满脑子都是夏清风。他闭着眼想她，想她吃羊肉串的样子，想她喝啤酒的样子，想她微醺的样子，想和她接吻的样子。不知过了多久，一串熟悉的脚步声使他猛地睁开了眼，他这才意识到，差一点儿就掉进梦里了。他知道，是夏清风回来了。他身体微微前倾，直到听见钥匙串的声音，这才揣起钥匙和手机开门去了。

“你好哇，夏清风。”陈晓光抱臂倚在门框上，面露微笑，一副悠然自得的样子，他歪着头看着夏清风开门，突然想起了王小波每次给李银河写信时，总是会先这么叫上一句。他又瞄了一眼她脚边的手提袋，借着楼道里声控灯的亮光，他看见里面是三提啤酒，足有十八听，他又想起了她几十分钟前刚说的话——不醉的话，喝酒还有什么意义。

“喜欢王小波？”夏清风扭头看着陈晓光，笑了笑问道。

“还行吧，这家伙写情书确实是个高手。”

“稍等下，我换件衣服。”夏清风已经将门推开了一道细缝，但还没有拔掉钥匙。

“好，等你。”陈晓光回屋换上羽绒服，从钱包里拿了两百块钱，又重新倚在了门框上。

过了两分钟，夏清风出来了，她身上的银灰色大衣已经不见了，取而代之的是一件中长款的黑色羽绒服。再看下面，本来只有一层薄薄的打底裤的双腿，此时也套上了厚厚的睡裤。她带上门，拉上羽绒服的拉链，看了一眼陈晓光，说："走吧。"

两人并肩行至电梯口。

电梯门打开时，陈晓光示意夏清风先上，他紧跟在她后边，右手不经意地在她腰间停留了几秒，像是把她缓缓推进电梯似的。其实，自从他们一起度过了今冬的第一场雪，陈晓光就经常会有这样的小动作。

楼下有家西安羊肉泡馍，店门口便是烧烤摊。夏清风刚来到烧烤摊前，还没站稳，老板便热情地问吃点儿什么，她看了看柜子里一串串的肉，又看了看旁边的陈晓光问："吃什么？"

"我不挑食，看你喜欢吧。"陈晓光双手揣在羽绒服的兜里，笑了笑又补充道，"少放辣椒就行。"

"好吧！十五串羊肉、六串鸡翅，少放辣椒，多放孜然，打包。"夏清风又扭头问陈晓光道，"差不多了吧？"

"咱俩吃足够了，一会儿还有凉菜呢。"陈晓光目光一转，笑道，"老板不送两个烤饼吗？"

"送！"老板爽快道，他见过陈晓光，知道他虽不是常客，但也来吃过几次，他还知道他就住在旁边的胡同里。

"多少钱？"夏清风一边掏钱包一边问。

"八十七块钱。"老板一凝眉，口中念念有词，然后脱口而出。

夏清风正要抽出一百元递给老板，陈晓光却先她一步把钱递了过去。她心中过意不去，想把钱还给陈晓光，说："说好了我请你的。"

“是呀，说好了你请我喝酒，所以我请你吃肉，也很公平。”陈晓光一边接过老板找的钱一边说，“看看凉菜去吧。”

摆放凉菜的橱窗足有三米长，夏清风徘徊了两趟，对陈晓光说：“为了公平起见，咱俩一人点一个，你先来。”

“恭敬不如从命。”陈晓光笑了笑，指着橱窗说，“油炸花生米和藕。”

“西蓝花和鹌鹑蛋，打包。”夏清风看着柜台里面的小姑娘说。

“一共二十四，还需要别的吗？”小姑娘说。

“再加一份小笼包，也打包。”陈晓光一边说一边把一百元钱递给小姑娘。

夏清风无奈地笑了笑，她把已经掏出来的一百元钱又揣回了兜里，说：“我去买点儿炸鸡。”说着便出门去了。

“太多了吃不完。”陈晓光紧跟着夏清风出了门，对着她的背影说。

夏清风头也不回，说：“啤酒配炸鸡。”

四

上午九点，杨晴还在睡梦中徜徉，李海生的电话就打过来。他说：“我已经在你说的村口了。”

杨晴兴奋地跑出来接他，她踩着一双灰色底纹粉色印花的布带拖鞋，穿着一件白色圆领无袖体恤，一条玉白色的马裤，蓬松着头发，脸没洗，妆没画。在李海生面前，她可以无拘无束，放松到什么状态都不怕，她清楚他不会挑剔她的散漫和邋遢，还可以容忍她的任何行为与言语。

杨晴在村口看到手拿红玫瑰和一个随变微笑着的李海生，她跑上前去抱着他的脖子，不顾行人目光深吻。

“老公，我爱你！”杨晴说。

李海生笑笑，说：“咱先去吃早餐吧。”

“我这会就想吃你。”

“吃了早餐再回家。”

杨晴从李海生手里要过随变剥开咬了一口，说：“这几天老吃冰棍，把随变的味都忘了。”

“不会吧，这么节约？”

“我吃得太多，要吃随变一天得花二三十块钱，太浪费了。”

“你长大了，知道节省了。”

杨晴吃着随变走在前边，李海生拿着鲜花跟在后边。此时杨晴感觉自己是那么幸福。她看着穿着白衬衫和蓝西裤的李海生是那么帅气，那么可爱。那一刻她忘了范佩西自杀带来的悲伤，忘了杳无音讯的宋义，忘了找工作不顺利的苦恼。

早餐后的亲热让杨晴销魂，她久久地陶醉在李海生的怀抱。临近中午，李海生不得不离开了，他这么匆忙地走并不是急着去看孩子，而是杨晴父母中午要来看她。头天晚上她给爸爸打电话，爸爸说趁着来省城办事处顺便看看她。她知道他们是想专门来看她，又怕她不领情，所以才这样说。

她在电话里对爸爸撒娇，说：“你得请我吃饭，中午吃海鲜，晚上吃烧烤。”

“你说吃啥就吃啥，只要饭店能做，市场上有卖的，老爸绝对不会打折扣。”

李海生本来想中午与杨晴一起吃串串香，前几天杨晴从一家串串香店门口路过就给他打电话，说自己特别想吃串串香，她都忘了，他还记着。

杨晴只好遗憾地说：“老公只好忍痛割爱了，老爸说来看我，我也不能拒绝，只好牺牲老公的串串香了。”

李海生说：“等下次来再吃吧。”

杨晴送走李海生，刚打开手机，爸爸的电话就打过来，说：“小晴，你这么晚才开机，是不是成心涮你老爸？我十点钟就到了，饭店订好了，等你两个小时了，快说，你在什么位置，我去接你。”

“人家昨天想爸爸妈妈失眠了，刚刚睡醒。才几点呀？这么急。”

“都十二点了还早吗？你妈妈都饿得犯低血糖了。”

杨晴开始洗漱化妆穿衣服，虽然还没找到工作，但在父母面前得抖擞起来，不能让他们看出来她的落魄。她用眉夹仔细拔掉不在队列的散乱眉毛，再用眉笔很认真地描画，画成了名副其实的柳叶细眉；接着整理睫毛，抹少许睫毛膏，再用睫毛夹夹一下，那睫毛就翘起来，把眼睛衬得特别有神；然后涂口红，她把自己定位为知识女性，口红是淡淡的粉红，涂上去既不张扬又红润光鲜，让整个人都清爽。粉底、眼影她是不用的，她的皮肤光滑细腻，透着青春的质感，任何粉底都比不上她的皮肤底色。而眼影对于知识女性是不适合的，再稳重的女性施上眼影都会变得妩媚而失去厚重。

杨晴选择的衣服看着随意，其实也挺讲究。上衣是一件白色的方领短袖T恤，方领的边是手工绣制的菱形纹饰，细密精制；胸前是大方而别致的一片细密的网状镂空底纹，底纹上有红蓝相间的手工绣制的简洁且不规则的树叶与花朵，与机绣的精致相比，人工绣花更多了一份人性美，可以让人感到与绣花人心灵息息相通的亲切，更加自然而淳朴；上衣背后的上方有一个拳头大的椭圆形孔，孔中间有两根斜着交叉的带子，这让衣服增添了些许艺术色彩。下身是一条墨绿色的过膝短裙，裙子除了做工精细，最让她喜欢的是前边有一组斜抛物线形的金色纹饰，金线在墨绿色中若隐若现，既有美感又不扎眼。脚下是一双半高跟棕色凉鞋，鞋面前边用几根很窄的本色牛皮编制在一起呈网状，看起来厚重又不显笨拙。这就是学艺术的人对服装细节的重视。

装扮好，看看镜中洋溢着青春的自己，杨晴满意地笑了笑，然后做了一个右手从额头向后迅速掠过的夸张动作，潇洒地一甩头，雄赳赳气昂昂地走出房间去迎接爸爸妈妈了。

爸爸妈妈非要到她的房间看看，她只好领着他们去视察她的小窝。

爸爸看后说：“虽然小了点，但功能齐全，收拾得也很得体，回头得安个空调，这电扇不光噪音大，扇出来的风还是热风，影响休息。还有电磁炉、微波炉、热水器，一个人生活，这些东西可以让你省很多事。下午我安排人给你买回来，别说你不要。”

杨晴搂着爸爸的脖子说：“老爸，你真伟大。”

妈妈说：“你可得好好吃饭，多喝点汤水，不然会上火的。”

杨晴使劲点点头，响亮地说：“坚决服从命令。”

经过二十多天艰苦卓绝的奋斗之后，杨晴终于找到了工作，在一家不大的设计公司做设计员。她的工作虽然还有点不尽人意，工作时间很长，工资很低，但她总算上班了，不仅干的是本专业，还算白领。这足以让她快乐生活，毕竟，她可以自力更生了。

杨晴的生活紧张而充实，白天坐在电脑前干活，没活了就在网上周游世界。晚上或躲在家里看电影、电视剧，或到公园散步。李海生几乎每个星期都来看她一次，陪她吃顿饭，呆一晚上。他总是提起他过生日，其实就是庆祝他们相好一周年。他一直说要送杨晴礼物，但始终不说是什么礼物。

后来杨晴的生活中又多了一个人。说心里话，这个人一开始她是排斥的，尽管他是个帅哥，还是文学硕士。认识他是她父母预谋的结果。

父母第一次来看她，中午吃饭的时候多了个他。

爸爸轻描淡写地对她说："小晴，这是我们公司驻省城办事处主任刘君，比你大两岁，是Z大学中文系的硕士，你们认识一下，以后有啥事了也好有个照应。"

杨晴看也不看刘君一眼，说："我会有啥事呀，可不敢劳驾贵公司的员工。"

妈妈说："看你说那叫啥话，小刘稳重又有能力，你们互相认识一下你还吃啥亏？"

杨晴看着妈妈恶作剧地说："妈妈你说我们认识能沾啥光？"

妈妈在杨晴腿上拍了一下，她偷偷笑了。

趁着跟妈妈去卫生间，杨晴说："你们这是搞拉郎配，利用我爸爸的权利强迫人家跟我谈恋爱，我坚决不同意。"

"谁说让你跟他谈恋爱了？是你自己看上人家小刘了吧？"

妈妈的话让杨晴热血上涌，满脸热气，她说："你们的阴谋傻子都能看出来，咱一家人吃饭叫上人家，还说不是，哼哼，谁信呢。"妈妈不说话了，杨晴又说，"难为我爸爸这样给闺女介绍男朋友，看来你们对自己的女儿真没信心了，怕我连个男朋友都找不到，可悲啊！"

妈妈说："你少贫，愿不愿意是你自己的事情，谁也不强迫你。"

排斥归排斥，但这个刘君还真不惹人烦，杨晴虽然怀疑他跟自己谈恋爱的动机，但对他的殷勤也不反感。没事了他们就一起吃饭、看电影、去迪厅，跟他在一块还算开心。他对杨晴当然规矩得很，不敢有半点造次，连她的手都不敢拉。杨晴也只是让他来填补一下空白的生活，并没有心思与他有更深的发展，她很有分寸地把握着他们的距离。

但交往了一个多月以后，他们还是发生了点故事。那是个雨天，天好像漏了一样哗哗地下个不停。夜幕就要降临了，透过窗户，杨晴从十八楼的办公室看着阴暗的天空，看着雨落在房顶上飞溅的水雾，一阵伤感袭上心头。雨幕中，范佩西向她走来，一道闪电划过，她看见范佩西被劈作两半，从高空跌落下去……

杨晴站在窗口与天空一起伤心落泪，哗哗的雨声浸染着她，无助、孤独、寂寞、悲情一起向她扑来。她双眼模糊，感觉空气沉重得让她窒息。

突然，办公桌上的手机响了起来。这时候，铃声无疑成了拯救她跳出坏情绪的武器。

杨晴拿起电话带着哭腔说："我想你。"她想这个时候打电话的应该是李海生，但她判断失误，传来的声音不是她熟悉的厚重男中音的时候，她好久都没有说话。

"我是刘君，你在哪里？"

过了好久，杨晴说："我在办公室。"

"你等着，我开车去接你。"

没等杨晴表示什么，刘君已挂断电话。

那一晚，他们在一起喝酒。喝过酒之后，在刘君送杨晴到家门口的时候，她在雨中吻了他。刘君在杨晴足有一分钟的深吻中没有回应，她猛地推开他转身上楼，身后一道车灯快速闪过，他驾车飞驶而去。

那天下午，杨晴回到了Y市，李海生定好的地方仍是浪漫咖啡厅紫罗兰包间。除了一束鲜花，杨晴还给他买了一把电动剃须刀。

当她走进紫罗兰的时候，坐在烟雾缭绕中的李海生让她眼睛一亮，他一贯的青年发型变成了板寸，上身的浅色衬衫变成了红色的半截袖体恤，下身则是一条白色的板裤。一向庄重矜持的李海生变得洒脱而朝气蓬勃。

杨晴说："海生，你这是干啥呀？简直不敢认你了。"

李海生笑笑，说："我要开始新的生活，改变一下形象。"

在吹灭生日蜡烛，切开生日蛋糕之后， 李海生倒上两杯干红葡萄酒，站起来一手端一杯，递给杨晴一杯说："老婆，我们先喝了这杯交杯酒，然后我把送你的礼物拿出来。"

杨晴感觉到他的异常，除了在最激动的时候他叫她老婆，一般他都叫她宝贝或乖乖。他一句老婆，把她叫得内心感动。

他们一饮而尽。

杨晴说："老公，祝你生日快乐。"

"生日不重要，重要的是纪念我们相爱一周年，还有，更重要的是我要送你一件礼物。"

杨晴迫不及待地说："什么？你快拿出来。"

"你闭上眼睛。"

杨晴乖乖地闭上眼睛，等着他为她送上一直盼着的礼物。会是什么呢？一套内衣？一条项链？一个戒指？她胡思乱想着，偷偷睁开眼睛看。她看见他正从手包里拿出一个蓝色的小本子，她的脑海里迅速闪过三个字，怎么会这样？她惊呆了！

“睁开眼吧，老婆，看看我送给你的是什么。”李海生双手拿着那个蓝色的小本本送到杨晴面前，离婚证三个字那么醒目，“老婆，从现在起我是自由人了，我要向你求婚。”

他把杨晴揽到怀里抱了抱，再次倒满两杯酒，说：“老婆，为我的自由，为了我们的未来干杯吧。”

杨晴突然不知所措，语无伦次地说：“怎么会这样，你不是说你得对他们负责，我一点准备都没有，海生，我们也不合适……”

李海生被杨晴的话惊呆了，他木然地看着她，眼睛里是一片疑惑。问她：“你是说，你不愿意嫁给我？”

杨晴摇摇头，又点点头，说：“海生，如果你是为了我这样，真的对不起，我从来没想过这个问题。”

李海生坐下来，双手抱头，把头伏在两腿上说：“小晴，其实，我嘴上说不能离婚，心里却早就有这个念头。当然，我应该对孩子负责，对郭洁负责。可我更爱你，你把第一次给了我，我对你也得负责。我一直矛盾，离婚对不起孩子和郭洁，不离婚又对不起你。你知道吗，她去省城以后，我们的生活变得索然无味，生活的压力让她除了拼命工作之外什么情趣都没有，我们很长时间没有性生活。碰到你之后，我仿佛一下子又回到年轻的时候，重新找回了生活的激情，感受到生活的美好和幸福。我下决心要离婚，可每当我面对郭洁和孩子时，我就没有提离婚的勇气。从我说要送你礼物起，我就在酝酿离婚。这段时间，我给她写过无数次的信和电子邮件，但都没有勇气发给她。后来被她碰到我们在一起，说起来很让人难堪，但正是她知道了我才有勇气跟她谈。我们谈过几次，她也是个知情达理的人，听了我的诉说，最终同意离婚。”

杨晴哭着说："你真傻，我没跟你说过吗？谁让你对我负责了？再说了，我能接受你，我父母那一关能过得去吗？"

李海生苦笑，说："反正我们的婚姻已经死亡，应该离。你不能嫁给我，我就自己过。不离婚不也是我自己过吗？你不用为难，我不勉强你。"

杨晴失声痛哭，这时候，她真想对李海生说她愿意嫁给他！可她最终没有勇气说出来。

五

陈晓光把右手的烧烤交给左手，从裤兜里摸出钥匙，正欲开门，却听见夏清风说："去我房间吃吧。"

"不一样吗？"陈晓光停下了手中的动作。

"当然，是我请你喝酒。"夏清风已经把钥匙插进了锁眼，又道，"而且，我房间比较暖和。"

"而且，比我房间干净。"陈晓光把钥匙重新揣回兜里，然后就随夏清风进屋去了。他知道夏清风的房间比他的暖和，因为她有一台电热扇，这东西虽然费电，但却很有效，特别是在小房间里。果然，刚一进屋，就迎面袭来一片暗红的光芒，光很弱，房间还是黑漆漆的，但却给人一种很温暖的感觉。看来，她在出门之前就已经开始为房间预热了。

夏清风一开灯，红光便消失不见了。她脱掉羽绒服随意地扔在床上，换上了舒服的睡衣，然后从写字桌下面拿出瑜伽垫，说："把桌子拉过来吧。"她把瑜伽垫铺在床边，又把毛毯折起来铺了上去。

“好主意。”陈晓光把桌子拉到床边，又道，“我也去换睡衣。”说着便回屋换衣服去了。

“别忘拿钥匙。”夏清风对着陈晓光的背影提醒道。

陈晓光再次回到夏清风的房间时，他不仅换了睡衣，手里还多了两根蜡烛，他说：“平安夜，总是要有点儿道具的，不然也太辜负自己了。”

夏清风背靠着床，坐在厚厚的垫子上，仰视着陈晓光笑了笑，然后用钥匙划开了一提啤酒的塑料包装。

陈晓光点上蜡烛，关了灯，坐在了夏清风旁边。他打开两罐啤酒，给她一罐，然后又从怀里摸出一个硕大的苹果，往她面前一放，说：“平安夜快乐。”

夏清风扭了扭身体，接过苹果，笑了笑，然后举起啤酒说：“谢谢，平安夜快乐。”

陈晓光拿起啤酒和夏清风碰了一下，说：“太凉了，少喝点儿，先吃点儿东西垫垫。”

夏清风似乎没有听到陈晓光的好心提醒，她猛地灌了几口，才将啤酒放回了桌上。

陈晓光知道，面对一个想醉的人，是没办法不让她喝酒的，于是他也猛灌了几口。他看得出，她的心情不好，不想说话，因为自从她吃了两块炸鸡、一串鸡翅和一串羊肉之后，就只顾闷声喝酒了，连一粒花生米都没有碰。

“我可吃不了这么多，好歹你也做点儿贡献。”

“对不起，心情不太好，只想喝酒。”

“那就聊聊，这样的日子和环境最适合倾诉和倾听了。”陈晓光微微一笑，拿起啤酒对着夏清风晃了晃，然后自己喝了两口。

夏清风苦笑一下，没有说话，喝光了手里的酒，然后捏瘪了易拉罐随手扔在了桌子上。

“你不说我也知道，男朋友的事吧？”陈晓光给夏清风夹了一个小笼包，递过去一串羊肉，然后又打开一罐啤酒放到了她面前，说，“你喝酒我不管，但别喝那么快，太凉了，胃受不了。”

“我是不是有点白日做梦了？”夏清风已有些微醺了，她接过羊肉串，却没有要吃的意思。她又喝了口酒，有些嘲讽地说，“自觉读过几本书，写过几段文字，就想当作家了，真是太天真，太幼稚了。”她的声音越来越没有力气，最后摇了摇脑袋，以一声冷笑结束了自己的话。

“当然不是，你的理想很伟大，只是很难而已，也正是因为难，所以才伟大，不是每个人都有你这样的勇气。”陈晓光这么说，并不是完全在安慰夏清风，他真是这么觉得。

“我都不知道自己的理想是什么，如果非要说一个，就是不被这所城市淘汰吧。”陈晓光不知道夏清风有没有听进去，她只是一口一口地喝酒，羊肉串还在手里拿着。“何出此言啊？”陈晓光知道，以夏清风的性格，绝不会因为感情的问题而心情不好的。

夏清风扭头看了陈晓光一眼，过了一会儿才说：“前些天我去我男朋友家了。”

“然后呢？之前不是去过吗？”陈晓光说，“你吃东西呀，别就顾着喝酒。”

夏清风这才咬了一口手里的羊肉串，她继续说：“我男朋友的妈妈就问我今后有什么打算，我说想继续写作。其实，她知道我写作，也知道我没写出什么成绩，就问我还想写多久。我有点不太明白她什么意思。她说，如果花了那么多时间，又没什么收获的话，在决定做其他事之前，还想坚持多久？这下我就明白了，我有点儿不高兴，但没表现出来，就说趁着年轻再写一段时间吧。她说，我都写了这么长时间了，如果还是这样，没什么成绩，那就得问问自己，我适合这条路吗？这是不是我想要的？这当然是我想要的，我上小学的时候就励志要当一个作家。我是真有点儿生气了，我就说，是。然后她就嘲笑了几声，说我认不清现实，说我之所以这么坚持，只是不想承认自己的平庸，不想承认失败。”

“你不会因为那个老女人的几句话，就对自己产生怀疑了吧？”陈晓光说，“我看过你写的文章，很有才华。”

“知道我为什么这么难过吗？”

“为什么？”

“我之所以难过，不是因为她说了一些难听的话，而是因为我觉得她说得对。”夏清风喝了一口酒继续说，“其实，我也很多次问自己，这真的是我想要的吗？你看看我现在的生活，我自己都不知道在坚持什么。”

“简直是胡说八道，她觉得自己不可能做到的事情，别人也不可能做到，这种人太自以为是了。”陈晓光说，“你看篮球吗？”

夏清风愣了愣，一脸疑惑地看着陈晓光。

“NBA呀，我觉得科比有句话说得挺好。”

“什么？”

“总会有人拿到总冠军的，那个人为什么不能是我？”陈晓光说，“总会有人写出名堂的，那个人为什么不能是你？”

夏清风扭头对着陈晓光笑了一下，然后继续喝手中的酒。

“我说真的，写作的人那么多，能成功的，都是坚持下去的。”

“算了，说点儿别的吧。”夏清风摆了摆手说道，“不过，还是谢谢你听我说了这么多。”

“想谢我的话，你就多吃点儿东西。”说着，陈晓光又递过去一串羊肉。

陈晓光和夏清风虽然想聊点儿别的，但聊着聊着，就又聊回了感情和前途。随着话越说越多，酒越喝越多，夏清风竟然哭了起来。

“对不起，让你见笑了。”夏清风抽出一张纸巾一边擦眼泪一边说。

陈晓光注视着夏清风，轻声说：“你哭的样子很动人，虽然我不想你难过，但我喜欢你哭的样子。”

微弱的烛光中，已有些许醉意的夏清风迎上陈晓光的目光，她感觉气氛有些微妙。她是喜欢他的，她也知道他喜欢她，只是这份彼此之间的喜欢并没有发生在一个对的时间。她的思想里，一丝理智尚存，但极其微弱，就如房中那两点微动的烛光。她赶紧躲开他的目光，生怕再对视一秒就会发生错误的事情，她说：“很晚了，你该回去了。”

“怎么？你心虚了？”陈晓光的身体慢慢地向夏清风靠近。

陈晓光的靠近，一点点地蚕食着夏清风体内本就不多的理智。在理智消失殆尽之前，她应该推开他，她也是这么想的，但当他的嘴唇几乎触碰到她的嘴唇时，她的理智就烟消云散了。她已没有了主意，只是闭上双眼，等待命运的降临。

第十章

一

陈晓光双手捧着夏清风的脸庞，用力地吻着她。面对这近乎疯狂的吻，不知为何，夏清风的理智竟有些回暖，她喘着粗气推开他，说：“这并不能代表什么。”

“我知道。”陈晓光再次疯狂地吻了上去。

夏清风被彻底融化了，她抱着陈晓光，开始热情地回应他。

第二天早上，陈晓光刚睁开眼睛就看见夏清风蜷着身体背对着自己，她还在睡梦中。

事后，陈晓光起来热了热昨晚吃剩下的食物，又热了两杯牛奶。他们一起吃早饭，就像什么事情也没有发生一样。

“我一会儿要出去，不能陪你了。”陈晓光歉意地看着夏清风说。

“嗯，没事，刚好我也和朋友约好了。”夏清风笑了笑说。

陈晓光出门时，夏清风告诉他，她分手了，就在昨天。

陈晓光坐在公交车的角落，看着车窗外闪过的街景，其实，他什么也没看，满脑子都是夏清风。突然，手里的手机震了起来，是林婉兮。

“到哪儿了，亲爱的？”

“在公交车上呢，刚过了桥，估计还得二十分钟。”

“嗯，好，我赶快起来梳洗，等你哦。”

“好，真乖。”陈晓光说，“想吃什么？”

林婉兮嘿嘿一笑，说：“油条、胡辣汤。”

“好吧，一会儿可别亲我。”

“谁稀罕亲你呀。”

下了公交车，陈晓光在小区门口买了一碗胡辣汤、两根油条和一个茶鸡蛋，然后就刷了门卡往林婉兮家走去。

陈晓光刚到林婉兮家门口，还没来得及敲门，门就缓缓打开了。他轻轻一推，竟没看见人，他知道她在门后躲着，等他进去时好吓他一跳，这是她百玩不厌的把戏。他轻轻移了两步，然后猛地对着门口大吼了一声，她的阴谋不仅落空了，反而被他吓了一跳。她猛地扑到他身上，顾不得关上门，便紧紧抱住了他。

“小心点儿，一会儿弄你身上了。”陈晓光张开双臂，尽量使手里的早餐远离林婉兮的身体，“好了，先吃早餐。”他右脚一抬，稍一用力，门就被带上了。

“想我了吗？”

“当然想了。”

林婉兮满意地嘿嘿一笑，说：“你吃过了吗？”

“嗯，在家吃过了。”

“哼！那我自己吃！”林婉兮嘟嘴说，之后便松开陈晓光，去厨房拿碗筷了。刚走了两步，突然又转身一笑，乖乖地说，“你先洗澡去吧。”

陈晓光洗完澡裹着浴巾出来时，林婉兮已经躺在被窝里了，被子将她盖得严严实实的，只露出一颗小脑袋，脑袋上的两只眼睛直勾勾地望着他，像是要把他拽过来似的。卧室的窗帘紧闭，没有开大灯，光线有些昏暗。房间里虽然开着暖气，但刚从浴室出来，还是会觉得有些冷，他扯掉浴巾，赤裸着身体坐在床边，快速地擦干了脚，这才掀开被子一角匆忙钻了进去。

林婉兮躺在陈晓光的怀里，说：“亲爱的，有件事想和你商量一下。”

“什么？”陈晓光靠在两个摞起来的枕头上，一手抚摸着林婉兮的脑袋，一手拿着一杯橙汁小口喝着。

林婉兮转了转身体，趴在陈晓光的胸口，满怀期待地说：“改天去我家吃饭吧？”

陈晓光心中一惊，似激起了千层浪。他知道林婉兮是爱他的，也曾无数次幻想过她对他发出这样的邀请，但当他亲耳听到时，却又不敢相信眼前的一切是真的，因为他知道这样的邀请意味着什么。陈晓光激动的心情只持续了一瞬，就在林婉兮发现之前平复了，他放下手中的果汁，微笑道：“怎么想起这个了？”

“人家想让家里人知道你。”林婉兮撒娇道，“怎么？你不想去啊？”

“你爸妈应该不会欢迎我吧？”陈晓光脸上的微笑依旧，口气有点玩笑地自嘲。

“当然不会了，相对于事业和财富，我爸爸妈妈更看重家庭。”林婉兮当然知道陈晓光是什么意思，“而且，这是我爸爸让我请你去家里吃饭的。”

“你爸爸知道我们的事了？”

“嗯，那天我爸要给我介绍男朋友，在他的威逼利诱之下，我就只好缴械投降把你出卖了。”林婉兮在陈晓光身上蹭了蹭，抬起脑袋，又道，“你不会生我的气吧？”

“傻瓜，当然不会。”

“那吃饭的事？”

“我随时都可以。”

随后，两人又在床上嬉闹了一会儿，便双双睡着了。

陈晓光醒来时，已经将近一点了，他饥肠辘辘，只见旁边的林婉兮背对着他，依然在睡梦中。他轻轻抚摸着她的背，问她吃什么，她嘴里不知嘟囔了句什么，然后一转身便抱住他又睡着了。他闭上眼，过了一会儿也睡着了。又过了一个小时，当睡意抵挡不住饥饿的攻击时，他们这才纷纷起床去厨房煮方便面。陈晓光本来建议把牛排煎一下，林婉兮却想留到晚上的烛光晚餐吃，她说，要把昨天欠她的平安夜补给她。

二

赵寻的大学同学、李乐的铁姐妹沈聪聪留言说：“赵寻，李乐今夜遭抢劫受伤，现住在省人民医院病房楼A座17楼1730房间，收到速去医院。她手机被抢走了，联系可打我电话。”时间是22点52分。

李乐夜不归宿的心结，赵寻一下子就解开了。

他一边急匆匆地穿衣服，一边向外走。父母在他们的卧室说话，他敲敲门，叫了一声妈。

母亲拉开门，问：“有事吗？”

“给我点钱，我同学，哦，告诉你吧，也是我女朋友，昨天晚上遭抢劫受伤住院了，我得马上去医院。”赵寻说。

母亲怔了一下，从鞋柜上的包里掏出一叠百元钞票，说：“住院很花钱，这是三千，你先拿去，不够了我回头再去取。”

赵寻接过钱，说：“好，我走了。”

母亲看着赵寻拉开门下楼，自言自语道：“女朋友！儿大不由娘啊，唠叨那么多，他是没当回事啊。”

赵寻一边下楼，一边给沈聪聪打电话。电话一通，沈聪聪的话简直就是暴风骤雨：“你还知道开通手机啊？最需要你的时候，你跑哪了？关键时刻掉链子，李乐真是白跟你好了。”

“你先告诉我，李乐现在怎么样？”赵寻说。

“怎么样？惨不忍睹。她拽住包不撒手，劫匪砍了她十几刀才把她的包夺走。她也真傻，包里就几百块钱现金跟一个破手机，给就给他，有啥了不起，非死拽住不放。这下好了，胳膊上、肩膀上，一下子十几刀，都成蜘蛛网了，住院花钱不说，没半月二十天，也出不了院啊。”

“说啥都晚了，现在最要紧的就是治伤。你等着，我马上就到。”赵寻说。

坐上出租车，赵寻给陈晓光打电话，约好在省人民医院大门口见面。挂了电话，赵寻内心仍然不能平静。近些日子跟李乐若即若离的感觉突然消失了，他爱她，他离不开她，他相信她也爱他。而就在昨夜，不，是今天凌晨，他还在猜疑她。他怎么能揣测她与另外的男人在一起呢？她是不会的，他亲爱的李乐是有定力的，她会信守他们的爱情，不会背叛他。他怎么能拿她跟温思雨比呢，温思雨也没错，她对那个男人付出的是真情。只不过，她没有一个跟她感情笃深的男朋友，所以才会把感情交给一个已婚男人。李乐有他，只是这段时间因为他跟父母斗争暂时影响了恋爱的质量，她不会离开他，尤其不会因为追随大款而离开他。

他要娶她，要跟她好到天荒地老，好到生命的尽头。汹涌的情感让赵寻眼含泪花，他为自己的爱情而感动。泪滴在他脸上成了两个叹号，他没有去擦，什么“男儿有泪不轻弹”，那是“只因未到伤心处”，有泪就弹吧，男子汉就不能流泪吗？流泪，说明你还能体味痛，体味伤心，体味感动。啥时候连眼泪都没有了，也许就彻底麻木了。

赵寻无意中摸到了T恤口袋里的那张名片，他掏出来拿在手里凝视它，阳光透过挡风玻璃射进车窗，映在名片上，使名片看上去更加魅惑。温思雨，这个在深夜漫长路上邂逅的美丽女子，在他极端孤独的时候给了他一丝安慰，甚至，还有了些许的暧昧。在宾馆的房间，她成熟的身体曾刺激过他的感官。倘若不是李乐在他心里，也许他会沉陷在她的梦中。

他不需要温思雨，不需要暧昧，只要李乐。赵寻把名片撕成两段，握在手里一会，然后把手放在窗外，手一松，纸片便欢快地飞了出去，一转眼，便无影无踪了。

下了车，赵寻准备在医院门口买些水果和一束鲜花，这时候他听到了陈晓光的叫声：“在这儿呢。”

赵寻循声看去，陈晓光身边放着花篮和果篮，还是铁哥们了解自己，知道自己手头紧，啥都替自己买好了。

“手机开通了，批复经费了？”陈晓光问。

“嗯，斗争取得暂时胜利，不过他们的思想依然顽固不化，怕是永远也扭转不了啊。”赵寻故作轻松地说，“估计过一段他们又该对我收权了，不干涉我他们找不到事情做。”

到了医院，才知道生病的人竟然如此之多，各种各样的病，各种各样的伤，让人们的身体饱受痛苦。

对于赵寻来说，进病房看病人应该是他二十年生命历程中的第一次。外科病房让他触目惊心，车祸、殴斗、机械事故等造成的人体伤残真是让人毛骨悚然。与李乐同病房的那个来自工厂的中年妇女，被一台机器卷进去一只胳膊，她的后半生，只能用一条胳膊维生了。

赵寻跟陈晓光走进房间的时候，那个中年妇女正在歇斯底里地嚎叫。李乐躺在床上似睡非睡，赵寻趁着沈聪聪把花篮摆在窗台，并与陈晓光说话的当儿，已经坐在李乐身边。他俯下身子在她额头上深深地吻了一下。

“还疼吗？对不起，对不起，我没能及时赶到你身边。”赵寻说。

李乐满含泪水，摇摇头：“没事儿，这不是来了吗。”

“以后不会了，以后手机再也不会不通了。”赵寻为她擦去泪水，“乐乐，告诉你个好消息，我解放了，我可以出来工作了，我们可以经常在一起了。”

李乐把头紧紧地偎在他胸前，说：“你知道吗，这些天，我一直都在想，你跟父母这么僵下去，我真不知道，我们的爱情会有什么样的结果。”

赵寻用热烈的嘴唇堵住她的话。李乐突然尖叫一声，赵寻的手抓到了她的伤口。在外边说话的陈晓光、沈聪聪马上跑过来。

沈聪聪问："怎么了？"

"没事没事。"李乐不好意思地笑笑，赵寻也不好意思地笑笑。

陈晓光说："受伤了不能乱动。赵寻你先在这陪你老婆说话，我跟聪聪去买些吃的。"

陈晓光和沈聪聪一出去，赵寻便坐在李乐的床头，此时他的感觉特别好。李乐告诉他，昨晚在新区陪一个大客户，吃完饭他开着他的"路虎"送她回家，路上突然停下车对她动手动脚，还说只要跟了他，立马送她一套两室的房子和一辆三十万以内的轿车。她恼了，拉开车门下了车就跑到路边的树林里。后来她迷路了，不知道自己在哪里，反正很偏僻，再后来就遇到了劫匪。

赵寻好感动，他为自己昨天的猜疑而内疚。此时，跟父母长期冷战带来的郁闷，似乎也烟消云散了。

等李乐一出院，就把她领回家，认真地对父母说，他要娶她。赵寻一边想着，一边给李乐了一个灿烂的微笑。

晚上，从医院回家，母亲马上跟到赵寻房间，问清了情况，把一个银行卡放到床头的桌子上，说："儿子，以前我跟你爸确实管你太多，这一想，你都二十多岁了，是男子汉了，这张卡里有一万块钱，你花了就取，也不用跟我们要了。工作呢，你自己一边找，你爸也帮你问问，你愿意去哪我们都不反对。你女朋友的事呢，我们感觉挺突然的，只要你高兴，我们也不说啥。你要是确定关系了，我跟你爸就去医院看看她，以后都是一家人了，也是我们的孩子。"

赵寻吃惊地看着母亲，他突然觉得母亲老了，眼角的皱纹格外醒目，满头的青丝也有了白发。他的心中，母亲一直都很年轻，四十五岁本身就很年轻，可怎么就苍老了呢？

赵寻给了母亲一个拥抱，轻轻地拍了拍她的后背，说："妈，我知道你们爱我，可我更需要独立，请你们能理解我。"

"别把我们想得那么不可理喻。"母亲不自然地笑了笑，"望子成龙是天下所有父母的心愿，等将来你有孩子了，就能理解我们了。"

赵寻没有说话，他突然意识到，除了自己过激的态度，使父母妥协的最主要的原因，是自己的力量——父母意识到自己长大了，他有选择的资格了。如果他没有长大，没有足够的力量，父母是不会妥协的。

赵寻有些心酸，只有等到力量均衡了，父母才会做出让步，这难道不是很可悲的吗？他想，父母为什么非要望子成龙呢？都成精英了，谁做凡人？再说了，天下是凡人的，凡人有凡人的快乐，凡人有凡人的生活。做父母的，有什么资格把自己的精英梦交给孩子承担呢？

母亲固执地认为，等他有了孩子，也会像他们一样，走他们教育孩子的老路，但他对此深恶痛绝，他绝不会像父母那样。他想，李乐肯定会支持他，将来他们有了孩子，一定给他足够的自由，让他自由成长。

三

夏清风给陈晓光的生活带来了前所未有的激情。自从平安夜之后，陈晓光才觉得人生是有乐趣的。

陈晓光小心翼翼地奔波于林婉兮和夏清风之间。他知道自己是个无耻之徒，既不能离开林婉兮，也无法从和夏清风断绝来往。不过，好在夏清风对他并没有什么要求，虽然他知道她希望自己尽早离开林婉兮，但她从来没有说出口。他想，也许是她也对自己的角色感到内疚。

春节放假之前，陈晓光去了林婉兮家里，那是郊区的一栋别墅，院子里有很多花草，还有网球场和游泳池。他买了一束百合花作为礼物，他把花交给林婉兮的父亲时，对方说很漂亮，他很喜欢，这让他轻松了不少。

吃饭时，林婉兮的父母并没有问他很多问题，只是问他父母的身体是否健康，还说让他别太拘束，之后便闲聊了起来。

整个过程轻松而愉快，这是陈晓光意想不到的，真的如林婉兮所说，只是一顿便饭而已。不过，在回去的路上，他很快就想明白了，对于那些家里有网球场和游泳池的人家来说，那些世俗的问题再也不是问题了。

陈晓光坐在副驾驶席上，一直等着林婉兮开口，但她的嘴巴好像贴了封条一样，一句话也不肯说，他终于忍不住问："怎么样啊？"

"什么怎么样啊？"林婉兮明知故问。

"你爸妈对我的印象啊。"

"你说这个呀，挺好的。"

"挺好的是什么意思？"

"挺好的就是，他们很喜欢你送的花，叫你以后不要这么客气。"

"这么说，真的挺好的？"

"是的。"

过完了年，走完了亲戚，刚过初五，陈晓光就匆匆回了省城。学校的假期比较长，过了元宵节才开始上班，他也本想在家多待两天，但一接到那个令人振奋的电话，他就迫不及待地想要见到林婉兮。

陈晓光刚走出车站，就看到了林婉兮的车，他快步走过去，打开车门坐在了副驾驶席上。他还没来得及把背包放在后面的座位上，林婉兮的嘴唇就凑了过来。他把背包往后面的座位一扔，然后捧过林婉兮的脸颊，堵上了她的嘴。

“等久了吧？”陈晓光一边系安全带一边说，“想吃什么？一会儿我请你，随便点。”

“真的啊？那我得好好想想。”林婉兮系上安全带发动了车子，“吃火锅吧，今天有点儿冷。”

“好。”

一路无言，直到到了火锅店，落了座，陈晓光才拉着林婉兮的手说：“今天你爸爸的一个同事给我打了电话，谈了一些工作的事情，你是不是跟你爸说了什么？”

“我只是让老爸留意一下，如果有合适的职位，可以优先让你试试。”林婉兮开心地笑了，“当然了，如果你愿意的话。”

她见陈晓光并没有太高兴，反而多了一丝犹豫，她生怕自己的行为伤害了他的自尊，又道：“你不愿意吗？”

“当然不是。”陈晓光忙说，“我知道你是为我好，也知道这是一个十分难得的机会。”

“那你觉得怎么样？”林婉兮满怀期待地看着陈晓光问。

陈晓光略显担心地说：“可是我从来没做过生意，我怕我做不好。”

“我爸说这是一个学习做生意的好机会，你这么聪明，肯定学得很快。”

“嗯，我也希望自己能抓住这次机会。”

“你一定可以的。”

第二天，陈晓光去了公司，说是面试，其实一个问题也没问，只是交代了一下公司的规章制度和他需要做的工作，以及待遇的问题。他自己都不敢相信，他这么轻易就得到了比他之前工资高近四倍的工作。

从公司出来以后，陈晓光拨通了赵寻的手机："喂？"

"干什么？"

"晚上我请客吃饭，想吃什么？随便点。"

"哎哟，这是有什么好事儿了吧？快说快说。"

"晚上见了面再说，想吃什么？"

"吃烤肉吧，乐乐昨天就跟我说想吃烤肉。"

"行，那晚上七点万达广场见吧。"

挂了电话，陈晓光又给夏清风发了一条微信："我换工作了，改天请你喝酒。"

夏清风很快就回复了："恭喜。"

陈晓光走在城市的街道上，只觉得全身充满了力量，他迈着从未有过的自信步伐，第一次感受到这座城市的亲切，第一次看到这座城市带给他的希望。路过超市时，他去进口食品区买了一盒心形的精装巧克力，他知道，之所以能得到这份工作，只是因为他认识了一个女人，为此，他感到庆幸。

四

在过完三个月的试用期之后，杨晴的工资增加到两千元钱，这对她来说算是一件值得高兴的事情。中午她为自己买了一个鸡腿汉堡和一杯可乐，美美地吃了一顿。虽然有父母给她的创业经费，但有了工作之后，她便不轻易动那笔钱。她要依靠自己来养活自己，这是她换了几次工作之后最基本的愿望。如今总算实现了，虽然有点捉襟见肘，连买件衣服都要下几次决心。

那天晚上，杨晴在刘君面前的失态，让她再也不想与他交往。也许是缘于最初对父母有意安排的排斥起了作用，也许是对他那种一直不温不火的姿态的蔑视，反正对他她再也没有兴趣了。

杨晴的生活变得平淡如白开水，白天的工作就像每天的三顿饭，没有波澜也谈不上激情。她本分地完成自己的工作，与同事们也没有更多交往。

回到她的小家，很多时候她都闷在屋里看电视、听音乐，后来无意间发现了一楼房东的儿子与一只波斯猫的游戏。房东的儿子看起来有二十来岁，好像没上学，也没有工作。杨晴总是看见他坐在院子里抽烟发呆，或是跟波斯猫玩游戏。那波斯猫很瘦小，经常趴在家门口睡觉。很多时候是小伙子抽烟发呆，波斯猫趴在那睡觉。打破这种格局的总是小伙子，他嘴一噘吹出一声响亮的口哨，那波斯猫耳朵一支，摇摇脑袋坐起来，睁开眼睛看小伙子一眼，小伙子再一声口哨，波斯猫就走向小伙子，脚步中还有些匆忙。它在小伙子面前站定，眼神中是一种期盼。小伙子就用手在它脑袋上蹭一下，然后把一口烟喷到它脸上，它微眯眼睛，摇摇脑袋，他再喷一口，它彻底闭上眼睛，脑袋不再摇摆了。第三口烟喷下去，波斯猫腿一伸倒在地上，小伙子哈哈大笑。接下来波斯猫要昏迷十几分钟或更长时间。它醒了，小伙子再喷三口，它继续昏睡。

杨晴不知道是这只波斯猫对烟特别敏感，还是为这烟气着迷。但波斯猫似乎对小伙子一点也不惧怕，更看不出来它有什么反抗。每次听到小伙子的口哨声，它都会心甘情愿地走向他，然后与他不断地重复喷烟的游戏，而每次杨晴看到那个游戏，心里总是感觉不是滋味。

接下来，杨晴突然有了离开李海生的念头，没有理由。这是她自己也猝不及防的，她在看小伙子与波斯猫的游戏的时候，想起李海生对她的诱惑。他虽然离婚成了一个自由人，可她却决定离开他。对他来说也许有点残酷，但她已经顾不上他的感受了。在纷乱而迷人的城市中，她需要承受更多的东西。

杨晴毫不犹豫地换了手机号。对离开李海生，她心里有一种隐隐的痛，毕竟，他在她最沮丧的时候给过她温暖。对刘君她就很洒脱，他只是她人生中父母为她安插的一个扶手，她试图扶一下，但她扶了以后甚至连手的温度都没有传递给这个扶手，就迅速放手了。

换完手机号，杨晴突然想，谁的肩膀谁的手她都用不着，她想要自己的风景。

杨晴习惯了一个人的生活，上班、回家、看电影、读书、看小伙子与波斯猫的游戏、坐在床上发呆。有时候，孤独和寂寞会像幽灵一样袭击她的心灵，让她不安与躁动。这时候，她会打开音乐，做一段瑜伽来安抚自己。

也有男性同事及客户来约她吃饭或看电影，或去迪厅、酒吧，对他们的热情，她无动于衷。那些衣冠楚楚、相貌堂堂的男人躯体里是一颗怎么样的心呢？在她没有做出判断之前，她决不能像那只波斯猫一样迷恋小伙子的口哨。他们处心积虑的约会方式在她面前都不管用，她的防线简直就是铜墙铁壁。这时候，她的心如一汪平静的湖水。

打破湖水平静的，竟是那个她既爱又恨，且杳无音讯的宋义。此时，她突然意识到，她来省城，其实跟宋义有关。

那天，杨晴正在上班，妈妈打来电话说：“宋义把以前借的钱寄到了学校，还有一封信。”

杨晴激动地问妈妈：“他在哪里？”

“他就在省城，有地址和电话。”

杨晴记下宋义的地址与电话，迫不及待地请假跑到了他的单位。

此时，冬天的城市显得有点萧索，街道两旁的法桐叶子虽然还没有落完，甚至还保持碧绿，但风霜让那些叶子显得苍老和干涩。路边花池里的月季和春兰，饱经风霜之后也缺少了朝气。天阴着，看不见太阳，风凉嗖嗖的，可谓阴风袭人。在这个阴沉的冬日里，杨晴的心却因为一个人而澎湃。

站在这个令很多人都仰视的省政府序列中的办公楼前，杨晴想象着宋义如今作为一名政府公务员的模样：黑西装、白衬衣、蓝领带、黑皮鞋，头发整齐，两只手插在裤袋里，稳重、帅气、大方，还透着一丝不易察觉的傲气……

杨晴的心咚咚地跳动着，有些乱。为什么在失去音讯六年之后，听到他的消息仍然会激动难耐？与他相处无非就是几个月的时间，而且我们最亲密的动作也就是拉手。在经历了与范佩西的爱情之后，他怎么依然留在我的心里而不被删除呢？

宋义临走的前一天晚上，他们吃过晚饭，顺着柳青河畔走了很远，一直走到飘荡着泥土与麦茬气息的田野。收割过麦子的地里的秋苗开始蔓延成青纱帐，在夜幕下仿佛覆盖在地面上的一层墨色薄云。

他们并肩坐在河堤上，她拉住了他的手。

杨晴说：“考试后无论我们到哪个学校都要保持联系，我希望以后我们能在一起。”

“嗯。”

“以后无论有什么困难都记住有我，别忘了找我。”

“嗯。”

“等我们大学毕业了，我们就到省城工作，一起攒钱买房子，然后就……”

“嗯。”

第二天早上，杨晴骑车把宋义送到汽车站，她泪眼迷蒙地看着他从车窗露出来的脸庞，说：“我等着你的好消息。”汽车渐渐驶出她的视线，她呜咽不止……

已经中午十二点，他该下班了。杨晴掏出卫生纸擦了擦眼泪，走得离大门口更近一些。她不打手机，想给他一个惊喜。她甚至想，在他出来的时候突然从背后抱住他。后来想想有点不妥，就放弃了这个计划。

他如今怎么样呢？有女朋友吗？能考上国家公务员，肯定不乏追求者。说到底，他如何对她，才是她最关心的问题。

办公楼的人开始向外流动，杨晴注视着出口，盼望着那个她熟悉的身影出现。

一个，不是；再一个，还不是。一直到十二点半，办公楼向外流动的人越来越少，她朝思暮想的宋义始终没有出现。

杨晴拿出手机拨打他的手机，却是无法接通。她走到门卫室询问，门卫说：“大楼里这么多人，除了厅长、处长，其他人都不认识。”

“他在宣教中心，能不能打个电话？”

“这会下班了，估计打也没人接。”门卫说着看了看桌子玻璃板下的通讯录，拨了个号码，果然没人接。

杨晴失落地走在大街上，刚才的欣喜若狂变成了失望，而渴望见到宋义的欲望却更加强烈。突然她意识到自己的失落没有缘由，他也许外出办事了，手机没电或者不在服务区；也许去外地出差了，手机打不通更正常，总之谁也不能保证天天都在办公室。这样一想，她的心情又好起来。

下午三点半，杨晴突然出现在妈妈面前，让妈妈吓了一跳。她正准备拉开门去上课，杨晴就推门进去了。

杨晴抱着妈妈说："我想你了。"

"少拿这套来哄我，还不是为了宋义那封信。"妈妈从包里把汇款单与信拿出来递给杨晴说，"看来宋义这孩子还算讲信誉，这么多年了，我想他就不会再跟你联系了。"

杨晴一看信封已经撕开了，就说："妈妈，你怎么私拆人家的信？"

"我拆的是他给我的信，给你的信另外封着，我可不敢拆你大姑奶奶的信。好了，你回家好好看你的信吧，我该上课了。"

杨晴走出学校就迫不及待地打开了宋义的信。

小晴：

这封迟到了六年的信。你是不是已经把我忘记了？我知道你肯定会骂我忘恩负义，骂我无情无义，骂我不讲信誉，你骂我什么都不过分！

时隔六年才给你写信，还借你的钱，真的不是我的本意。我没有办法，生活的变数太大了，我只有一心一意为了一个目标，没有更多的心思与时间顾及其他的东西。你知道我说的是什么，相信你会理解我！

那年高考我考得还不错，但为了省钱和保险，我第一志愿报了一所边远地区的学校，很顺利地被录取。入学前我回了一次家，想着父亲无论如何都会给我解决生活费，但我想错了，我到家还没有坐下来，就被父亲用棍子打出家门，他对我的不听话恼羞成怒，让我永远不要再进家门。我含着泪水离开家，想了很多很多，下决心一定要有出息，要干出点成绩。在这种信念的支撑下，我走进了大学的校门。学费好解决，但生活费全依靠我自己努力。我不能再借了，我欠的人情太多了。贾老师、姚老师、老家的同学，特别是你，对我的帮助我都铭记在心。

我从姚老师那里了解过你的情况，但我不让她告诉你我的情况。意志和信念都让我必须离开你，我与别的同学不同，对我来说，能上完大学还远远不够，我必须得考虑毕业后的就业问题。大学的四年里，我没有花前月下，没有浪漫情怀，只有刻苦学习、辛苦打工。最终，命运对我不薄，我如愿以偿，读完了大学，考上了公务员，并在很短时间内还清了所有的欠款和贷款。现在，我终于可以松口气了——以前，我的全部生活几乎就是还债，忽略了同学友情，忘记了生活情调，更顾不上谈恋爱。今后，我就可以好好享受生活了，毕竟，我还很年轻。

我把还你的钱放在最后，说不清为什么。总有一种感觉，无论如何，你都会原谅我。毕业两年了，你怎么样？工作还顺利吧？肯定找到心仪的男朋友了吧？你是个善良的姑娘，相信命运一定会眷顾你！

还有很多话想说，但时过境迁，这么多年了，我清楚有些事情是不可能按照我的想法发展的。所以，我也就不多说了，有机会见面再说吧。

宋 义

写于××××年×月×日

看完信，杨晴的眼泪汹涌而下，那个消失在她视野中的男孩，原来一直在等她。她不停地拨打他的手机，在不知道多少次以后终于接通。上午宋义陪着记者下乡采访，这会儿正在往回赶的路上。杨晴顾不上回家，她马上打车去车站，坐上了回省城的车，她要尽快见到他。

见他的时候，她要带上他送她的白马。

华灯初上的时候，杨晴回到了省城，这时候飘起了雪花。透过车窗，她看到道路被立交桥统领，楼群相互辉映，树木花草点缀，雪花在五彩缤纷的灯光下飞舞。省城的夜晚是如此的美丽而神秘。

杨晴迈着轻快的步伐走在落满雪花的大街上，兴奋而激动。她能与宋义牵手吗？这个问题在她脑海里无数遍跳出，但一点也不影响与宋义重逢的好心情。无论怎样，他们都有了一份工作，再说了，他们还年轻。

五

陈晓光是个极其用心的人，他很快就适应了新工作。虽然比在学校做辅导员时要忙些、累些，但他学会了很多做生意的经验，这也正是他追求的充实感，特别是每到月底看着银行发来的短信时，看着自己的努力变成那一串可观的数字，就觉得一切付出都是值得的了。

随着陈晓光在工作上的顺风顺水，他和夏清风之间的关系倒是有些不容乐观，因为他们最近总是吵架。吵架最直接的原因就是夏清风在写作事业上的不顺，每次被退稿，她就冲他发脾气，还总逼他离开林婉兮。每到这时候，陈晓光总是说："我们不要说这些了，好吗？再给我点时间，也许我会离开她的。"

那天，陈晓光正在开会，夏清风突然打来了电话，虽然他把手机调成震动，但在安静的会议室里，震动的声音还是显得有些刺耳。他快速挂断了电话，可没过几秒钟，她又打来了。他只好歉意地看看大家，然后起身出来接通了电话。

"什么事？"

"我想见你。"

"我现在走不开，正在开会。"

"那你什么时候能过来？"

"明天吧。"

"不行，我受不了了，我今天必须见到你。"

"到底怎么了？"

"我怀孕了。"

夏清风带来的消息像晴天霹雳一般击中了陈晓光，他只觉得头皮发麻，后背渗出了冷汗，他恍惚了一会儿，才说："我下班了过去。"没等夏清风回应，他就挂了电话。

陈晓光再回到会议室时，脸色刷白，像是把魂丢在了外面，他只能看到周围的人在不停地开口说话，但却听不到他们说的任何一个字。

该怎么办？陈晓光一直在问自己这个问题。他知道到必须做出选择的时候了。有那么一瞬间，他真想为了夏清风而离开林婉兮，但他清楚地知道，和夏清风在一起并没有什么前途，而和林婉兮在一起却可以得到他想要的生活。如果离开林婉兮，他还能做些什么？他还没有傻到分不清目前的状况，他和林婉兮正在往好的方向发展，如果能和她结婚，这将改变他的命运，改变他家人的命运。难道要放弃这一切吗？为了什么呢？为了一个他爱的人？可是怎么生活？在哪里生活？做什么工作？

下了班，陈晓光来到坐公交站。也许是人多的缘故，也许是他还需要思考的时间，他提着公文包在人群中站了一会儿，然后沿着公交车的方向走去。

走了十几分钟，路过一个公园，陈晓光不知不觉走了进去。冬天的公园还是比较冷清的，只有稀稀拉拉的老人和情侣在散步。远处有两张长椅，比较隐蔽的一张上面坐着一对情侣，正在接吻，另一张则空着。

陈晓光走到空着的长椅边坐了下来，公文包放在大腿上，然后陷入了沉思。旁边的情侣似乎收敛了一些，他们拥抱了一会儿，便在欢声笑语中起身离开了。

手机又震动起来，是夏清风。

“喂！”

“你在哪儿？”

“在路上。”

挂断手机，陈晓光起身离开了公园。他没有坐公交车，依然选择步行。他从来没有觉得回家的路如此之短，此时他真希望这条路永远也走不完，可路终归是会走完的！

再往前走就是万达广场了，随着商业圈的临近，人也逐渐多了起来。陈晓光一抬头，只见迎面走来一对年轻夫妇，妻子的肚子微微隆起，丈夫牵着她的手。

像是一声警钟，陈晓光又多了一个问题，孩子怎么办？

自从下午陈晓光得知夏清风怀孕的消息后，他一直考虑的都是他的前途问题，他和两个女人关系的问题，但却忽略了孩子的问题。

那个在夏清风肚子里已经开始生长的小生命怎么办？

一边是事业，另一边是爱情和新的生命，选择的天平该往哪边倾斜，只在陈晓光的一念之间。

来到万达广场，陈晓光在喷泉水池的台阶上坐下，看着熙熙攘攘的街，他发了会儿呆，然后起身朝商场走去。

陈晓光对万达商场还算熟悉，进了门，他的目光比十几分钟前坚定了许多，脚步虽缓慢，但却没有了之前的迟疑，他径直走到了“I DO”的店门口。

他曾经无数次路过这家店，每次路过时，无论是和林婉兮，还是和夏清风，又或者是上学时和刘青青，他从来没有在柜台前逗留过，甚至没有靠近过，他总是边走边看。

他知道，以后的某一天，他会为某个人光顾这家店，只是他没想到会这么快。

“您好，欢迎光临，请问有什么可以帮您的？”化着淡妆身穿制服的服务员面带微笑地问。

陈晓光对服务员的热情报以微笑，他看着柜台里琳琅满目的戒指，随即指着一枚设计简洁大方、价钱适中的钻戒说：“这个，11号。”

服务员打包的时间，陈晓光刷了银行卡。

“谢谢光临。”服务员双手奉上精致的手提袋。

“谢谢。”陈晓光微笑着双手接过，然后大踏步走出商场。

公交车站就在路对面，但一向节俭的陈晓光一出商场就拦了辆出租车，他有点儿迫不及待地想见到夏清风了。

坐在出租车上，陈晓光手里攥着刚买的小盒子，时不时打开看看，他突然想到家里的红酒喝完了，蜡烛也用完了，好在楼下有大型超市，下了车就可以购置。一会儿吃什么呢？附近连家像样的西餐厅也没有，还在家吃火锅吧，就像刚认识的时候一样。

对了，夏清风怀了孕，不能喝酒，红酒也不行，倒也无所谓了。只要有蜡烛，就应该算是烛光晚餐吧？